講談社文庫

新装版

忍びの女(上)

池波正太郎

講談社

新装版　忍びの女（上）——目次

新装版　忍びの女（上）

女の肌身

一

その日、福島左衛門大夫正則《さえもんだゆうまさのり》は、亥《い》の上刻《じょうこく》（午後十時）を待ちかね、夕餉《ゆうげ》のころから落ちつかなかった。

亥の上刻になれば、三十日ぶりで、女の肌身を掻《か》き抱くことができるのだとおもうと、昂奮《こうふん》のあまり、飯の味も汁の味も、よくわからなかった。しかも、若い女の、むっちりと肉の充《み》ちた肌身を抱き、桃の花片のごとき唇を吸うことができるのである。

こうしたときには、おもいきり酒をのみつつ、時が来るのを待ち、

「だれにも知れぬよう、ひそかに、はかろうてくれ」

と、侍女・おすめとの密会の手段《てだて》を講じさせておいた家来・大辻作兵衛《おおつじさくべえ》が、

「殿。お目ざめを……」

そっと起しに来るまで、ぐっすり眠りこんでいたほうがよいのだ。

ところが、尾張の国・清洲《きよす》二十四万石の城主でいながら、福島正則は、妻のゆるしを得ずして、好き自由に酒をのむことができない。

正則の妻は、名を、〔於《お》まさの方〕といい、城内の〔梅の丸〕の曲輪《くるわ》に住み暮すところから〔梅の丸の御前《ごぜん》〕ともよばれている。

於まさの方は、織田信長の家来だった津田長義《つだながよし》のむすめであったのを、その美貌《びぼう》を一目《ひとめ》見て、正則が、

「なんとしても、ほしい、ほしい」

と、のぼせあがり、

「ぜひとも、お口ぞえをたまわりたし」

いまは亡き太閤《たいこう》・豊臣秀吉にたのみこんで、ようやく妻に迎えたのである。それだけに、妻にしたときから、頭があがらぬ。

於まさの方は、学問もある上に、武術に達し、小太刀も薙刀《なぎなた》も相当なものであった。

いつであったか、正則が、夜ふけに目ざめて酒がほしくなり、みずから大台所へ出

向いて、（盗み酒を……）しようとしたを、同夜、寝所を共にしていた於まさの方が発見し、

「一城のあるじが、そのように勝手気ままなふるまいをして、よいものでござりましょうや」

と、背の低い夫を見下《みお》ろすようにして、きめつけたものだから、正則もさすがに激怒《げきど》し、

「おれが酒を、おれがのむのじゃ、それが何で悪いか」

日ごろ、頭があがらぬ鬱憤《うっぷん》もあって、おもわず大声にいいたてると、於まさの方は理路整然《りろせいぜん》として夫をたしなめた。つまり、酒というものが如何《いか》にたいせつなものかを説いたのである。

かの応仁の乱以来、百年もの間、日本の諸国は戦乱に明け暮れ、そのため、酒のような嗜好《しこう》飲料の生産は、当然、

「いくらでも……」

と、いうわけにはまいらぬ。

先ず、戦争のために必要なものだけが優先して生み出されることになる。

それが、二十余年前に、英雄・織田信長が、ほとんど天下を統一し、信長が急死し

たのちは、豊臣秀吉が名実ともに、「天下人《てんがびと》」となって日本国を治め、さらに、朝鮮の遠征の軍まで起した。

信長・秀吉によって、国内には平穏がよみがえったけれども、まだまだ、酒が豊富になったわけではない。一国一家が、一年の間に必要とする酒の生産量は、略《ほぼ》きまっているといってよい。種々の祝い事や、儀式などのほか、家の内をあずかる女の裁量によって、酒が出し入れされる。むしろ、名もなき庶民のほうが、銭金《ぜにかね》で酒をのみやすいのである。

こうしたことを、

「おわかりなされましたか。いかが、いかが?」

と、於まさの方が、まるで責めつけるように烈《はげ》しくいいたてたので、側に見ている侍女たちの手前、たまりかねた正則が於まさの方を、

「ええ、やくたいもないことを……下《さが》れ、下れ!!」

いきなり突き飛ばした。

「何をなされます!!」

と、一声。身をひるがえした於まさの方が大薙刀をつかんであらわれ、

「家来どもへの見せしめ、受けてごらんなれ」

叫ぶや、猛然と夫の正則へ切りつけたものである。これには正則も仰天《ぎようてん》し、御殿から城の門まで、裸足《はだし》で逃げたというのだ。

後年の大名の生活ではない。まだ戦国の名残りの消えぬころの大名などというものには、まだ、このようにダイナミックな生態が見られたのである。

このような妻、於まさの方であるから、正則が側妾《そくしよう》をもつことを、断固として承知せぬ。

「世つぎの子は、わたくしの腹より……」

というので、これまでに於まさの方は、男一人、女三人の子を生んだが、その男子は早世している。

「今度こそは、かならず世つぎの子を……」

というので、いま、於まさの方は、懐妊《かいにん》中なのである。産《う》み月は来月なのだが、一月《ひとつき》ほど前から、

「なりませぬぞえ」

と、夫妻のまじわりを禁じ、

「おとなしゅういたせば、よいではないか……」

と、正則が寝所へ来るたびに、於まさの方は、

「一城のあるじが、わずかな辛抱《しんぼう》の、何故になりませぬのか」

叱りつけた。

慶長四年（一五九九年）の、この年で、福島正則は三十九歳になっている。背が低いし、鼻下にたくわえたものものしい髭《ひげ》が、まったく似合いかねる童顔の正則は、十歳ほど若く見えた。

夫婦そろって立ちならぶと、これは、於まさの方の背丈《せたけ》のほうが高いのだ。これにも正則は、夫として劣等感をおぼえていた。さらに、妻の教養にも、追いつかぬ自分を、はっきりとみとめざるを得ない。

少年のころから戦場を駆けまわり、槍一筋にすべてをかけて生きぬいて来た福島正則は、

「ようやくに、手紙が書けるほどになったのが、精いっぱいのところ……」

だったのである。

そのかわり、正則の体軀は強壮をきわめていた。愛くるしい童顔を、於まさの方は、

「まるで、玩具《てあそび》のような……」

といったそうだが、裸体になると、正則はすばらしかった。厚く、もりあがった

胸、逞《たく》ましい四肢《しし》……そして、全身の皮膚が無数の切傷によって刻《きざ》まれている。刀、槍の傷痕だ。

いずれも、戦場で受けた名誉の傷であって、以前、豊臣秀吉が、これをつくづくと見て、

「市松《いちまつ》よ」

と、正則の少年時代の名をよび、

「傷痕が、おぬしの躰《からだ》の強さに、太刀打ちができぬと、泣いておるようじゃわえ」

さも、うれしげに眼を細め、

「その傷痕、おろそかにはおもわぬぞよ。いずれも、みな、この太閤がために受けた傷よのう」

しみじみと、いってくれたことがある。

福島正則は、いま、清洲城内・本丸の〔御主殿《ごしゅでん》〕とよばれる居館の、わが寝所にいて、亥の上刻を待ち焦《こ》がれている。なにしろ、於まさの方の、するどい眼をのがれ、侍女のおすめと密会をするのだ。

大辻作兵衛は、今日の昼すぎに、そっと正則の側へあらわれ、

「承知いたさせまいた」

と、報告をした。

「さようか。大丈夫じゃな?」

「梅の丸の御前には、いささかも気《け》どられておりませぬ」

「ふむ、ふむ……」

「亥の上刻に、塩部屋《しおべや》で、おすめは、殿をお待ちいたしております」

「なに、塩部屋とな……」

「いたしかたも、ござりますまい」

「む……さようじゃな」

塩部屋というのは、一種の納戸《なんど》のようなもので、御主殿から梅の丸へ通ずる長い渡り廊下の左側に、三部屋ならんでいる。

その左端の塩部屋に、おすめを待たせておく、と、大辻作兵衛はいうのである。寝具などは、作兵衛が用意をしておいてくれるそうな。

(塩部屋とは、作兵衛め、おもいついたものよ)ねむり燈台《とうだい》の、うす暗い灯影《ほかげ》の中で、福島正則の童顔が、こらえようとしてもこらえきれぬ笑《え》みをうかべた。

顔は美しいが、武芸に鍛《きた》えぬかれた於まさの方の肉体は、筋骨《きんこつ》がひきしまっている。それはそれで、（また、よいのじゃが……）と、正則は、ふっくらと処女《おとめ》の凝脂《ぎょうし》のみなぎりわたったおすめのくびすじや、すれちがうたびに鼻腔《びこう》を擽《くす》ぐるおすめの、杏《あんず》の実のような甘酸《あまず》っぱい体臭をおもいうかべ、

「ふむ、ふむ……」

ひとりで、しきりにうなずきつつ、何度も髭《ひげ》を撫《ぶ》した。

おすめは、身分の軽い家来の、小橋源六《こばしげんろく》の次女である。

（おすめを、わがものとしたときは、父親の源六めを、いささか出世させねばなるまい）そうして、おすめを城から下らせ、父親の家へ置き、（そこへ、わしが、馬で出たついでに立ち寄ればよい）などと、考えはじめている正則であった。

清洲の城にいれば、雨や雪でも降らぬかぎり、毎朝、愛馬に乗って近辺を疾駆《しっく》するのは、福島正則の〔日課〕なのだから、これなら、於まさの方に、（怪しまれることもないわ）と、正則はおもった。

二十四万石の太守《たいしゅ》ともあろう身で、側妾ひとり、自由にならぬくやしさもある。

（ばかめ!!）と、正則は、梅の丸の寝所で、大きくふくらんだ腹を抱えて眠っているだろう、於まさの方を嘲笑《ちょうしょう》した。

太閤秀吉の朝鮮遠征に従い、彼地《かのち》へわたった折、正則は、血なまぐさい戦場にはた

らく一方、夜は、こころゆくまで、土民の女なぞを掻き抱いたものだ。こういうところへは、於まさの方の神経が行きとどかぬ。ただ、ひたすらに、夫が戦場で苦労ばかりしつづけていたと、おもいこんでいる。そこがまた、於まさの方の育ちであり、人の善《よ》いところなのやも知れぬ。

「殿……殿、作兵衛にござりまする」

寝所の外の小廊下で、大辻作兵衛の声がした。

「おう……」

福島正則が、はね起きて、

「首尾《しゆび》は？」

「万事、うまく、はこびましてござります」

「おすめが、塩部屋に待っておると申すのじゃな」

「ははっ」

「よし、よし」

正則は、小廊下へ忍び出て、作兵衛がわたす手燭《てしよく》を受け取り、

「そのほうは、引き下っておれ」

「はい」

「のちのち、そのほうのことは、悪《あ》しゅうはからわぬぞ」

「かたじけなく……」

「よし、行けい」

それから間もなく、正則は、塩部屋の戸を引き開け、中へ入っていた。

二

その〔塩部屋〕は六坪ほどの板敷きになってい、手燭の灯影に、器物をならべた棚の下の一隅へ、小屏風《こびょうぶ》が立てまわしてあるのが、正則の眼に入った。

その小屏風の蔭に夜具がのべられ、侍女・おすめが中へ入って、（わしを待っている……）のである。

大辻作兵衛、なかなかに、（ゆきとどいておるわい）と、正則はおもい、北叟笑《ほくそえ》んだ。かすかに、香のにおいがただよっている。

正則は、手燭を置き、寝衣《ねまき》を脱ぎ捨て、下帯ひとつの裸体となった。金剛力士《こんごうりきし》の彫像《ちょうぞう》を見るような、すばらしい裸形ではある。春も闌《た》けた、なまあたたかい夜気の中に、福島正則の裸身は、うすく汗ばんでさえいた。

「おすめ……おすめ……」

正則が、甘い、かすれた声で、

「待たせたのう」

と、ささやきかけた。

返事はない。だが、はっきりと、正則は衣摺《きぬず》れの音をきいた。正則の喉が鳴った。生唾《なまつば》をのみこんだのである。手燭を其処《そこ》に置いたまま、福島正則は小屏風へ近づいて行った。

(若い女の肌身にふれるのは、まことに、久しぶりのことじゃ)

であった。

強《し》いていうなら、朝鮮出陣以来のことだ。ということは、ここ五年近くも、妻の於まさの方の独占に、(この見事な、わが躰をまかせていたことになる。なんと、ばかばかしきことであったか……)なのである。

「これ……おすめ……」

小屏風の上から、正則が、中を見おろした。

手燭の灯影が、微《かす》かにとどいてい、夜具へ埋もれた女の躰のふくらみと、丈長い黒髪が、見えた。髪油のにおいが濃厚にたちこめている。

(おすめが、身につけているものは、どのような薄物《うすもの》とて、むしりとってくれよう)

正則は昂奮し、鼻息が荒々しくなってきた。於まさの方は、決して、夫の眼に裸身をさらさぬ。

「たのむ、見せてくれい、そなたの何処《どこ》も彼処《かしこ》も……」

と、たのむのだが、そのたびに、

「大名の妻が、そのように、はしたなきふるまいをいたせましょうか。おつつしみなされませ」

ぴしりと、はねつけられてしまったものだ。

そのくせ、於まさの方は執拗《しつよう》で、正則の愛撫の〔怠《おこた》り〕は、ゆるさぬのであった。

正則は、於まさの方の乳房の形態を、定《さだ》かに見おぼえていないほどである。ましてや、その他の……。

「これ……おすめ。はずかしがることはないぞ。大丈夫じゃ、こころしずかにしておれ」

などと、ささやきつつ、正則は髭をひねり、腰を屈《かが》め、小屛風の外側をまわり、夜具の裾へ来て、

「これよりは、わしのものじゃ。そなたをたいせつにいたすぞ。また、そなたの父

も、立身《りっしん》させてつかわす。よいか、よいか……」

ふとい腕を、夜具の中へさし入れた。

(む……)

何やら大きくふくらんだ、女の肉躰の一部が、正則の手指にふれた。

たまりかねた福島正則は、

「これ……これよ、おすめ……」

夜具をはねのけ、中に埋まっていた女の躰を、ちからいっぱい抱きしめた。女は、寝衣を身につけている。これを引き剝《は》ごうとしたとき、女が、くるりと身を転じ、正則を見上げ、

「殿!」

凄《すさ》まじい声で呼びかけてきたではないか。

(あっ……)

このときの福島正則の驚愕《きょうがく》と動顚《どうてん》ぶりを、何と書きあらわしたらよいであろう。おすめのかわりに、於まさの方が夜具へ入っていたのである。

「こ、これは……ど、どうしたことか……」

「何がこれはでござります!!」

「わ、わからぬ。わしには、わからぬ……」

産み月をひかえた於まさの方の、大きくふくらんだ腹の前で、福島正則は、どのように厳《きび》しく戒《いま》しめられたかは語るまでもあるまい。

侍女のおすめは、はじめ、大辻作兵衛から正則の内意をきいたとき、

「殿さまを嫌《きろ》うているのではございませぬ。なれど……なれど梅の丸さまに申しわけがたちませぬ」

いいきって、なかなかに承諾《しょうだく》をせぬ。そこで作兵衛は、おすめの父・小橋源六を説《と》きふせることにした。

源六は〔長柄《ながえ》足軽組〕の一員であって、身分は低いけれども、いざ戦場へ出れば、真先《まっさき》に長槍をふるって突撃する戦闘部隊の猛者《もさ》である。主人の正則にしたがい、はるばると海をわたって朝鮮へ出陣し、

「生きて、ふたたび帰れようとは、とうていおもえぬほど……」

の激しい戦闘をくぐりぬけて来た小橋源六であった。

それだけに正則も、かねがね源六に目をかけてやっていたし、源六もまた、

「殿の御為《おんため》とあらば、いつにても死んで見せる!!」

という忠義者なのだ。

それほどの源六であるが、はじめは、やはり、

「梅の丸さまに、はばかりが多いことで……」

と、於まさの方に発見されたときのことを恐れた。

「案ずるな、源六。わしが、うまくはかろうゆえ。殿さまが、おすめを御寵愛になったれば、御城内から下らせ、しかるべきところへ家をあたえる。決して余人の目にはつかぬ」

と、大辻作兵衛が、懸命になって、

「まかせておけい。それに源六。お前だとて、いつまでも長柄組にいるつもりはあるまい。五人十人の家来を持つような身分になりたいとはおもわぬか」

「そ、それは、もう……」

と、いかに猛者といえども男であるから、立身出世に野望が燃えぬはずはない。ついに、小橋源六が、

「よろしゅうござる」

引きうけて、今度は源六がおすめを説得にかかった。そこは、なんといっても父親の説得である。大辻作兵衛が、絶対に、人目につかぬよう匿《かく》まってくれるというし、

それに自分が殿さまの寵愛をうけるようになれば、

（父《てて》が出世できる……）

のである。

おすめのこころが、しだいにかたむき、ついに、塩部屋で殿さまとの初夜を迎えることに同意をした。そして、いよいよ、大辻作兵衛の指図にしたがい、塩部屋へ忍んで行こうとするときになって、

（ああ……やはり、それはいけないこと。私には、とうてい、できぬことじゃ）

急に、おすめのこころが変ったのであった。

おすめは、平常、梅の丸の曲輪《くるわ》にいて、於まさの方に仕えている。於まさの方も、健康で、よく気がつく侍女・おすめを愛し、いろいろと気づかいを見せてくれているのだ。

その於まさの方を裏切ることになるのは、承知の上であったけれども、おすめにとっては、なんとしても、（梅の丸さまのお眼が怖《こわ》い……）のである。ただの女の眼ではない。

殿さまの福島正則が盗み酒をして、口論となり、於まさの方の大薙刀に追いまわされ、

「わかった、もうよい。もう、やめい。やめい」

と、逃げまわったときのことを、おすめは目撃していた。

（もしも、梅の丸さまに知れたときは……？）このおもいに、さいなまれつづけていたことは事実だ。（そうなれば、父の出世どころではない）のである。（やはり、いけない。それは、いけないこと……）といっても、福島正則の意に背《そむ》くことは、父も自分も主君に背くことになる。だが、主君に背くよりも、主君の夫人に背くことのほうが恐ろしかった。

約束の時刻がせまるにつれ、おすめは居ても立ってもいられなくなり、惑乱《わくらん》のあまり、

「も、申しあげまする」

と、於まさの方の寝所へ行き、すべてを白状してしまったのである。

「よう、いうてくれた」

於まさの方は、おすめの、ふるえている肩をやさしく撫でてやり、

「お前は、これまでといささかも変りのう、つかえてくれればよい。また、お前の父親のことも案じることはない。わたしが、よくよく考え、うまくはかろうてあげよう。よし、よし、泣くではない。いまに、わたしが、かならず、よい男《とのご》を見つけ出

し、お前の夫《つま》にしてあげようゆえ……」

と、なぐさめ、それから身仕度にかかり、ひとりきりで梅の丸をぬけ出し、塩部屋へおもむいたのであった。


その翌朝……。

福島左衛門大夫正則は、まだ暁闇《ぎょうあん》が消えぬうちに、たまりかねたかのごとく、愛馬に飛び乗り、清洲の城を出た。供も従えぬ、ただ一騎であった。これは、ほとんど毎朝のならわしであるから、家来たちも意に介さぬ。

ただ、

「もし、万一のことあって、殿の御身に……」

などと、老臣・重臣たちが心配をしているけれども、正則がきくものではない。妻の於まさの方には弱くとも、いったん戦場にのぞむとなれば、福島正則の、(豪勇無《ごうゆうむ》双《そう》)は、だれ知らぬものはない。

於まさの方も、夫の武勇については、(毛すじほどのうたがいも抱いてはいない)のである。なればこそ、正則の求婚をうけ入れた於まさの方であった。

正則は雄叫《おたけ》びをあげ、鞭《むち》をふるい、馬腹を蹴って城門を走り出た。

「えい、おう……」

大手門から城下町へ駆けぬけつつ、

「えい、おう……おのれ、おのれ!!」

だれにとも知れぬ相手に罵声《ばせい》を発し、正則は馬を走らせる。その罵声は、自分自身に対して、あびせかけたものであったのやも知れぬ。

「ええい、歯がゆいことじゃ。おのれ、まだるげな!!」

晩春のあかつきの、冷めたい大気が、つい先刻まで、じっくりと於まさの方に戒しめられ、冷汗をかいていた正則の躰を引きしめてくれた。

「えい、おう!!」

正則は、馬上に双肌《もろはだ》をぬいだ。

ようやくに、野駆《のが》けの快味が正則の五躰をみたしはじめたようだ。

朝《あさ》靄《もや》

一

福島正則は、清洲城下の西方一里ほどのところにある二寺《ふたつでら》という村に福島市兵衛《いちべえ》正信《まさのぶ》の子として生まれた。そのころの清洲城主は、織田信長であった。

いいものの本には、市兵衛のことを、「桶屋」だったとか、「大工」だったとか、しるしてあるが、古今武家盛衰記《ここんぶけせいすいき》には、

「正則の父は卑賤《ひせん》の者。清和源氏の末葉《まつよう》といい伝うれども、その実否《じつぴ》を知らず」

とあって、先ず、はっきりしたことはわからぬ。

太閤・豊臣秀吉は、二寺の東南二里ほどのところにある尾張・中村（現名古屋市中村区）の土民の子に生まれた、などといわれている。そうであったかも知れぬ。

だが、当時は日本の諸国が、かの応仁の乱以来、百年もの長い年月にわたって戦乱にまきこまれてい、たとえ先祖は立派な武士であっても、主家の衰亡《すいぼう》により、諸方の村々に、落ちぶれ果てて住み暮していた武士たちがいたことも事実である。

いずれにせよ、尾張の国の、こうした男たちが、その才能と武勇をおもうさまに発揮《はっき》し、立身出世の階段を踏みのぼって行くことが可能となったのは、その尾張の国から、「織田信長」という、この世に、かつて見かけたこともなかったこともない異能《いのう》の大英雄が出たからであった。

福島正則が生まれた永禄四年（一五六一年）の一年前に二十七歳の織田信長は、尾張・清洲の城主であった。当時の信長は、まだ、尾張の一勢力にすぎなかった。

このとき、駿河・遠江の太守、今川義元が上洛《じょうらく》を目ざし、四万の大軍をひきいて駿府《すんぷ》（静岡市）を発し、尾張へせまって来たのである。

こうなって織田信長は、「いさぎよく降伏するか……」または、玉砕《ぎょくさい》を覚悟で、「今川の大軍を迎え撃つか……」どちらかに、道を決めねばならぬことになった。

敵の四万に対し、こちらは四千か五千の兵力であるし、国力からいっても、六倍か七倍の差がある。

戦国大名の中でも、今川義元は豊かな国力を背景にした名門であって、京都朝廷との関係もふかい。そして、もっとも天皇おわす京の都に近かった。一気に上洛し、天皇と朝廷の信頼を一身にあつめ、天下に号令せんとして、今川義元は意気軒昂《けんこう》たるものがあり、

「清洲の小せがれなど、もみつぶしてくりょう」

と、歯牙《しが》にもかけぬ。

そして、つぎつぎに、織田信長の基地が今川軍に攻め落されてしまった。

戦国の世に、小勢力が大勢力にふくみこまれ、これに味方をすることは、「当然のこと」であった。だから、織田家の重臣たちの大半は、主の信長に、降伏をすすめた。

ところが……。

織田信長は、永禄三年五月十八日の夜ふけになると、突如、酒の酔いからさめて立ちあがり、

「……人間五十年。下天のうちをくらぶれば、夢まぼろしのごとくなり。ひとたび生をうけ、滅《めっ》せぬもののあるべきや」

と、好きな〔敦盛《あつもり》〕の曲をうたい、舞い、武装を身につけるや、

「ほらを鳴らせ!!」

出陣の合図の〔ほら貝〕を、いっせいに鳴らさせ、

「われにつづく者は、まいれ!!」

叫ぶや、只《ただ》一騎で清洲城を駆け出たものである。

「いや、あのときの右大将様《うだいしょうさま》（信長）の、凄《すさ》まじさというものは口にも筆にもつくせぬものであった。わしは、このごろ、よう、あの夜のことを夢に見るのじゃ」

と、去年の秋に亡くなった豊臣秀吉が、よく、正則に語ったものだ。当時の秀吉は、木下藤吉郎といって、信長の足軽をつとめてい、

「わしがな、長い槍を担《かつ》いで戦場で闘うたのは、あのときが、はじめてのことで、いやもう、腕力《うでぢから》のないわしゆえ、ろくなはたらきもできなんだわえ」

だったそうな。

秀吉は武勇よりも、わが頭脳のはたらきによって、身を立てようと決意をしていたのだろうが、このときだけは、

「生きてもどろうとは、とうてい、おもえなんだ」

と、いうことだ。

織田軍の精鋭は、数名の侍臣のみを従えて先発した信長の後を追い、夜明けに熱田《あつた》神宮へあつまったときには千名をこえていた。

このとき、今川義元は、現在の愛知県名古屋市有松町《ありまつ》の近くの桶狭間《おけはざま》に陣をしき、勝利の酒宴の後の酔いに、全軍ぐっすりとねむりこけていた。

折から大雷雨となる。織田軍は、雷雨をついて猛然と今川の陣所へ襲いかかった。

こうして奇蹟が起った。

二千の織田軍が、四万（二万五千ともいわれる）の今川軍を破って、総大将・今川義元は、信長の家来・毛利《もうり》新助《しんすけ》と服部《はっとり》小平太《こへいた》という者に、首を掻《か》き切られてしまったのである。

戦闘、約二時間。

そのころ、松平元康《まつだいらもとやす》と名のって、今川義元に臣従していた徳川家康が、

「これからは、あなたの下にあってはたらきましょう」

と、信長に申し出て、織田・徳川の同盟が成ったのは、実に、福島正則が生まれた年であったという。

二

さて……。

このあたりで、晩春の朝靄《あさもや》をついて清洲城を馬上に走り出た福島左衛門大夫正則を、追って行くことにしたい。

「えい、おう!!」

と、愛馬の尻へ鞭《むち》をふるい、

「おのれ、歯がゆい!!」

と、馬腹を蹴る。正則の愛馬は栗毛《くりげ》で、名を〔文虎《ぶんこ》〕という。つまり〔虎〕のことだ。

この馬は、去年に病歿した豊臣秀吉から下賜《かし》されたもので、名も秀吉が、

「おぬしの武勇にあやかり、つけた名じゃ」

といい、命名してくれたのであった。

「えい、おう!!」

福島正則は、森を、林を、野を、畑道を疾駆しつづけた。

少年のころは、村でも鼻つまみの〔あばれ者〕で、年上の若者と喧嘩をし、これを、「なぐり殺して……」しまい、一時は故郷をはなれ、諸方を放浪していたこともある市松が、いまは、故郷の国を治める二十四万石の大名に出世をした。これが、愉快でないことはない。野駆けのたびに、正則は愉快をおぼえる。

「おれも、これまでに立身出世をとげた」

このことであった。

だが、今朝は不愉快きわまる。

「あれまでに、せずともよいではないか!!」

正則は馬上に叫んだ。

一国の大名が、側妾をもつことなど、常識ではないか。いったん、約束をしておきながら正則にそむき、妻の於まさの方へあのことを告げたにちがいない侍女のおすすめも、

「憎い女め!!」

であったが、その、おすすめに代り、ひそかに塩部屋の閨《ねや》で待ちうけ、裸体となって忍び寄った夫の自分をはずかしめた妻に対し、

「あれまでに、せずともよいではないか!!」

なのである。

このような恥のかかされ方をされては、二十四万石の〔殿さま〕の威厳も何も、

「あったものではない」ではないか。

そもそも、

「家来どもに、しめしがつかぬではないか!!」

と、正則は、そのことがもっとも口惜《くや》しかった。

二寺の村外れに、江川《えがわ》とよばれている小さな川がある。ここまで馬を駆って来た福島正則は、さすがに、自分よりも愛馬の激しい疲れに気づき、

「すまなんだな」

文虎に詫びて、馬を下りた。

こういうところは、なかなかにやさしい正則であって、だから文虎も、馬上に猛《たけ》り狂う主人を振り落そうともせず、忠実に、ここまで駆けつづけてくれたのであろう。

文虎が川の水を、うまそうにのむのをながめていた正則が、川の対岸の木立を何気なく見やって、

「や……!?」

おもわず、息をのんだ。

はれかかる朝靄の幕をぬって四人の男が、一人の女を担《かつ》ぎあげて、木立の中へ駆けこんだのを、正則は見た。

(ただごとではない)

と見た。

女は、(たしかに、手足を縛られていた……)ように見えた。男たちは、川の向うに腰をおろしていた福島正則や馬に、まったく気づいていないらしい。男たちは、いずれも布で顔をおおい隠していた。これも怪しい。

正則は、身を屈《かが》め、しずかに川をわたりはじめた。腰には、脇差一振《ひとふり》を帯しているのみであったが、(五人十人のやつどもは、素手《すで》で追い払うてくれる)という自信がある。

川を、わたりきって、木立の中へ踏みこんで行くと、

「わしが先じゃ」

「いや、おれが……」

などと、四人の男が低い声で、しきりに何やらいい合っていた。

正則は、音もなく近寄って行った。こうしたときには、少年のころから、数え切れぬ戦場へ出て闘った経験がものをいって、正則の、することなすことが、「堂に入ってくる」のである。

男どもは、木立の草の上に、ほとんど気をうしなって横たわった女の躰を仰向けにし、

「それ……」

手足を縛っていた縄を切りほどき、

「では、決まったぞ」

と、いいはなって、もっとも躰の大きな男が覆面《ふくめん》のまま、女の躰へおおいかぶさって行った。

「こらっ!!」

福島正則の大喝《だいかつ》が響《ひび》きわたったのは、このときであった。

「おのれら、何者じゃ!!」

ぬっと木蔭からあらわれた正則を見て、

「なんじゃと……」

男のひとりが刀を引きぬき、正則へ、

「うぬ!!」

走りかかって切りつけた。

おもいのほかに、俊敏《しゅんびん》な攻撃であった。

「ばかもの!!」

戦塵《せんじん》にきたえぬかれた正則の声は、さすがに凄《すご》い迫力をそなえている。切りつけた男は、もんどりを打って投げ飛ばされていた。

「われは清洲の城主、福島左衛門大夫であるぞ!!」

正則が名乗ると、男たちは驚愕《きょうがく》したらしい。

「逃げろ」

男のうちのだれかが叫んだと見る間に、四人の男は、いっせいに刃《やいば》を引き、猿《ましら》のような敏速さで、女を打ち捨てたまま、木立の外へ逃げ去っていた。

足袋師の娘

一

「うぬ!!」

福島正則は脇差をぬきはらい、

「曲者《くせもの》、待てい!!」

猛然と、追った。鍛《きた》えぬかれた躰力に、正則は自信をもっている。(わしが領内において、このような不埒《ふらち》なまねをする下郎《げろう》どもめ。ゆるしておけぬ!!)であった。

昨夜からの、妻に対する憤懣《ふんまん》と、男ざかりの躰内に蓄積《ちくせき》されたまま発散する機会もなかったエネルギーを、正則は、この曲者どもへ向けて爆発させようとした。

(いずれも、素首《そっくび》をはね斬ってくれる!!)

すぐに追いつけるつもりでいたのだが、木立から川岸へ飛び出した福島正則が、

「あ……」

おもわず、茫然《ぼうぜん》となった。

曲者四人は、すでに川をわたり切って、対岸の畑道をまっしぐらに駆けているではないか。

「むう……」

それだけでも、(とうてい、追いつけぬ)と、おもったのだが、見る見るうちに彼らは豆粒のごとく小さくなってしまい、まだ、うすくただよっている朝靄の中へ消えてしまったのだ。

速い。あまりにも速すぎる。

(まるで、野兎《のうさぎ》じゃ)

あきれ果てた正則は、木立の中へもどって行った。

女は、草の上へ仰向けに倒れたまま、気をうしなっていた。女房と見えた。このあたりの村の百姓の女房なのか……。着ているものから見て、そうおもえる。

女は、猿轡《さるぐつわ》を嚙まされ、ぐったりと両脚をひろげたまま、身じろぎもせぬ。男たちに犯《おか》されようとした姿のままであった。

「これ……これよ、女……」

よびかけて、女の傍へひざをついた福島正則が、ごくりと生唾《なまつば》をのみこんだものである。

粗末な着物の裾が、太腿《ふともも》のあたりまで捲《まく》れあがっていた。その、むっちりと肉の充《み》ちた小麦色の太腿の肌のあぶらが、水を弾《はじ》き返している。

ここへ担ぎこまれるまでに、女は、川の中を逃げたものか、全身が、ぐっしょりとぬれていた。川水にぬれた躰に密着したうすものの着物が、女のもりあがった乳房へはりつき、その乳房が息づいている。

着ているものは、どうやら寝衣《ねまき》らしい。女が寝ているところへ、（あの曲者どもが押し入り、勾引《かどわか》さんとしたに相違ない）と、正則はおもった。

「これ。これ、よ……」

女の躰をゆする正則の手が、おぼえず、乳房へふれた。ふれた瞬間、福島正則の躰が烈しく痙攣《けいれん》した。

「あ……そうじゃ」

ようやく、そこへ気づき、正則は女の口から猿轡を外してやった。

「むうん……」

はじめて、女が、うめき声を発した。

「これ、これよ。しっかりいたせ。しっかり……」

呼びかける正則の声が上《うわ》ずり、痰《たん》が喉へからんだようにきこえる。

「しっかりいたせ、これ……」

いいながら、ふとい正則の両腕が女の腰と背を抱えた。正則の両腕にもあまるほどに、女の肉体は、すばらしい量感があった。

「ああ……」

まだ、女は完全に意識を回復していないらしい。夢うつつのように、その、ふとやかな双腕《もろうで》を正則のくびすじへまわして巻きしめ、

「ああ……ああ……」

しきりに、嘆息をもらすのである。

「これ、女……女よ、これ……しっかりいたせ、しっかり……」

うわごとのようにいいながら、福島正則は、

(もはや、かくなる上は……)

と、騎虎《きこ》の勢いになっていた。

正則は、袴《はかま》を、かなぐり捨て、女の胸もとを押しひろげ、ころび出た乳房へ顔を埋

めた。手足が浅ぐろいのにひきかえ、女の乳房は、まっ白に見えた。

正則は、我を忘れていた。

「女、女……しっかりいたせ。しっかりいたせよ、これ……」


正則の、荒あらしい愛撫がやんだのちも、女は恍惚と両眼を閉《と》じたままであった。

正則は、満足しきっていた。眼の下に横たわった女の、豊熟した躰からは湯気がたちのぼっている。

靄がはれ、朝の陽が射しこんできていたが、この木立の中の二人に気づくものとてない。

「これ、女……」

女が、はっと眼をひらき、はじらいつつ、身づくろいをした。

まるい、つきたての餅《もち》のような女の肩が着物に隠れるのを、正則は残り惜しげに見やった。ふたたび、勃然《ぼつぜん》としたものが躰に衝《つ》きあがってくるのを正則は感じたが、辛《かろ》うじて堪《た》えた。

「女よ」

「あい」

向き直った女が、物怖《ものお》じもせぬ黒い眸《ひとみ》で正則を見上げ、

「清洲の、殿さま……」

と、いった。

「わしを知っておったのか？」

「お馬に乗ったお姿を、二度ほど……」

「さようか……」

年のころは、二十六、七歳に見えた。

おすめのような初々しさはなく、成熟しきった女の顔は、於まさの方やおすめほどに美しくはないが、化粧の気配もなく陽に灼《や》けた顔や手足も、生気がみちあふれている。ふっくらとした受《う》け唇《くち》を、（愛くるしいわい）と、正則は見た。

「これ、女。名は、なんと申す!?」

「小《こ》たま、と、申しまする」

「小たまか。よい名じゃ、愛らしき名じゃ」

「うれしゅうございます」

「お前の、亭主どのには、すまぬことをしてしもうた……」

女——小たまは、こたえず、うつ向いている。どぎまぎしながら、正則が、

「いずこのものじゃ。後に、つかわしものをしたい」

「いいえ……」

「申せ。いずこに住んでおる」

「御城下に住む、足袋師《たびし》・才兵衛《さいべえ》のむすめでござります」

「むすめ、とな」

「後家にござりまする」

「さ、よう、か……」

正則は、ほっとした。

「よし、よし。後家ならばよし。ところで女……いや、小たま。何ぞ、のぞみのものがあれば申せ」

「あい……」

「遠慮いたすな。申せというに……」

「では、申しあげまする」

「おう、おう」

「ほしいものは、殿さま」

こういって、小たまがくびをかしげ、なんともいえぬ野性的な媚《こび》をたたえた眼つきをしたときには、豪勇無双の福島正則が満面に血をのぼらせ、わなわなとふるえる腕をのばして、小たまを抱きしめ、

「まことか。すりゃ、まことか？」

少年のような声でいった。

「あい」

「では、お前……」

「これからも、抱いて下されませい」

「うむ、うむ。お前は父と共に、いつごろ、清洲へまいった？」

「二《ふ》た月ほど前に……」

「後家と申したな。では、此処《ここ》へ……朝のうちに此処へ、来られると申すか？」

「あい、あい」

「よし、わかった」

これは、おもいもかけぬことになったではないか……。

朝の野駆けについては、於まさの方も眼を光らせてはいない。むしろ、颯爽《さっそう》と馬上に駆け出て行く夫を、眼を細め、

「たのもしき殿……」

とろけそうな眼で、見送っているのである。

だから野駆けに来て、この木立の中で小たまと落ち合い、おもうさま、その女躰を愛撫することができるのである。憂悶《ゆうもん》と激怒の朝は、一転して喜悦《きえつ》の朝に変じた。

「金銀は、ほしゅうありませぬ」

と、小たまがいう。

「殿さまが、ほしい」

と、いうのだ。

福島正則は目をしばたたき、せかせかと髭《ひげ》をひねりあげつつ、

「さほどわしが気に入ったか？」

「あい、あい」

いまや小たまは、町の女が領主に対することばづかいではなく、放恣《ほうし》でいながら童女のような無邪気《むじゃき》さで、

「先ほどの……いきなり、わたしの家へ押しこんで来て、わたしを勾引《かどわか》した男どもから、あのまま、ひどい目にあわされていたなら、わたしは舌を嚙み切って、死んでしまったにちがいありませぬ」

「よかった、よかったのう」

「うれしゅうござります」

「なれど……城中へ、つれてまいるわけにはゆかぬ」

「奥方さまが、おそろしいのでござりますか？」

小たまが、いたずらっぽい笑いをうかべていった。

「何と申す」

正則は、憤然として突き立ち、

「わしをだれじゃとおもう。奥なぞが、おそろしゅうて戦陣がつとまろうか!!」

と、怒鳴った。

「ほんに……」

うなずいた小たまは、それ以上、正則を困らせようとはしなかった。（いま一度……）小たまを抱きたいとおもった正則であったが、そのようなことをしては領主の沽券《こけん》にかかわると、おもったのであろう。

「明日の朝も、此処で待ていい!!」

「雨がふりましたときは……」

「かまわぬ」

「あい」

と、小たまは逆《さか》らわぬ。

「よいか。かならず、まいれよ」

「はい」

やがて、福島正則が愛馬を駆って清洲の城へ帰って来た。

風呂場で何杯も水を浴び、着替えをして居間へ落ちついた正則のもとへ、家来の大辻作兵衛が、くびをすくめ、恐る恐るあらわれた。正則の凄まじい怒りを、作兵衛は、どうして受けとめたらよいか、と、生きた心地《ここち》もしなかったのだが、

「おう、作兵衛か。入れ」

正則は、上機嫌の声を投げてよこした。

「殿。まことにもって、昨夜は……」

大辻作兵衛にとっては、正則の上機嫌が、むしろ不気味だったらしい。これまでの例で、こうした場合には、(まさかに、腹を切れ、と、おおせにはなるまいが……)主の鉄拳《てつけん》を二つ三つは、あたまへ受ける覚悟が必要だったのである。

「昨夜か……ふむ、ふむ」

福島正則は、うなずきつつ、しきりに鼻を鳴らした。こうしたときの主の顔は、た

いそう無邪気なものであった。作兵衛は恐る恐る顔をあげ、主のその顔を見た。鼻を鳴らすのは、まさに、正則が上機嫌のしるしなのである。長らく正則の側近くつかえている大辻作兵衛だけに、そうしたことは、よくよくわきまえているのだ。

「まさかに、梅の丸さまへ、おすめが……」

「おどろいたのう」

「ははっ」

「これからは、気をつけてくれぬと困る」

「恐れいりたてまつる」

「おどろいたのう」

またしても「おどろいた」と、いった主の声が、明るく弾《はず》んでいることに、作兵衛は気づいた。

「作兵衛よ」

「はっ？」

「これからも、そちの助けを借りねばならぬやも知れぬ。そのときこそは、かまえて、事をうまくはこんでくれねばいかぬ」

「殿……」

「なんじゃ？」

「おすめのほかに、たれぞ、よき女《むすめ》が御目にとまりましたか？」

「うふ、ふふ……」

たくましい肩をゆすって福島正則が、妙な笑いを笑った。作兵衛は、呆気《あつけ》にとられている。

「もうよい。下《さが》れ」

「なれど、不埒千万《ふらちせんばん》なるおすめの始末を、いかが、はからいましょうや？」

「作兵衛よ。では、わしが、おすめを罰《ばっ》せよと申したら、おのれ一人にて仕てのけられるか。おすめは、いまや梅の丸へ逃げこんでおるのじゃぞ。それとも何か、梅の丸にかけ合うて見るか、どうじゃ」

「いえ、めっそうもないこと……」

「もうよいわ。下ってよい」

大辻作兵衛は、廊下を下って行きながら、（殿は、どの女に、御目をつけられたのか？）侍女たちの顔を、つぎつぎにおもいうかべながら、（それにしても、このつぎこそ失敗《しくじり》はゆるされぬ。だからというて、おすめが、あのようにおもいきったるまねをしたからには、どの女たちも、それに慣《なら》うだろう。どの女にしても、梅の丸さまが恐ろしいのは同じことだからなあ。困った。もし、殿に、ふたたび、首尾《しゅび》をはかれといわれたら、なんとしよう、なんとしよう……）

　この日の夕暮れになって、梅の丸から於まさの方が、正則の居室へあらわれた。

「そのほうたちは、下っていやれ」

と、於まさの方は、正則の小姓や侍臣たちを遠ざけてから、

「殿。あらためて申しあげまする」

またも、昨夜のことをもち出し、こんこんと夫を戒《いま》しめにかかった。

正則は、さからわぬ。いつもなら、結局は、いい負かされるくせに、正則は猛り、怒り、反撥する。それなのに今日は、

「ふむ、ふむ……」

鼻を鳴らしつつ、素直に、いちいちうなずき、妻女のことばに耳をかたむけているではないか……。

　そうした正則を見て、於まさの方は、さすがに愛《いとお》しさがこみあげてきたものか、

「殿……わが殿……」

と、骨張った肩をすり寄せて来たかとおもうと、正則の手をとり、それを自分のふくらんだ腹のあたりへいざなった。

「殿。いますこしの御辛抱でございます」

ささやいて、於まさの方がにっと笑った。

「ふむ、ふむ……」

「この、お腹の中の子をたのしみに、御辛抱下されまするよう」

「ふむ、ふむ……」

「子《やや》が生まれましたるあかつきには、夜ごとに、梅の丸へ、お通い下されますよう」

「ふむ、ふむ……」

「このごろは、食《しょく》がすすみまして……」

「ふむ。それはその、腹の中の子が食べておるのじゃ」

「はい」

「しっかりと食べておかねばならぬ。よいか、よいな」

「あい……」

於まさの方が、うれしげに眼を細め、正則を見た。その妻の顔が、正則の脳裡《のうり》で、いつの間にか、今朝の江川のほとりの木立で抱きしめた小たまの顔になっていた。

「ふむ、ふむ……」

正則は、うっとりと眼を閉じ、鼻を鳴らした。（こうしたときの、わが殿は、ほんに可愛ゆい……）於まさの方は、切なくなってきて、片ひざを立て、正則の耳朶《じだ》を軽く嚙んだ。

「ふむ、ふむ……」

「あれ、わたくしとしたことが、はしたないことを……」

いうや、於まさの方が、顔を赤らめ、居間を出て行った。

二

翌朝、まだ暗いうちに……。福島左衛門大夫正則は、爽快《そうかい》に目ざめた。

「馬ひけい!!」

居館の玄関構えにあらわれた正則が叫んだ。愛馬の文虎がひき出されて来て、元気よく嘶《いなな》いた。

「それっ。まいるぞ!!」

文虎へ飛び乗り、正則は馬腹を軽く蹴った。城門から、まっしぐらに飛び出して行く正則を見ても、家来たちは別に気にとめてはいない。（いつもの、殿の野駆けだ）と、おもっている。

この朝。福島正則は朝靄をついて、まっしぐらに、昨日、小たまを抱いた江川のほとりへ駆けつけて行った。正則は、文虎にまたがったまま、川をわたりきり、木立へ入った。（まさに此処じゃ）

うすれかかる靄の中を見まわしつつ、

「小たま。これよ、小たま……」

正則は呼んでみた。

こたえはない。（まだ、来ておらぬらしい）待つことにした。待つよりほかはない。

靄が、はれた。朝の陽光が、川面《かわも》へみなぎり、小鳥のさえずりが高まってくる。

（来ぬ。女め、来ぬ……）

場所を、間ちがえたのかとおもい、正則は木立の中を狂人のごとく歩きまわった。

（いや、ちがわぬ。たしかに、この場所であった……）

文虎をつなぎとめてある元の場所へもどって来て、福島正則は、いまいましげに何度も舌打ちをした。それから馬へ乗り、川をわたり返し、去って行った。

しかし、小たまが来なかったからといって、正則が文句をいう理由は、いささかもないのだ。

「うぬ!!　……おのれ!!」

だが、残念で残念でたまらなかった。

「にくい女め!!」

である。正則は、文虎の尻を鞭《むち》で打ちつづけた。

「ふ、ふふ……」

見る見る遠ざかって行く馬上の正則を、木立の中で見送っていた小たまが、ふくみ笑いを洩《も》らした。小たまは、松の木の枝に音もなくとまっていて、眼下に正則が苛《い》ら立ち、口惜しがっている態《さま》を見とどけていたのである。


それから一刻（二時間）ほど後に、小たまは、清洲の城下町へもどって来た。城下町の中心は、その大半を清洲城の外堀に囲《かこ》まれている。城の東面をながれる五条川の水をひき入れた外堀は築《きず》かれた土手の下をまわり、諸方に木戸が設けられてある。あくまでも、ここへ敵の軍勢が攻めかけて来たときの備えをした城下町であった。

内濠の周辺にたちならぶ武家屋敷の外側を三方から包むようにして、町屋《まちや》がある。足袋師・才兵衛の家は、清洲城の南側にあたる針屋《はりや》町の一角にあった。

亡き太閤（豊臣秀吉）に育てられて大名となった福島正則や、いまは肥後・熊本の太守に出世をした加藤清正は、豪勇の武辺者《ぶへんしゃ》というだけではなく、秀吉のすること為《な》すことを、むかしから側近くに見ていただけに、城を築くこともうまいし、町づくりも上手なのである。市《いち》をひらき、税をゆるめ、町人を可愛いがるのも、秀吉のやり方を踏襲《とうしゅう》しているのだ。あのように見えても正則は、経済のことにも、なかなかくわしいところがある。

足袋師の才兵衛は、背丈が高く、骨と皮ばかりに痩《や》せた六十がらみの老爺《ろうや》で、近所の人たちは、

「足袋師の、骨兵衛《ほねべえ》どのじゃ」

などと、たわむれて呼ぶ。それほどに、才兵衛の躰は細い。それでいて、しわの深い顔の血色が、すばらしくよかった。

その朝も才兵衛は、店先に面した仕事場で、黙々《もくもく》と足袋を縫《ぬ》っていた。

「ふ、ふふ……」

裏手から入って来た小たまが、ふくみ笑いをするのをきいた才兵衛は振り向きもせず、仕事の手もゆるめずに、

「先刻、殿さまがの。この家の前を二度も三度も、行ったり来たりして、中をのぞき

こんでいたわえ」

と、いった。

「ふ、ふふ。どのような顔をしてじゃ？」

「まっ赤《か》な顔よ。怒ってござった」

「ふ、ふふ……」

「そのうちに、近所のものが殿さまに気づき、さわぎ出したものじゃから、あわてて、お城へ帰って行ったわえ」

「ま、そうかえ」

「さて、どうする？」

「どうしような？」

「いますこし、殿さまを焦《じ》らしてみるかのう」

「あまり焦らしても、却《かえ》って時機を失なうことになるぞえ」

「そうじゃのう」

「明日の朝が、勝負じゃ」

と、小たまは足袋師のむすめらしからぬことをいった。

「ま、大丈夫じゃ。明日の朝も左衛門大夫、かならず、あの木立の中へやって来るぞえ」

にんまりと、小たまが自信にみちた声でいうのだ。そのとき、

「足袋を下され」

荷を背負った旅商人らしい男が、店へ入って来た。

「はい、はい」

小たまが出て、足袋を売った。笠をかぶったままで旅商人が足袋を受け取り、銭を小たまへわたした。銭と共に、小さく細く折りたたんだ手紙をもわたしたのである。手紙を受け取ったとき、小たまが旅商人へうなずいて見せた。うなずき返した旅商人の笠の内の顔を、もしも福島正則が見たら、なんとおもったろう。

この旅商人は昨日の朝、木立の中へ小たまを担ぎこみ、怪《け》しからぬふるまいにおよぼうとした四人の男の中の一人だったのである。

風雲

一

「では……」

旅商人が、小たまと才兵衛へうなずいて見せ、外へ出て行った。

旅商人が去ると、小たまは密書のようなものを才兵衛へわたした。才兵衛は、密書をもって奥へ入って行く。そのかわりに、小たまが仕事場へすわり、足袋を縫いにかかる。

しばらくして、才兵衛があらわれ、

「頭領《とうりよう》様は、急《せ》いてござる。やはり、これは、一日も早く、な……」

と、小たまにささやいた。小たまが、うなずき、

「では、明日……」

と、いった。

「たのむぞよ。こたびの忍びばたらきでは、なんというても、お前に糸口をつけてもらわねばならぬゆえ、な……」

「あい」

そのころ……。

福島正則は、清洲城内・三の丸にもうけられた矢場で、弓をひいていた。

「おのれ!!」

とか、

「にくいやつめ!!」

とか、

「ばかもの!!」

とか、しきりに罵倒《ばとう》の声を放《はな》ちつつ、正則はつぎからつぎへ、息をつく間もなく強《ごう》弓《きゅう》を引きしぼり、矢を射た。おもしろいように、矢が的を射る。正則は、すばらしい槍の名手でもあるが、弓も相当なものだ。

「父上……」

いつの間に傍へ来たものか、正則の背へよびかけたのは、養子の伯耆守正之《ほうきのかみまさゆき》であった。正之は、正則の実子ではない。

長男の正友《まさとも》が少年のうちに病歿して以来、於まさの方は女子ばかりを生んだ。そこで、五年前に、別所主水正重宗《べつしよもんどのしょうしげむね》の七男・正之を養子にしたのである。別所重宗は、もと、播磨《はりま》の国の三木城主だった別所長治《ながはる》の叔父にあたる。

かつて、別所長治は織田信長にそむいて信長の怒りを買い、三木城を攻撃され、力戦苦闘の後に討ちほろぼされた。このとき、信長の命をうけて、三木城を攻めたのが豊臣秀吉（当時は羽柴《はしば》秀吉）であった。

秀吉は、ほろびたのちの別所一族について、いろいろと面倒を見てやったが、別所重宗についても、

「よし、よし。わが許《もと》へまいれ」

身柄を引きとってやり、但馬の国の内へ領地をあたえてやった。

別所主水正重宗は、豊臣秀吉の気に入られて、敗軍の将としては、めぐまれた余生を送ることができたわけだが、重宗の妻は福島正則の妹なのである。だから正則は、妹が生んだ甥の正之を養子に迎えたことになる。

正之を養子にするについては、於まさの方が、

「そうなされますのが、よいと存じまする」

と、すすめたからだ。

「これより、男子が生まれればようございますが、それも、しかとはわかりませぬし……もはや、四人の子を生んだわたくしゆえ、子が生まれぬやも知れませぬ」

於まさの方は大名の妻として、実に、しっかりしたところがあり、

「大名の家に、跡つぎの男子が無《の》うては、家来たちのためにもよくありませぬ。それに、殿の御身《おんみ》に、もしも万一のことがありましては、福島の名跡《みようせき》も絶えてしまうことになりまする」

はっきりと、いった。

「だが、もしもじゃ。正之を跡つぎに迎えてのちに、そなたが男子を生んだら、いかがいたす。困ったことになるではないか」

「かまいませぬ」

「なんと……いったん、正之を跡つぎにしたからには、これを変えるわけにはまいらぬぞ」

「承知でございます。そのときは、わたくしが生んだ子を正之どのの養子にさせ、正之どのの跡をつがせまする」

「それで、よいのか？」

「何よりも、福島の家がたいせつでござりますゆえ……」

女にしては、こういうところが於まさの方の度量《どりよう》のひろいところだ。その点、福島正則は、妻を敬服している。また、於まさの方は、かねがね、

「別所の八助《はちすけ》（正之の幼名）どののような子が、ほしい」

と、もらしていたそうな。

こうして正之は、二年前に福島家の嗣子《しし》に迎えられた。ところがいま、於まさの方は、おもいもかけずに懐妊《かいにん》した。生まれるのが男の子か女の子か、それは知らぬが、於まさの方は、

「このたびこそは……」

と、男子誕生を待望《たいぼう》している。

だが、それだからといって正之をしりぞけるつもりはない。もし、男子が生まれたときは、すぐさま、正之の養子にするつもりらしい。正之も、また、梅の丸の於まさの方の居館へは毎朝、かならずあいさつに出向き、まことに親密なのである。正則は、安心をしている。

伯耆守正之は、二十五歳の青年武将だ。実父の別所重宗に似て、

「はれやかなる美男子」であるし、気性も闊達だ。武勇にもすぐれ、戦場に出たときは、(これほどに、たのもしき男はない)と、正則はよろこんでいる。

年少のころから、正則と共に、秀吉の下で槍をそろえて戦場へ出た、加藤清正も、いつであったか伏見城で、久しぶりに会ったとき、

「市松よ」

と、正則の幼名をよび、

「よい男を跡《の》つぎに迎えたのう」

こころから、そういってくれたほどだ。

伯耆守正之は、清洲城内・三の丸に居館をかまえている。

去年の夏、正之は、徳川家の臣・久松康元《ひさまつやすもと》のむすめ・きみ姫を妻に迎えた。きみ姫は、いったん、徳川家康の養女という資格になってから福島家へ嫁入って来た。だから、いまの福島正則は、徳川家康の、

「親類」

になったわけだ。

きみ姫は、いま、正之夫人として〔三の丸さま〕とか〔三の丸御前〕と、よばれて

いる。

この縁組を見てもわかるように、天下をおさめていた豊臣秀吉が病死するや、徳川家康は、このような縁組を福島家ばかりか、伊達《だて》、蜂須賀《はちすか》などの大名ともむすんでいる。福島家は、尾張・清洲二十四万石。伊達家は奥州（東北地方）で六十一万石。蜂須賀家は阿波（徳島県）で十八万石。いずれも実力のある大名たちであって、こうした大名との婚姻《こんいん》は、そのまま、徳川家康の勢力にふくまれることになる。

こうした縁組について、豊臣秀吉は死にのぞみ、

「豊臣家のゆるしをうけなくてはならぬ」

と、遺言《ゆいごん》し、家康をはじめ五人の大老から、

「勝手に、他の大名との縁組はいたしませぬ」

との、誓いの証文をとっていたほどだ。

ところが……。

秀吉が死んでしまうと、徳川家康は、（かまうものか）という意志を露骨《ろこつ》にし、秀吉へ誓紙《せいし》を差し出したことも忘れたかのように、どしどし、縁組をむすんでしまったのである。

五大老の一人で、故秀吉が、もっともたよりにしていた加賀二十四万石の大名・前

田利家も、

「徳川殿を、きびしく問いつめよ」

と、いったほどだ。

すると、家康は平気な顔で、

「わしも年をとって、もの忘れをするようになった。これはいかぬ。亡き太閤殿下との誓いを、すっかり忘れていた」

ぬけぬけと、こたえたそうな。

前田利家は、秀吉にたのまれて、まだ七歳の幼童にすぎぬ遺子の秀頼《ひでより》の後見《こうけん》をしていただけに、徳川家康が、にわかに自分の勢力を押しひろげはじめたのを知って、

「気が気ではなかった……」

に、ちがいない。

秀吉が亡きのちは、五人の大老と五人の奉行《ぶぎょう》が、

「ちからを合せて……」

豊臣政権をまもり、秀頼が成長するのを待つ、ことになっている。

家康の養女を正之の妻に迎えたとき、福島正則は、

「この縁組をしては、亡き殿下（秀吉）へ、申しわけがないような……」

といった。縁談は、むろん、徳川家から、もちこまれたものであった。このとき、伯耆守正之が、

「なれど父上。私は、この縁組をうけたがよいと、存じます」

と、いった。

「いずれにせよ、秀頼様御成長のあかつきまで、徳川公が重きをなすことは、たしかなことでござる。のちのち、徳川公と縁をむすんでおくことは、わるいことではないと存じます」

というのである。

それは、正則も同感であった。

「なれど、他へのきこえがわるいではないか……」

「かまわぬではございませぬか」

「そうか、な……」

「では父上。この縁組をことわり、徳川公と疎遠《そえん》になりましたら、いかがなさる？」

「それは……困るな」

であった。

正則としても、徳川家康の、ぬきさしならぬ威風を、

「無視するわけにはゆかぬ……」

のである。

「父上。おみごとですな」

矢場へ入って来た伯耆守正之が、感嘆していうのへ、

「なんの……」

正則は、ふりむきもせず、弓へ矢をつがえた。片肌をぬいだ福島正則の、もりあがった左肩が汗に光っている。

(明日じゃ。明日の朝、いま一度、行って見よう。それで、もし、あの女が来ぬときは、かまわぬから引っ捕えて、首を打ち落してくれよう!!)

正則は、そうおもいながら、弓を引きしぼった。

二

翌朝、福島左衛門大夫は、愛馬・文虎へ打ち乗り、いつものように城門を走り出て行った。まっしぐらに、江川のほとりの木立の中へ向う。

(いた……いたぞ!!)

まさに、小たまがいた。

今朝の朝靄は、淡い。だが、木立の草の上へ、花茣蓙《はなござ》を敷きのべ、うっとりと眼を細め、すわっている小たまの姿が、すぐに正則の眼へ入った。

「お、女……」

「あれ、殿さま……」

「おのれ……おのれ、昨日は……」

「おゆるし下されませ」

「な、なんとしたぞ？」

「あの、急に……」

「急に……急に、どういたしたと申すのじゃ？」

「父《てて》が、急の病《やま》いにかかりまして……」

「な、なに……」

「それゆえ、傍《そば》をはなれることもできませず……」

「む……」

「父の病いなれば……」

「む。それは、いたしかたもないことよ」

「殿さまは、もう、此処《ここ》へおいで下さらぬかと……あの、案じておりました」

「ば、ばかな。来ぬはずがないではないか」

と、福島正則は、いままでの怒りを忘れきってしまい、

「ふむ、ふむ……」

甘く、鼻を鳴らしつつ、文虎から下り、

「女……小たま……」

「あい、あい」

「よう、まいってくれた」

「あい……」

「父の病いは、もはや、よいのか?」

「腹の痛みでございましたが……もう、落ちつきました」

「それは、よかった。よかった……」

いいさして、正則は呼吸を荒げ、小たまのまるい肩へ腕をまわしかけ、

「いかぬ。文虎めが見ておる」

といった。

愛馬を、彼方の木蔭へつなぎとめておいてから、

「小たま、小たま……」

大声に呼ばわりつつ、正則が駆けもどって来た。

正則は小たまを抱き倒し、豊満な女の乳房へ顔を埋めた。小たまは、早くも汗ばんでいた。そのうすい汗は瓜《うり》の果汁のような匂いがした。

「愛《う》いやつ、愛いやつ……」

正則は、われを忘れ、自分でも何をいっているのかわからぬような妄語《たわごと》を口走りつつ、小たまの身についているものをはぎ取っていったのである。

小たまと別れ、清洲城へもどる途々《みちみち》に、

「もはや、わしは……わしは、あの女とはなれて暮すことはできぬ。できぬ、できぬ」

と、正則はつぶやいた。

翌朝も……正則は、江川のほとりへ駆けつけて行った。朝露にぬれた草の香りと、小たまの肌身からただよう果汁のような匂いとに、正則は目がくらむおもいで、小たまのくちびるの感触を躰中に受け、

（う、梅の丸は……いや、これまでに、わしが抱いた、どのような女も、このようなまねはしてくれなんだわい）

狂喜した。

やがて……。

半身を起し、身づくろいをしている小たまに、正則がささやいた。

「明日も……明日の朝も、な……」

すると、小たまが激しくかぶりを振った。

「どうしたのじゃ？」

「いやでござります」

「なんと……？」

「いやでござります。お城の中へ入れて下されぬのなら、もう、まいりませぬ」

「城へ、か……」

「殿さまなれば、わけもないことではござりませぬか……」

「む……」

正則は憮然《ぶぜん》となった。侍女でさえ、（おもうにまかせぬのに……）である。

「小たま。さように申すな」

「いやでござります。いや、いや、いや」

「城の外へ、囲《かこ》うてつかわす」

「お城の中でのうては、いや、いや、いや」

「むりを申すなよ、これ……」

「奥方さまが、恐ろしいのでござりましょう……」

「恐ろしゅうないわ」

「では、お城へ入れて下されませい」

「な、ならぬ。いや、かんべんいたせ。たのむ、小たま」

「お城へ入れて下されぬのなら、殿さまとのことを、みんな、御城下へひろめまする」

「ば、ばかなことを申すな」

「ひろめまする、ひろめまする」

「これ、何を申す。そのようなことをしては、お前も困る。わしも困る」

「いいえ、小たまは困りませぬ。かまいませぬ」

三

この朝。

福島正則が帰城した時刻は、いつもより半刻（一時間）ほど遅かった。正則は、いつものように風呂場へ入り、何杯も水をかぶってから衣服をととのえ、

「これより、三の丸へまいるぞ」

と、家来にいった。

「御弓を……？」

「いや、伯耆守に会うのじゃ」

家来は、（はて……？）ふしぎにおもった。養子の伯耆守正之に用があるのなら、正則が本丸の居館へ呼びつければよいのだ。

「早くいたせ」

「はっ」

伯耆守正之も、突然、三の丸のわが居館へあらわれた養父を迎えて、

「いかがなされました？」

おどろいていた。

「いや、なに……」

「何やら、大事のことでも？」

「む……まあ……」

正則は、きびしい顔つきになっている。正之は、すぐさま、人ばらいを命じ、書院の中で正則と差し向いになった。

「父上……」

「困ったことになってのう」

「何とおおせられます」

「おぬしに、たのみがある」

「なんなりと、お申しつけ下され」

「きいてくれるか？」

「はい」

「かならず、きいてくれるな？」

「武士《もののふ》の一言でござる」

と、正之も緊張せざるを得ない。養父の正則が、このように切迫した様子を正之に見せたのは、このときがはじめてであった。

「実は、な……」

「はあ？」

「女に、手をつけてしもうた……」

「何と、おおせられました？」

「女に、わしが手をつけてしもうたのじゃ」

正之が、あきれ顔になり、

「ふうむ……」

微《かす》かに、うなった。

「これ、正之。そのような顔をしてくれるな」

「父上が、いずこの女に、でござる？」

「城下の女じゃ」

「それはまた、なんとして……？」

「偶然《たまたま》に、江川のほとりの、木立の中で、抱いた」

「ははあ……」

正則が、そのように器用なふるまいができようとは、おもっても見なかっただけに、

「ようも、そのような」

いいさして、正之は後のことばがつづかぬ。正之も、養母・於まさの方が、いかに烈婦《れつぷ》であるかを、じゅうぶんにわきまえていた。

「いずこの女で？」

「城下に住む足袋師のむすめにて、名を小たまと申す」

そういって、福島正則がにんまりとした、なんともいえぬ笑顔になり、

「これ、正之。察してくれいよ」

片眼をつぶって見せた。正之は、おもわず吹き出してしまった。

「何が可笑《おか》しいのじゃ？」

「父上。それで、それがしは何をいたせばよいのでござる？」

「いろいろに、考えてな」

「はい」

「本丸へ、その女を置いたのでは、とてもいかぬ」

「そのとおりでござる」

「なれば、三の丸の、おぬしの館《やかた》にて、その女を召しつかってもらいたい、どうじゃ？」

「それはかまいませぬが、城中へ入れましては母上の御眼が、くまなく行きとどいておりますゆえ……これは父上、やはり城下へ隠して住わせましたほうが……」

「いや、それがいかぬのじゃ」

と、正則はすべてを正之に語り終えて、

「なれど、わしは、いかにも、あの女とは別れがたい」

「困りましたなあ」

「いや、三の丸へ入れておけば、小たまが、かならず余人の目にふれずして、わしの寝間へ忍んでまいるそうな……」

「まさかに……?」

「さ、そこじゃ。そこで、おぬしにも知恵を借りたい。なればこそ、わざわざ、こうしてまいっている」

「それは、ようわかっております」

正則は真剣そのものであった。正之も、その養父の顔を見ているうち、気の毒になってきた。尾張・清洲二十四万石の大名でありながら、ひとりの側室も得られぬ養父に、である。(母上も、いますこし、男の躰というものを、お考えになってあげぬと……)であった。

もっとも、於まさの方が側室をゆるさぬため、その後、男子が生まれず、したがって正之が嗣子となり得たのであるから、正之としては文句もいえぬし、また正之は正之で、於まさの方を敬愛していることも事実であった。

だが、結局、伯耆守正之は養父のたのみを引き受けることになってしまった。そのとき正之は、

「大辻作兵衛のみへは、このことをお洩らしになっておいたほうが、よろしいかと存じます」

「やはり、な」

「そのほうが、何かにつけて……」

「よし。相わかった」

本丸へもどった正則は、すぐさま大辻作兵衛をよびつけ、小たまのことを告げ、

「これより、伯耆守をたすけて、ことを運べ」

「はい。それにしても……」

「何じゃ？」

「ようも、そのような女が、殿の御手に……」

「くどい。去《い》ね」

「ははっ……」

それから三日ほどは、居ても立ってもいられぬおもいの福島正則であった。朝の野駆けへも出ぬ。

「殿さまは、御病気にでもおかかりあそばしたのか……?」

などといい出す家来もいたようだ。

朝から生《なま》あたたかい雨がふりけむるその日の午後……。落ちつかぬ正則の居間へ、梅の丸から、何の前ぶれもなく於まさの方があらわれた。(もしや、さとられたのでは……?)正則の胸が、さわいだ。

ふくらんだ腹を、たいせつに抱えるような姿で、於まさの方は侍女二人を従え、正則の下座《しもざ》へすわり、

「殿には、ごきげんようおわしまして」

と、あいさつをした。家来や侍女の前では、あくまでも、夫・正則の威厳《いげん》をそこなわぬよう、於まさの方は神経をくばっている。

けれども、いざとなると、正則が盗み酒をしたときのように、薙刀《なぎなた》をつかんで荒れまわることもあるのだから、福島正則にとっては、まことに、(ゆ、ゆだんのならぬ女房どのじゃ)なのである。

「ちかごろは、梅の丸へ、おわたりになりませぬな」

於まさの方に、そういわれたとき、正則の胸さわぎは尚《なお》もはげしくなった。

「うむ……それは、その……」

「清洲に御在城の折には、日に一度、お顔を見ませぬと、何やらさびしゅうて……」

「ふむ、ふむ。ちかごろ、何やら、伏見がさわがしゅうなってまいった。それで、伯耆守とも、いろいろに談合《だんごう》をいたしたりしていたものじゃから、つい、つい……」

「よう、わかっておりまする」

於まさの方は微笑《ほほえ》んでいる。正則は、ほっとしたが、そのとたんに、

「殿。正之どのの居館《やかた》へ、新しき女《もの》が一人、入りましたそうな」

正則は、妻の手が自分の皮肉をくぐって、生の胃《い》の腑《ふ》をぎゅっとつかんだようなおもいがした。

「う……」

「いかがなされました?」

「わしは知らぬ」

「城下の足袋師のむすめだと申しまする」

「ほほう……」

正則の胸が、早鐘《はやがね》のように鳴っている。だが、於まさの方に他意はなかったようだ。間もなく、於まさの方は話題を転じてしまい、(わしの、おもいすごしであったか……)ようやくに、正則は胸を撫でおろしたのであった。

於まさの方が〔梅の丸〕へ去ってのちも、先刻までの動悸《どうき》の烈しさをおもいうかべ、(わしは、敵の大軍の中へ突きかかるときも、あれほどの胸さわぎをおぼえたことはないわい)戦塵にきたえぬかれた、たくましい体軀が、おどろくほど疲れてしまい、(わしも、いささか妙な……)苦笑が浮かんできた。(それにしても……)於まさの方の耳は、(ねむっていても、はたらくようじゃ)正則は、また顔をしかめた。

三の丸の、伯耆守正之の居館で召し使う侍女のことは、正之夫婦が取りしきればよいことだし、むろん、於まさの方も、これに容喙《ようかい》はせぬ。それでいて、正之の居館の奥向きの様子も、すぐに、於まさの方の耳へ入ってしまうらしい。

ともかくも、先刻の於まさの方のことばによって、(小たまが、正之の居館へ入ったことは、まさに、わかった)のである。今度は、うれしくなったかというと、そうではなかった。

三の丸の館の侍女になった小たまと福島正則は、これから、どのようにして忍び逢ったらよいものか……。あの於まさの方の目と耳を晦《くら》まして忍び逢うことなど、とうてい不可能だと見てよい。(かえって、つまらぬことをしてしもうた。これでは、かえって自由がきかぬわい)正則は、絶望的になってきた。

(ばかめが……何故、小たまは城中へ入りたがったのか……)それが残念でならぬ。

朝な朝な、あの江川のほとりの木立で、さわやかな大気と草の香りにつつまれながら、たがいの肌身をたしかめ合ったほうが、（どれだけ、よかったことか……）と、正則がくやしがるのも当然であった。

正則は、大辻作兵衛をよびつけ、

「梅の丸に知れぬよう、酒を、もってまいれ」

と、命じた。

そして、作兵衛がひそかに運んで来た酒をあおり、正則は、むしろ自暴自棄《じぼうじき》のかたちとなり、側にはべっている大辻作兵衛を理由もなく怒鳴りつけたりした。

作兵衛にしても、（こりゃ、とてもとても……）至難《しなん》なことだと、おもっている。

正則のほうから三の丸へ忍んで行き、正之の居館の中にいる小たまと逢うことは、むろん不可能である。

小たまが本丸の正則の寝所へあらわれるためには二ヵ処の番所を通りぬけ、さらに、警固がきびしい居館の中へだれにも知られず、入ることになるのだから、女ひとりの身で、（どうにもなるものではない）のであった。小たまは、清洲二十四万石の大名の側室になる、という夢を見ているにちがいない。

正則も、わが沽券《こけん》にかかわることゆえ、於まさの方と自分とのことを、はっきりと小たまへは打ち明けていない。なればこそ、小たまは城内へ入り、正式に、正則の側《そく》妾《しょう》として、愛撫を受けたがったのであろう。

（ああ、ばかな。なんという、つまらぬことを……）

もっとも、いずれは小たまにも、正則夫婦の実体が知れよう。

そうなれば、あきらめて城下の父のもとへ去るやも知れぬ。（いや、去ってくれるなら、まだ、よいが……）下手に小たまがさわぎ出して、二人のことが城内にひろまりでもしたら、それこそ一大事である。

（いかぬ。まったく、いかぬ。困った。まさに、困った……）


こうした夜が、それから三日もつづいた。三日目の夜ふけである。とろとろと、ねむりに入った福島正則が、はっと目ざめた。寝所の闇に、ただならぬ人の気配を感じたのは、さすが、千軍万馬《せんぐんばんば》の勇将であった。

「だれじゃ？」

と、いいかけて口をひらきかけた正則の耳へ、

「殿さま……」

かすれた女の声が、

「小たまでございます」

「まことか……」

「あい……」

ふわりと、闇がゆれうごいた。

「あっ、まさに……」

「この夜を、待っておりました」

「夢ではないのか……」

「まあ、殿さま。小たまは、ほれ、このとおり此処に……」

小たまが正則の手を、わが胸へいざなった。こんもりとふくらんだ小たまの乳房は、冷んやりとしている。夜の闇の中を此処まで忍んで来たからであろう。

「ようも、ひとりで、此処まで忍んでまいったものじゃ」

「あい」

「どこから、本丸へ入ったぞ」

「殿さま。あまり、声をおたてなされますな」

「む……」

そのとおりである。寝所から二つ目の部屋には、小姓が二人、宿直《とのい》をしているし、大廊下には番兵の眼も光っている。

「こ、こ、小たま……」

「あい」

「ま、待ちかねていたぞよ」

「うれしゅうござります」

「それにしても、よくも此処まで……」

「もう、お黙りなされませい」

「う……」

「さ、早う。しずかに、やさしゅう、お抱き下されませい」

甘く、ささやいて、小たまが正則の臥床《ふしど》へ身を横たえた。

「愛《う》いやつ、愛いやつ……」

福島正則は、もう何も彼も忘れていた。それは、まことに甘美な夜であった。正則は、ちからのかぎり小たまを愛撫し、いつの間にかまどろみ、小たまが寝所から出て行ったのも気づかなかった。

目ざめると、すでに朝の光りが寝所へながれ入ってきている。

「や……小たまがおらぬ。出て行ったのか。それにしても、うまく三の丸の伯耆守の居館へもどれたろうか？」

また、気がかりになってきた。

「殿。お目ざめでございますか？」

大辻作兵衛の声が、次の間できこえた。

「うむ、作兵衛か？」

「さようでございます。今朝も野駆けへお出かけになりませぬので？」

作兵衛の声に、異状はみとめられない。何か起れば、すぐに作兵衛が知らせに駆けつけるはずだ。正則は、急に元気がわき出て、

「これからまいる。馬の仕度をいたせ」

と、叫んだ。

翌々日の夜ふけに、また、小たまが忍んで来た。その翌々日も、また……。福島正則にとって、幸福な甘美な夜がつづいた。

於まさの方のところへ、久しぶりに出向いたとき、

「ま、殿のお顔のはればれしいこと……」

と、於まさの方がうれしそうにいった。正則は、うつ向いて、はにかんだような笑

いをうかべ、

「そうかのう……」

と、つぶやいたのである。その夜ふけ……。またしても、小たまが忍んで来た。

「いったい、どのようにして城内の番所をぬけ、此処まで忍び入るのじゃ？」

ふしぎでならず、正則が問うと、

「手筈《てはず》がつきましたゆえ……」

「て、はずと、な？」

「あい。手筈をつけて忍んでまいりまする。それだけで、よろしいのではござりませぬかえ？」

と、小たまが親しげに、甘えて、

「くわしゅう申しあげても、詮《せん》ないことでござりまする」

「何故じゃ」

「下々《しもじも》のすることを、殿さまが知らずともよいではござりませぬか」

「ま、それはな……」

「手筈のからくりを殿さまに申しあげましては、小たまは二度と、忍んではまいれませぬ。それでもよろしゅうござりますのか？」

「いや、それは困る。困るぞ」

「では、二度と、おきき下さらぬよう……」

「わしの家来どもを、手なずけたのか？」

「そのようなことよりも、さ、早う。早う、お抱き下されませい。空が白《しら》みまする」

「よし、よし」

「あ、念のため……」

「なんじゃ？」

「伯耆守正之さまへは、小たまが忍んでまいることを知らせてはなりませぬぞえ」

「そ、そうか……」

「そのほうが何事につけ、よろしいのでござります。おわかりになりましたなあ」

「わかった、わかった」

翌日、久しぶりで正之に会ったとき、

「父上。かえって御不自由になられましたろう。江川のほとりでの出合いが、もっともよろしかったのでは……」

といわれ、正則は、

「まあ、よいわ。あの女も名ある大名の家に奉公することを、身のほまれとおもうているのであろうよ」

と、小たまから教えられたとおりに、こたえておいた。

ところで、この日の夕暮れに、伏見にある福島正則の屋敷から、急使が駆けつけて来て、伏見屋敷をまもる重臣・牧主馬《まきしゅめ》の密書を正則へわたした。それから一刻（二時間）もたたぬうち、これも伏見から、加藤主計頭《かずえのかみ》清正の密使・栗崎新助《くりざきしんすけ》が、清正自筆の密書をたずさえ、清洲城へ到着した。

二通の密書を読んだ福島正則の顔には、あきらかな興奮と緊張《きんちょう》がみなぎっていたのである。

四

加藤主計頭清正は、福島正則より一歳年下で、この年（慶長四年）三十八歳になる。清正が〔虎之助《とらのすけ》〕といい、正則が〔市松〕とよばれていた少年のころから、この二人は肩をならべ、槍をそろえ、豊臣秀吉への奉公にはげんで来たものである。当時の秀吉は、まだ、織田信長の一家臣にすぎなかったから、正則・清正も主人と共に一所懸命、信長の天下制覇《せいは》のために戦いつづけたものだ。

のちに信長が、明智光秀の反逆によって京都・本能寺で死んだとき、秀吉は〔羽柴筑前守《ちくぜんのかみ》〕となって、光秀と共に織田信長の、「両腕」とも、うたわれるほどの武将に立身をしていた。

信長亡きのち、俄然《がぜん》、秀吉は、「天下人《てんがびと》」への道を猛進することになった。

信長の老臣であり、このときの秀吉の前へ立ちふさがった越前北ノ庄城主・柴田勝家と賤ヶ岳《しずがたけ》に戦ったとき、福島正則と加藤清正は大いに奮戦し、「七本槍《しちほんやり》」と、よばれた七人の勇士の中へ入っている。このように正則と清正は、その赫々《かっかく》たる歴戦の武《ぶ》勲《くん》によって出世の階段をふみのぼって来た。

そして、秀吉が伏見城に歿したとき、正則は清洲二十四万石の大名。加藤清正は、間もなく肥後・熊本五十二万石の太守となった。秀吉の傘下《さんか》における二人の出世競争は、清正が、はるかに正則を引き離したかたちになった。

それは、豊臣秀吉が晩年におこなった無謀な戦争……つまり、朝鮮国への遠征の折、加藤清正の武勲が、きわ立っていたからといってよい。朝鮮戦争の前と後とで、二人の領国に二十余万石のちがいが出来てしまった。

清正は、あの蔚山《うるさん》の籠城《ろうじょう》戦をはじめ、日本軍の、もっとも苦しい戦場で奮闘し、福島正則は、そのときのことを、

「あのような戦さは虎之助でのうては、できぬことよ。人間ばなれがしておるわい」
と、ほめ、
「泥水まで啜《すす》りながら、凝《じつ》と城にたてこもり、朝鮮軍を相手に辛抱《しんぼう》するなどというこ
とは、わしなら、とてもやれぬ。討死を覚悟で城から打って出たことであろうよ。虎
之助は強いばかりではなく、むかしから、辛抱も根気も、とびぬけていたものじゃ」
僚友・加藤清正に、かねてから正則は、「一目《いちもく》も二目も……」置いていたようであ
る。その加藤清正からの密書が、伏見からとどいた。内容は、どのようなものか
……？　そして、福島家の伏見屋敷からの急使がもたらした書状とは、何か……。
福島正則は、その夜おそくまで、嗣子の伯耆守正之をはじめ、家老の福島丹波《たんば》、そ
の他の重臣を本丸の居館へあつめて、密議をおこなったようである。
そして、「明朝、伏見へ向う」むねを指令した。
夜ふけて、正則は〔梅の丸〕へおもむき、於まさの方へ、
「急の事あって、明朝、伏見へまいるぞ」
と、いった。
「はい」
於まさの方は、夫の政治向きのことについては、ほとんど口をさしはさまぬ。

「何事が起りましたのか？」

ともいわなかった。

この点、実に、はっきりとしたものであった。

「しばらくは、もどれぬやも知れぬ」

「こころおきなく、行っておいでなされませ」

「躰を……大事の躰ゆえ、気をつけてのう」

「はい。うけたまわりました」

「どうも、世の中が、さわがしゅうなってきたわい」

と正則は顔をひそめ、

「先刻、伏見の主計頭から使者がまいったのじゃ」

むしろ、正則のほうが語りきかせたいように、いい出しても、

「御苦労でござりますなあ。くれぐれも御身《おんみ》をおいといあそばして……」

と、いうのみだ。

於まさの方は、めずらしく酒を運ばせ、正則にすすめたりして、仲むつまじく語り合った。

それから正則は本丸へもどり、寝所へ入ったのだが、(今夜は、小たまが忍んで来

てくれるであろうか……）こころ待ちにしていたが、ついに、小たまはあらわれなかった。

（まだ来ぬか……わしが明朝、伏見へ向うことは、小たまの耳へもきこえているはずじゃ。それならば、忍んで来てくれてもよさそうなものじゃが……）いらいらしているうち、正則は、いつの間にかねむってしまった。

ちょうど、そのころ……。小たまの姿を、清洲城外に見ることができる。小たまは、闇を切って走っている。風のように速い。ということは、三の丸の伯耆守正之の居館から、ひとりで城外へぬけ出したことになる。

城下の針屋町の一角にある足袋師・才兵衛の家へ、小たまの姿が吸いこまれて行った。

そして翌朝。小たまと同じ部屋にねむっている四人の侍女が目ざめたとき、小たまは其処《そこ》にねむっていたのである。

五

翌朝の卯《う》ノ下刻《げこく》（午前七時）に、福島左衛門大夫正則は、清洲の居城を発して伏見へ向った。正則は愛馬・文虎に跨《また》がり、わずか十余名の供廻りであった。一行は、伊勢の桑名へ出て、東海道を進む。清洲から伏見までは約四十里で、途中、鈴鹿峠《すずかとうげ》の難所を越えて行くわけだが、騎乗で急行すれば、三日足らずで伏見に到着しよう。

例により、大辻作兵衛が正則の側《そば》へ、つきしたがっている。馬上にあって福島正則は、

「治部少《じぶしよう》め。けしからぬ‼」

口にのぼせて、怒りをあらわした。馬にゆられながら、小たまのことを想《おも》いうかべているときは、その怒りを忘れている。だが、伏見へ向いつつある自分のことに気がつくと、

（おのれ、治部少め‼）

怒りが、こみあげてくるのであった。

〔治部少〕とは、石田治部少輔《しようゆう》三成のことである。石田三成も、亡き豊臣秀吉の家臣であった。しかも、秀吉の〔寵臣《ちようしん》〕であったのだが、正則や清正から見れば、後輩も後輩で、「取るに足らぬやつ‼」と、いうことなのだ。

石田三成は、近江の国坂田郡石田村に生まれた。現在の、滋賀県長浜市石田町である。三成の父・正継《まさつぐ》については、あまり、よくわかっていないけれども、人柄も立派

で学問にも通じ、そのころの、いわゆる〔知識人〕の一人であったことに間ちがいはないようだ。

三成は、幼少のころの名を〔左吉《さきち》〕といった。石田正継は、

「小さいうちに、親の手もとをはなれ、いろいろと苦労をしたほうがよい」

と、いい、石田左吉を、近くの観音寺《かんのんじ》という寺院へあずけることにした。僧籍に入ったのではない。寺の小姓《こしょう》としてである。

この観音寺のうしろの山に〔横山城〕という城がある。横山城は、もと浅井長政《あさいながまさ》の属城《ぞくじょう》であった。それが、織田信長によって浅井家がほろぼされたのち、羽柴（豊臣）秀吉へあたえられた。石田左吉が観音寺へ入ったのは、ちょうど、そのころであったらしい。

秀吉は、よく、山道づたいに観音寺へあらわれ、和尚がたてる茶を喫《きっ》したり、語り合ったりしていたので、当然、小姓の左吉を知るようになった。

「左吉めは、利発な小姓じゃ」

と、秀吉は、たちまち、左吉を気に入ってしまった。つぎのようなはなしが、今日まで語りつたえられている。

あるとき、秀吉が狩りに出た帰りに観音寺へ立ち寄り、茶を所望《しょもう》した。和尚が不在

であった。で、石田左吉が茶をたてた。少年の左吉は大きな茶わんに、ぬるい茶をたてて持って来た。それを一息にのみほした秀吉が、

「うまいな。いま一服《いっぷく》ほしい」

　すると今度は、前のときよりも熱めの茶をさし出した。

「うまい。いま一服」

　と、さらに秀吉がいう。

　三度目に、左吉がたててさし出した茶は小さな茶わんへ、もっとも熱くたてられていた。

「しだいに茶を熱くしたのは、どうしたわけじゃ？」

　秀吉が問うた。左吉は、

「のどが、かわいておりますときは、一息に茶をのむものでございますから、あまり熱くしてはならぬとおもいました」

　事もなげに、こたえたそうな。

「ふうむ。子供ながら、まことによく気がつく。見こみのあるやつじゃ」

　秀吉は、すぐさま和尚にたのみ、左吉をもらいうけ、わが家来にした、というのである。

いずれにせよ、秀吉が観音寺で石田左吉をみとめ、自分の小姓にしたことは、たしかなことだ。この左吉が十数年のうちに、従五位《じゆごい》、治部少輔という位につき、

「わしとおなじように、あたまのはたらきが見事なのは、三成だけじゃ」

と、豊臣秀吉をしていわしめるほどの男になろうとは、三成自身、(おもっても見なかった……)ことにちがいない。

秀吉が亡くなったとき、石田三成は近江・佐和山《さわやま》(現彦根市)の城主として、二十万三千石の大名となっていたのである。そして……。秀吉の遺言により、三成は豊臣家の五人の奉行の一人として、徳川家康など五人の大老をたすけ、天下の政治へ参画《さんかく》しているのだ。

三成が政治家なら、加藤清正や福島正則は、生えぬきの軍人である。だから必然、

「こころが通《かよ》い合う……」と、いうわけにはまいらぬ。ことに、秀吉がこの世にいなくなってからは、清正や正則などの軍人大名たちと、石田三成の間が尚更に、うまく行かなくなってきた。それが、いま、険悪ともいうべき状態になってきている。

現に、いま、加藤清正からの密書を受けて伏見へ急行しつつある福島正則は、

「おのれ、治部少め!!」

と、怒り、果ては、(伏見へ着いたなら、治部少輔の素首《そつくび》を切り落してくれる!!)

とまで、興奮している。ここまで、石田三成と、正則・清正らの間が悪化したのは、それなりの理由がある。

この日、福島正則の一行は約十七里を急行し、鈴鹿峠に近い亀山《かめやま》へ泊った。ところが……。正則一行が亀山へ入って来るのを、丘の木立の中から見まもっていた老爺《ろうや》がいる。小たまの父親だという足袋師の才兵衛であった。才兵衛は旅姿をしているわけでもなく、清洲城下にいるときと同じ姿なのだ。これは、馬にも乗らぬ老人が、正則一行に先立ち、十七里の道を亀山まで走って来たことになるではないか……。

甲賀・伴忍び

一

正則の一行が、亀山の行慶寺《ぎょうけいじ》という寺へ泊ったのを見とどけてから、

「さて……？」

丘の木立の中で、足袋師・才兵衛は、しばらく考えていたようだが、

「よし」

うなずくや、夕闇を切って走り出した。木立から木立へ……。背丈は高いが、骨と皮ばかりに痩《や》せて見える才兵衛の脚の早さを見たら、清洲城下の足袋師・才兵衛を見知っている人びとは、どのような顔つきになったろうか……。速いといっても尋常《じんじょう》の速さではない。しかも、夕闇が夜の闇に変って、灯《あか》りなしには一足もすすめぬ道を、

才兵衛は、まるで鼯鼠《むささび》のように走って行くのだ。背をまるめ、身をななめにして走る才兵衛の躰《からだ》は、いつもの半分ほど小さくなったようにおもえる。そして才兵衛は、この暗夜に灯りも持たず、一度も足を休めることもなく、それこそ一気に、鈴鹿峠を越え、近江の国へ入ってしまったのである。

伊勢の亀山から近江の土山《つちやま》までは、約五里であったが、これを才兵衛は三時間ほどで駆けぬけてしまった。平地の五里ではない。難所《なんしょ》の鈴鹿峠を越えての五里なのだ。

土山へ走り下った才兵衛は、ここで一息入れた。といっても、立ったままで竹製の水筒を腰から外《はず》し、ふところから小指の先ほどの丸薬のようなものを出し、水でのんだ。その間にも、才兵衛の両足は、小きざみに土を踏んでいるのである。

土山から約三里で、水口《みなくち》へ達する。山道でないだけに、才兵衛は、「あっ、……」という間に、水口へ駆け入っていた。

水口は、長束正家《なつかまさいえ》の城下町である。

長束正家は、石田三成と共に、亡き太閤秀吉の奉行の一人で、秀吉の信頼も厚かったそうな。

水口城下は、尾張・清洲と同様、諸方に番所が設けられてい、長束家の番士が日夜、詰めきっている。ことに、いまは天下の情勢が険《けわ》しいので、警戒も厳重であった。

水口の城下へ入る手前の道まで来た足袋師・才兵衛は、彼方に、番所の篝火《かがりび》を見るや、道をななめに突切り、木立の中へ消えた。

水口城下（現・滋賀県甲賀郡水口町）の北方、一里ほどのところに、〔伴中山《ともなかやま》〕という小さな村がある。

そこは、杣川《そまがわ》と野洲《やす》川の北面にひらけた山蔭《やまかげ》であって、この村に住む人びとは、ほとんど〔忍びの者〕であるといってよい。

彼らが、「頭領さま」と呼ぶ伴太郎左衛門長信《ともたろうざえもんながのぶ》の屋敷は、伴中山の村外れにあった。

近江の国の甲賀には〔甲賀五十三家〕といわれる豪族があり、その中の〔二十一家〕が、甲賀の豪族の中では、もっとも実力をそなえた家柄とされていた。この豪族たちは、それぞれに家来と土地を所有し、奉公人を抱えている。そして、この家来や奉公人は、むかしから甲賀につたえられてきた〔忍びの術〕を身につけ、代々につたえ残し、主人と甲賀の土地のために戦いつづけて来たのであった。

伴長信も、いわゆる〔甲賀二十一家〕の一であって、忍びの者の頭領なのだが、そうなると夜半に、伴屋敷へ吸いこまれて行った足袋師・才兵衛は、伴長信につかえる忍びの者ということになるではないか……。そして、才兵衛のむすめだという小たまは、女の忍びだと見てよい。

そのとおりである。もっとも小たまは、才兵衛のむすめではない。二人が父と娘になり、清洲城下へ入りこみ、足袋師として暮していることも、そして小たまが福島正則の寵愛をうけ、清洲城内へ侍女として入ったのも、そうなると彼らが忍びの者の秘命を帯びて活動するためだ、と、見てよいのだろうか……。

山林に囲まれた伴長信の屋敷は、南北三十間、東西十九間におよぶ外郭をもち、六尺余の築堤《つつみ》が二重に屋敷をめぐっていた。此処まで走って来た才兵衛は、伴屋敷の西側へまわった。ここにも、堤が築かれてい、さらに内側にも築堤がある。才兵衛は、外側の堤のすこし手前から足に速力を加え、堤の際《きわ》まで来ると、

「む!!」

どんと両足をそろえて地を蹴った。

六十前後に見える才兵衛の老軀が、毬《まり》を投げたように宙へ飛び、外側の堤を軽がると越えて行った。そして、堤を躍り越えた才兵衛の躰が、地の底へ吸いこまれた。というのは、外の堤と内側の堤の間に、深い空濠《からぼり》が掘られていて、その濠の中へ才兵衛

は落ちて行ったのだ。空濠ゆえ、水はない。濠の底には、石が敷きつめられている。

そこへ飛び下りた才兵衛は、しばらく、ひっそりと屈《かが》みこんでいた。これは、万一にも、(もしや、自分の後をつけて来た者がいないか……?)このことに対する用意なのだ。深夜の闇はしずまり返ってい、風も絶えているので、ただ重くたれこめているのみであった。

あたりの気配に耳をすまし、尾行者はない、と、見きわめをつけてから、才兵衛はしずかにうごき出した。濠の壁をさぐり、その一角へ、才兵衛が腕をさしこむ。すると、その濠の壁の一角が、二尺四方ほどの口をひらいた。切穴《きりあな》が設けてあるのだ。才兵衛は、小さな切穴の中へ吸いこまれて行った。すると、切穴の口は閉ざされ、もとの空濠の壁にもどった。

才兵衛が吸いこまれた切穴の中は、三尺四方の通路になっている。通路は、漆喰《しっくい》で塗りかためられてい、その中を才兵衛は這《は》ってすすんだ。通路の上が、つまり、内側の築堤なのだ。すぐに、才兵衛は切穴の外へ出た。

夜気がなまあたたかい。

「おお、才兵衛どのか……」

と、声がかかった。

見張りの男が立っていたのである。

「しばらくじゃな、喜平太《きへいた》」

と、才兵衛。

見張りの若者は中畑《なかはた》喜平太といい、いうまでもなく伴家の忍びの者で……いわゆる、〔伴忍《とも》び〕であった。喜平太の父は、すでに亡くなり、いまは十九歳の喜平太が父の名をつぎ、老母のお和佐《わさ》と共に、伴長信の屋敷内の小屋に住み暮している。

「頭領さまは、おわすかな？」

「もう、おやすみになっておいでだ、才兵衛どの」

「そうか……」

「急の用事ならば、お起し申そう」

「そうしてもらおうか。わしも、すぐさま、清洲へ引き返したいのでな」

「心得た。ときに才兵衛どの」

「む？」

「小たまさまに、お変りはないか？」

「お元気じゃ、お元気じゃ」

と、才兵衛は、清洲にいるときとちがって、小たまのことについては敬《うや》まったこと、ばづかいをする。

屋敷内は、深い木立に包まれ、どこに何があるのか、よくわからぬ。二重の築堤といい、深い空濠といい、この屋敷が、いざ敵襲ともなれば、これに拠《よ》って戦うだけの備えがほどこしてあるのは、あきらかなことであった。

内側の堤の、もう一つ内側にも濠があって、これには水が引き入れてある。中畑喜平太は、内濠の淵《ふち》へ行き、合図《あいず》の口笛を鳴らした。

すると……。

内濠の向うの土塀から、きしみをたてて〔はね橋〕が下りてきた。はね橋が濠へかかった。

「では喜平太。あとで、いま一度、会おうな」

「才兵衛どの。粥《かゆ》など煮て待っています」

「それはありがたい。母ごへ、よろしゅうな」

「わかった、才兵衛どの」

才兵衛がはね橋を渡り、土塀の内へ入ると、橋はまた引きあげられた。大名の城などより、寸分《すんぶん》の隙もない警戒ぶりであった。

それから間もなく……。才兵衛は、伴屋敷の奥庭に屈みこんでいた。名も知れぬ花の匂いが、闇にたちこめている。

「才兵衛か……」

どこからか、呼びかける声がした。

「はい。ちょいと立ちもどりましてござる」

「何事か、起ったのかな？」

「小たまさまは、首尾よう、清洲城内へ……」

「うむ。その知らせはきいた」

と、細く澄んだ、しずかな声が、

「入れ」

いうや、才兵衛が屈みこんでいる目の前の土蔵の壁が切穴の口を開けた。するりと、才兵衛が土蔵の中へ吸いこまれた。吸いこまれたところは、三坪ほどの板の間で、その一隅に、小さな人影がひとつ。

ねむり燈台の灯りを背にした、その人が、伴長信であった。伴長信は、五十七歳になる。先代の伴家の当主は、これも名を太郎左衛門といい、甲賀の豪族の中でも、

「それと知られた……」忍びの頭領であった。

先代の伴太郎左衛門は、織田信長に仕《つか》えていた。そして、のちには信長の身辺に、

みずから附きそい、警固をつとめていたそうな。

ところが……。十七年前の天正十年六月二日。折から、中国の毛利軍と戦うため、安土《あづち》の居城を発し、京都・本能寺の宿所へ泊っていた織田信長は、家臣・明智光秀に急襲され、ついに本能寺へ火をはなち、その炎の中へ駆け入って自決をとげた。このときに、先代の伴太郎左衛門も、信長と共に明智の叛乱軍と戦い、信長をまもって討死をしたのであった。

太郎左衛門には男子がなく、幼ないむすめが一人いた。それが、小たまであった。小たまが男子であれば、亡父の跡をつぎ、伴家の当主になったわけだが、女の身ゆえ、これはならず、先代の跡をついだのは、先代の実弟・長信である。

長信が、兄・太郎左衛門の名をつぎ、伴忍びの頭領になったときは四十歳であったが、いまは、六十に近い年齢に達し、当時四歳だった小たまは、二十一歳に成長した。

「小たまは、達者じゃそうな……」

と、才兵衛にいった伴長信の声に、愛情がにじんでいる。長信は、姪の小たまが望まぬのなら、女忍びに育てるつもりはなかった。しかし、小たまは亡き父の血をうけつぎ、天性《てんせい》の、「忍びの女」としての素質をそなえていた、といってよいだろう。

「大分に、さわがしくなりましたようで……」

と、才兵衛がいった。

才兵衛の本名を、〔松尾《まつお》才兵衛〕と、いう。曾祖父の代から、甲賀の頭領・伴家につかえて来た忍びの者である。

伴長信が、「ちからとたのむ……」三人の老巧の忍びのうちの一人が、松尾才兵衛であった。

才兵衛から、あらためて、清洲城内の様子や、今度の福島正則が急遽《きゅうきょ》、伏見へ駆け向いつつあることなどを聞き終えて、

「ようわかった」

伴長信が、にっこりとうなずき、

「それで、わしも、これからの目《め》安《やす》がついたようじゃ」

「それならば、ようございました」

「才兵衛……」

「は？」

「おぬしは清洲へもどってよい。小たまのことを、くれぐれもたのむ」

「いえ、もう……私の手の、およぶところではありませぬ」

「それほどに、よう、はたらくか？」

「私のほうが、引きまわされるかたちにござります」

「うむ……」

満足そうにうなずいた伴長信の両眼がきらりと光って、

「ときに才兵衛。天下分目《わけめ》の大戦《おおいくさ》は、まぬがれまいとおもう」

と、いった。

「やはり……」

「その折、福島左衛門大夫と加藤主計頭清正のうごきがどのようになるか……これを探りとるが、われらの役目なれど……」

いいさして伴長信は、

「近く寄れい」

才兵衛をまねき、それから約一刻（二時間）ほど、密談をかわしたようである。

才兵衛は、密談が終ると、中畑喜平太の小屋へもどり、喜平太と母のお和佐と語り合いながら、粟粥を食べ、

「ひとねむり、させてもらおうか……」

炉端《ろばた》へ横たわり、明け方まで、ぐっすりとねむりこんだ。空が白むころ、才兵衛は

目をさまし、

「喜平太、さらばじゃ」

と、立ちあがった。

「もはや、お出かけなさるか？」

「母ごは？」

「奥に、ねむっています」

「よろしゅうな」

「お気をつけられて……」

「うむ、うむ」

「小たまさまに、よろしゅう、おつたえ下され」

と、中畑喜平太がいった。彼の若々しい顔に血がのぼっているのを、才兵衛は見のがさなかった。

「これから、お前も、この屋敷を出て忍びばたらきをすることになろう。そのつもりで覚悟をしておけよ」

「その日が、待ち遠しいほどでござる」

「よし、よし」

才兵衛は、ふたたび、切穴の通路をぬけ、伴屋敷の外へ出た。空は、どんよりと曇っていい、朝の大気が冷めたかった。これから二十余里の道を一気に駆け通して、才兵衛は日が暮れぬうち、清洲の城下へもどるつもりでいるし、それは、わけもないことであった。風を切って、才兵衛は走り出した。

この日。

松尾才兵衛が、亀山から伏見へ向う福島正則の一行を見送ったのは、鈴鹿峠の山中においてである。福島正則は、馬上に、

「急げ、急げ」

と大声を発しつつ、峠を下って行った。

それを見送ってのち、山道を伊勢の国へ駆け下って行く才兵衛は、まるで、野性の鹿か鼯鼠《むささび》のように見えた。才兵衛が鈴鹿峠を下り、昨日の夕暮れに福島正則一行を見た亀山へ入ったころ、鈴鹿峠は雨になった。

二

忍びの術といえば、先ず〔甲賀〕と〔伊賀〕の二流が世に知られている。甲賀と伊

賀の両国は、当時の日本の首都であった京都に近い。それは取りも直さず、京都を中心にして絶え間もなくゆれうごいて来た戦乱の時代に、甲賀・伊賀の忍術がさまざまのかたちをとって活動したことにもなる。

二つの国は、波のうねりのような山脈にかこまれている。忍びの術が発達をとげるためには、まことに、適当な環境であったといえよう。

忍びの術は、むかしむかし、大陸の文明が日本へもたらされたとき、共につたわって来たのではないかとおもわれる。むろん、甲賀・伊賀のみではなく、この技術は、日本の諸方へ、ひろめられて行ったようだ。ことに、甲賀・伊賀の二国は、となり合っていながら、それぞれに異《こと》なる歴史的背景と地形と環境とを有し、したがって双方の忍びの術の性格も、独自の特色をそなえるようになった。この物語にも、伊賀の忍びの者が、いずれはあらわれて来るだろう。そのときに、伊賀の忍びの術についてふれたいとおもう。

さて、甲賀についてであるが、甲賀の郷土誌を見ると、

「わが近江の国（滋賀県）は、中央に琵琶の大湖がまんまんと水をたたえていて、そのまわりを十二郡の諸郡市が取り巻いている。

甲賀郡は、その一つであるが、他郡とは異なり、ひとり近江の東南隅にあって、琵

琶湖から離れてい、まわりは山や丘にかこまれ、その間をいくつもの川がながれ、平地は、ごくわずかなものである。

このような地形をもつ甲賀郡は、おのずから、ひろびろとした琵琶湖沿岸の諸郡にくらべると、風俗にも住民の性格にも独特の発達と気風が見られるというわけだ」

などと、記してある。

この甲賀という土地が、日本の歴史の上にあらわれたのは、やはり、天皇の都が京の地へさだめられてからのことになる。

やがて……。源氏と平家の武士団勢力が天下を争うようになると、京都に近い甲賀の豪族たちも、源氏か平家のどちらかに味方をして戦うことになった。いわゆる〔甲賀武士〕というものは、このときに生まれた、といってよかろう。

そして、鎌倉時代が終り、天皇と朝廷が、南朝・北朝の二派に別れた、いわゆる南北朝時代となる。南北両派は、それぞれに諸国の武士をあつめて戦った。そして、北朝の天皇を擁立《ようりつ》した関東の武将・足利尊氏《あしかがたかうじ》が、京都に、〔室町幕府〕をひらき、政権を打ちたてた。足利尊氏は、その初代将軍となり、ここに、源頼朝《みなもとのよりとも》が創始した鎌倉幕府以来の、〔武家の政権〕を、復活した。

しかし、足利将軍も七代、八代になってくると、かつての権力も武力もちからもおとろえ、ついに日本は、長い長い〔戦国時代〕へ突入することになった。

それまで、足利将軍と室町幕府は、日本の諸国へ、〔守護《しゅご》〕というものを置き、国々をおさめさせてきたのである。だが、将軍と幕府を見くびった武将たちが、しだいに、いうことをきかなくなってきた。

「それはな、将軍が京都におわすだけで、好き勝手なおごりにふけりはじめ、ほんらいの武士の心を忘れてしもうたからじゃ」

と、小たまは少女のころに、いまは亡き父・伴太郎左衛門からきいたことがある。

武家の将軍が〔貴族〕に成り上ってしまったのだ。こうなると、幕府の要職についている大名たちまでも、京都を中心にして勢力を争いはじめる。天皇や将軍がいる首都で戦乱が起るのだから、地方が乱れるのは当然のことであった。

「この機会に国を、土地を、わがものにしてくれよう!!」

というので、地方の豪族や百姓たちも闘いはじめた。

こうして、日本全国へ押しひろがった戦乱は、およそ、百年もつづいたのであった。京の都は戦火に焼けただれ、灰と土に化した。甲賀の武士たちは、

「この戦乱の時代を切りぬけ、甲賀の地をまもるためには、みなみなが、ちからを合せねばならぬ」

と、結束《けっそく》した。そこで、甲賀五十三家とよばれる豪族が寄りあつまって、

「むかしは何事にも、ちからを合せ、事に当ったものじゃが……」

と、亡兄・太郎左衛門の跡をつぎ、伴家の頭領となった伴長信が、姪の小たまへ、

「いまはもう、五十三家といい、二十一家といい、こころが離ればなれになってしもうた……」

そう語ったこともあった。

「お前の亡き父上……わしの兄、太郎左殿も、むかしは、ずいぶんと苦しまれたものよ」

とも、長信は述懐《じゅっかい》している。

それは、こういうことなのだ。

長い間、つづきにつづいた日本諸国の戦乱は、ちからの弱い大名や武士たちを淘汰《とうた》してしまった。当然のことといえよう。実力のある大名たちが勝ち残り、その大きな勢力へ、小さな勢力が吸収されて行く。そして最後に、いくつかの大勢力が、日本の天下を制するための死闘をおこなう。

越後の上杉。

甲斐の武田。

中国の毛利。

そして、尾張の小大名から猛然と起ちあがって、最短距離を突進しはじめた織田信長。

「だれが、最後に勝ち残るか……その人のために、われらの忍びの術を役立てねばならぬ」

そうなったときに、甲賀の頭領たちの結束が乱れはじめた。意見が別れ、それぞれ、おもうところへ味方をすることになったのである。

伴家にしても、はじめは甲斐の武田信玄（晴信）のために忍び活動をおこなっていたが、そのうちに、英雄・信玄が亡くなり、武田家はおとろえはじめてくる。伴太郎左衛門が苦悩したのは、そのころであったのだろう。

目ざす相手が、「勝ち残ってから味方についたのでは、おそい」のであって、戦乱のうちに、見きわめをつけた大名へ味方をしておけば、その大名が勝ち残ったとき、味方をしつづけて来た者への恩賞は大きい。あとから、あたまを下げて行った者とは、くらべものにならぬ。

おもい悩んだ結果、

「お前の父上は、織田信長公に仕えることに決めたのじゃ。そして、それは、みごとに的を射た。信長公は、天下人となるに今ひといきのところまで来て、ほとんど、天下は信長公のものといってよかった。その折に、おもいがけぬことが起ったのじゃ。まさかに信長公も、わが家来の明智日向守《ひゅうがのかみ》（光秀）の謀叛《むほん》にあわれようとは、おもいおよばれなんだであろう。お前の父上もじゃ」

信長の天下統一は、信長の家臣だった豊臣秀吉によって、ついに成しとげられたのだから、伴家も存続することを得たわけだが、だからといって、特別に大きな恩賞を得たわけではない。

そして、いま……。秀吉亡きのちの甲賀の頭領たちは……伴長信は、だれのために忍びの術を役立てようとしているのであろうか……？

三

松尾才兵衛が、清洲の城下へ帰り着いた日の夜ふけである。

清洲城内・三の丸にある福島伯耆守《ほうきのかみ》正之の居館……その、奥まったところの正之夫妻の寝所から、それほどはなれていない場所に、侍女たちが寝起きしている部屋がならんでいる。当時の大名の居館に奉公をする侍女たちは、後年の、いわゆる天下泰平の世となった〔江戸時代〕にくらべると、くらべものにならぬほど数がすくなかった。福島正之の居館にいる侍女たちは、合せて二十名に足らぬ。

小たまは、大廊下の外れの部屋で、三人の侍女たちと共に寝起きをしていた。夜ふけて、小たまが寝床から身を起した。音も立てない。気配も起さぬ。これは、彼女が呼吸をととのえてのちに、身を起したからだ。

忍者は、先ず第一に、〔整息《せいそく》の術〕を、おぼえねばならぬ。はじめに、水の中へ顔をつけこみ、可能なかぎりまで呼吸をとめることを飽《あ》くことなく、くり返す。この段階で、呼吸器に欠陥がある者は、「これではいかぬ」とされ、修行から外されてしまう。

もっとも、こうして肉体を鍛練《たんれん》するばかりが甲賀や伊賀の人びとの能ではない。火薬をつくる仕事もあるし、さまざまな薬草を栽培することも、たいせつな仕事だ。

または、学問をおさめて僧侶になり、諸方の寺院へ入り、ひそかに種々の情報を、それぞれの頭領へ送る役目についている者もある。当時の寺院と政治のむすびつきは、非常に大きなものであった。

だから、小たまや才兵衛のように、わが肉躰の機能を、（ぞんぶんに、はたらかせて……）忍びをつとめ、場合によっては、武器を取って闘おうという……そうした第一線の忍びの活動を、蔭になってささえている者たちも必要なのである。手裏剣や刀をつくったり、多彩な忍び道具の補給にも、はたらかねばならない。

さて……整息の術へもどろう。人間は呼吸をすることによって、気配を生《しょう》じる。また、体臭もただよう。呼吸を極度につめ、苦しいが、あるかなきかの微《かす》かな呼吸で行動をすれば、それだけ、人の気配はうすめられるわけだ。または……。敵を相手に武器を揮《ふる》って闘うときも、躰が激しくうごいている中で、呼吸は絶えずととのっていなくてはならぬ。

小たまは、身を起し、室内にわずかな照明をあたえている〔ねむり燈台〕へ近づいた。小たまの右手の指が、何かを摘《つま》み持っている。その手指が、細くゆらいでいる燈台の火へさしのばされた。手指から、ひと摘みの、茶色の粉末が火皿へ落ちた。微かな音を発して、粉末が燃えると、一条のけむりが火皿からただよい、ながれはじめた。

小たまは寝床へもぐり、用意の黒い布を鼻と口へ当て、凝《じっ》とうごかぬ。三人の侍女たちは、よく、ねむりつづけている。その侍女たちが、やがて、大きないびきをかきはじめた。ねむり燈台から室内へながれるけむりが、侍女たちのねむりを、さらに深いものにしたのだ。この粉末も、大陸から渡来した薬草を数種類合せて、つくられたものにちがいない。

侍女たちが、朝までは決して目をさまさぬと見きわめたとき、ふたたび、小たまは寝床からすべり出し、大廊下の闇へ立った。小たまが、本丸の福島正則の寝所へ忍んで行くときの、これが第一段階なのである。だが、正則はいま、この清洲城を留守にしている。小たまは何処へ忍んで行こうとしているのか……。

小たまが、居館の奥庭へ出ることは、わけもないことであった。三の丸から、外郭《がいかく》の〔帯曲輪《おびくるわ》〕へ出るためには、空濠へ懸かった橋をわたらねばならぬ。その橋の、三の丸側と帯曲輪側に番所が設けてある。二つの番所には、それぞれ、二名の番兵が槍をつかんで見張りをおこなってい、しかも、橋をわたった突当りの三の丸の城門は堅く閉ざされてあった。闇の底を泳ぐようにして、小たまが三の丸の番所へ接近した。

すでに、小たまは呼吸をととのえている。小たまが、ふところから何かを取り出した。その一つは、小さく折りたたんだ黒い薄布《うすぬの》である。これをひろげて身にまとうと、躰の大半が黒い布におおわれるような仕掛けがしてあった。

つまり、甲賀忍者が使用する簡略な〔隠《かく》れ蓑《みの》〕のようなもので、甲賀の忍びたちは、この布のことを、〔墨《すみ》ながし〕と、よんでいる。いま一つは、小さくて細い竹筒のようなものであった。

彼方に、番所の外の篝火《かがりび》が燃えてい、いましも番兵の一人が番所からあらわれたところである。別の一人は、番所の中で仮眠をとっているらしい。番兵が見廻っているのは、ここだけではない。本丸・二の丸・三の丸・帯曲輪と……城の各区画には、番兵がきびしい見張りをおこなっているのだ。

小たまは、いま、石垣の上の土塀を越え、帯曲輪へ出ようとしているわけだが、常人ならば他の場所をえらぶにちがいないのに、わざわざ番所があり、城門がある、この場所から塀を越えようとしていた。小たまのような忍びにとっては、（かえって、ここがよい）のである。他の場所だと、いつ、どこから、番兵があらわれるやも知れぬ。だが、此処ならば、小たまのほうで機会をえらぶことができるわけであった。

小たまは、伏せていた身を起し、音もなく走り出した。篝火の照明が小たまの躰を浮きあがらせようとする直前に、小たまは、手にした竹筒の紐《ひも》を引きぬきざま、これを高く放り投げた。竹筒は、低いがするどい音を発し、尾を引いて飛んだ。

「や……？」

番兵が槍を構え、宙《ちゅう》を見上げて駆けた。

その隙《すき》に、小たまは番所の側面を大胆にも駆けぬけざま、ちから強く地を蹴った。怪鳥《けちょう》のごとく、小たまの躰が宙へ舞いあがり、城門の屋根の上へ、ふわりととまった。

「なんだ、おい……？」

番所の中から、別の番兵があらわれ、声をかけた。

「何か、妙な音がしたのだ。きいたか？」

「いや……おぬしの声がきこえたので、目がさめた」

「そうか……何か、上のほうで妙な音がした」

「気の所為《せい》だろう」

「む……そうらしい」

晩春の夜の闇が、しずかに、重くたれこめているのみであった。

（よし）

と、小たまは、二人の番兵が警戒の色を解いたのを見とどけてから、あたまを突きこむような姿勢で、城門の屋根から空濠の中へ飛び下りた。

それから、しばらくして……。小たまの姿を、城下外れの江川のほとりの木立の中に、見出すことができる。小たまは、露《つゆ》が下りている草の上へ、かまわず横たわり、うっとりと目を閉じた。

と……。人の気配が起った。

「万蔵《まんぞう》か？」

眼を閉じたままで、小たまがささやいた。

「小たまさま……」

闇から、にじみ出るようにあらわれた男は、かつて、この木立の中で小たまへ乱暴をはたらこうとした曲者たちの中の一人であり、足袋師・才兵衛の家をおとずれ、足袋を買いながら一通の密書を小たまへわたした三十前後の旅商人でもある。この男は、井之口万蔵《いのくちまんぞう》といい、小たま・才兵衛と共に、伴長信につかえる甲賀忍びであった。

「万蔵。才兵衛どのはもどったかえ？」

「はい、先刻……」

「それは、よかった」

「才兵衛どのは甲賀へ立ち寄り、頭領さまに、お目にかかったそうでござる」

「叔父上は、おかわりないようか？」

「はい。すこやかにおわしたとのことでございます」

「それで？」

「はい。頭領さまは、才兵衛どのへ、かように申されましたとか……」

「なんと？」

「福島左衛門大夫は、おそらく、これより当分の間、伏見の屋敷へとどまるようになるのではないか、と……」

「ふむ、ふむ……」

「何やら、いま、伏見には騒乱の兆《きざし》が見え、不穏《ふおん》ただならぬ様子だと申します。それで、小たまさまが、ぜひとも伏見へおもむかれ、左衛門大夫のうごきを探《さぐ》り取るようにとの、お指図があったそうで……」

「ふうむ……」

「何か、手段《てだて》がござるか？」

「ないことも、ない」

「それで安心いたした。才兵衛どのに、さようおつたえいたす」

「万蔵……」

「何でござる？」

「このごろ、な……」

「このごろ……？」

「福島左衛門大夫が、何やら可愛ゆくなってきたぞえ」

「何と申される」

「私を抱いているとき、まるで、子供のようになる」

井之口万蔵のこたえはなかった。

「甘えてなあ、私に……」

万蔵はだまっている。

「乳房《ちち》をしゃぶっていて、はなれようともせぬのじゃ」

と、小たまが、いたずらっぽい笑いを浮かべて、万蔵を見やった。万蔵が、うつ向いた。

「そのくせ、とてもとても、ちからが強うて……」

万蔵が、ちらりと上眼《うわめ》づかいに小たまをにらんだ。闇の中のことだが、忍びの者の眼力は常人のおよばぬちからをそなえている。小たまが、くすりと笑った。

「小たまさま……」

「あい？」

「何が、おかしいのでござる」

「万蔵」

「なんでござる」

「おぬし、私が好きかえ?」

「う……」

万蔵の声がつまった。

「どうもそうらしい」

「う……」

万蔵が、狼狽《ろうばい》しはじめた。

「そうらしい……そうらしい」

尚も、小たまは、いたずらっぽい声で、ささやきつづける。

「どうも、そうらしい。どうも、万蔵は私が好き、らしい」

「おやめ下され」

「これ万蔵。なんという大きな声を出すのじゃ。甲賀・伴忍びのうちでも、それと知られたおぬしが……」

「あ……すみませぬ」

三十男の井之口万蔵が、小たまの前へ出ると、少年のようなはじらいを見せるのである。万蔵も、甲賀の忍びとして諸方をまわり、忍びばたらきをするうち、何度も女の肌にふれている。とはいえ、男の忍びの場合、よほどに気がゆるせる環境と相手を得られぬかぎり、めったに性欲におぼれることはない。男と女が、たがいに裸身を抱き合っているときほど、無防備なことはないからであった。抱いている女……たとえば、遊女のようなものでも、それが敵方の〔女忍び〕でもあったら、それこそ、「とり返しがつかぬ……」ことになりかねない。

このように、わが官能を極度に抑《おさ》え、そのエネルギーをすべて自分の〔忍びばたらき〕へ凝結《ぎょうけつ》せしめてゆく男の忍びとちがい、女忍びの肉躰は、大きな武器である。現に、小たまは、その女躰をもって福島左衛門大夫を、「わがものに……」してしまったではないか。いまの小たまは、正則のみか、清洲城内のすべてを、「わがものに……」しようとしている。

この前に、今夜と同様、夜ふけに清洲城内から忍び出て、足袋師・才兵衛の家へあらわれたとき、小たまは才兵衛に、こういっている。

「いますこしすれば、城内の何処《どこ》も彼処《かしこ》も、私が自由自在に歩きまわれるようになろう」

もちろん、日中のことではない。夜がふけて、人びとが眠りの中にさまようころ、小たまは清洲城内を魔性《ましょう》の猫のごとくめぐり歩く。城内の、くわしい見取り図も、出来かかっていた。これは、小たまがあつめてくる情報をもとにして、才兵衛が描き加えつつあった。

「清洲城内外の見取り図を急ぎつくれ」

という命令が、頭領・伴長信から出ているからだ。

「私はなあ、万蔵……」

「何でござる？」

「うふ、ふふ……」

「何が、おかしいのでござる」

「左衛門大夫正則の養子・伯耆守正之が奥方を抱いている姿をも、天井の隙間から見てしもうたぞえ」

「さ、さようで、ご、ざるか……」

「二人とも、まだ若い。そりゃもう、い、い、みごとなものじゃ」

「ははあ……」

「男と女のちからのかぎりをつくして抱き合い、よろこび合うているぞえ」

ごくりと、井之口万蔵の喉《のど》が鳴った。あきらかに、万蔵は昂奮しつつあった。

「烈《はげ》しゅうて……それでいて、美しい……」

「ふむ……」

「なあ、万蔵……」

なまあたたかい夜の闇の中で、小たまの躰のにおいが、ひときわ濃くなったようだ。すこしずつ、小たまが万蔵の側へ擦《す》り寄ってきている。万蔵は、必死に喘《あえ》ぎの洩《も》れそうになるのを堪《た》えている。小たまが万蔵の手をとって、にぎりしめた。ひくひくと、井之口万蔵の躰がふるえた。

「むかしはなあ、万蔵……」

「は……むかし……?」

「おなじ忍びの家の男と女が、たがいに愛《いと》しゅうおもい合うことは、きびしく禁じられていたものじゃそうな。な、そうであろ?」

「そ、そのとおり……」

「その忍びの掟は、いまも残されている。同じ甲賀の忍びでも、山中家では、いまもきびしい。去年であったか、山中忍びのもよと吉介《きちすけ》が睦《むつ》び合うたというので、頭領・山中大和守《やまとのかみ》さまは、二人を斬って捨てたそうな……」

「は……」

あわてて万蔵が、小たまの手を振りはらって身を引いた。

「ふ、ふふ……」

小たまが妖《あや》しく笑って、

「なれど、伴忍びは別じゃ」

「え……?」

「なるほど、掟はある。あるなれど、私たちの頭領さまは物わかりがよい。たまさかのことは、見のがしてくれよう」

ふたたび、万蔵の手が小たまにつかまれた。

「あ……い、いけない、小たまさま」

「よいのじゃ、よいのじゃ」

あっという間もなく、井之口万蔵のくびすじへ、小たまの双腕《もろうで》が巻きついてしまった。

「お放しくだされ」

そういった万蔵の唇を、やわらかく湿った小たまのそれが塞《ふさ》いでしまった。万蔵が、むしろ悲痛な感じのうめき声を発した。小たまが、のしかかるようにして、万蔵を仰向けに倒した。それでも、万蔵は堪えた。すると、小たまが万蔵のえりもとを押しひろげた。

「な、何をなさる……？」

小たまは、こたえぬ。波を打って喘いでいる万蔵の、たくましい胸肌《むなはだ》を、小たまの唇がまさぐりはじめた。

「あ……ああっ……」

万蔵の声は、悲鳴に近かった。そのときは、どちらが男なのか、わからぬほどであった。小たまが男のように強くふるまい、井之口万蔵が女のように組み敷かれて、もだえ、喘ぎ、小たまのちからに抵抗をしめしているかのごとく見えた。

だが、いつまでも、そのままだったわけではない。突如……。井之口万蔵が、小たまの躰を突き退《の》けて、はね起きたのである。はね起きて、ものもいわずに万蔵が小たまをがっしりと抱きしめ、横倒しにした。万蔵は、獣《けもの》のようなちからを揮いはじめた。小たまのえりもとを引きむしり、ころび出た豊満な乳房を鷲摑《わしづか》みにしたので、

「痛い。これ、万蔵。痛いわいの」

小たまが顔をしかめて抗議したけれども、万蔵は耳もかさぬ。

「好きじゃ、わしは、小たまさまが好きじゃ、好きじゃ」

狂乱のごとくわめき、万蔵が乱暴に小たまの衣類をはぎ取ろうとしている。福島正

則をあざむくため、この木立へ、他の伴忍びと共に小たまを担《かつ》ぎこんだときの万蔵には、これほどの迫力がなかったといえよう。万蔵が小たまの左の乳房へ嚙みついてきた。その瞬間である。

「うわ……」

雷《かみなり》にでも打たれたかのように、井之口万蔵が小たまの躰からはね飛んだ。

「な、何をなさる……」

くやしげに叫びつつ、万蔵は、えりのあたりへ突き刺さった細い小さな針を引きぬいた。

小たまが、くすくすと笑いつつ、

「それ、見たことか……」

と、いった。小たまは、女忍びの〔隠し針〕で万蔵のえりを突き刺した。この針は髪の毛の中にも、衣類の何処にでも隠し込んでおける。針の先に毒を塗っておけば、どこを刺しても相手を殺害するに充分であった。

「こ、小たまさま。あまりといえば……」

と、万蔵が怒った。

「何が、あまりじゃ」

「わしを、なぶりものになさったな」

「何をいうのじゃ。ひとり前の男忍びのくせに、女の色香にこころを乱し、いまのありさまはどうしたことじゃ」

言葉は叱りつけているのだが、その口調は物やわらかい。

「これ、万蔵……」

万蔵はこたえぬ。怒りをこめて〔隠し針〕を草へ叩きつけ、凝と小たまをにらんでいる。

「万蔵。どうしたのだえ？」

「いや……別に……」

万蔵の声が、冷静さをとりもどし、

「小たまさま……」

「なんじゃ？」

「今夜のことは、井之口万蔵、決して忘れませぬ」

といったのが、妙に不気味であった。

「ほ……あらたまったことを……」

「ごめん」

待って、と、いう間もなかった。井之口万蔵は、たちまち闇に呑まれ、見えなくなってしまった。

「ばかな万蔵だこと……」

小たまは、がっかりしたように、草の上へすわったままで、

「叱っておいてから、ゆるりと抱いてあげようとおもうたに……」

と、つぶやいた。

さて……。この夜から三日ほど後の夕暮れに、伏見城下の福島屋敷から、急使が清洲へ到着した。この急使は、伏見にいる福島正則から嗣子《しし》の正之へあてた書状をたずさえて来たものである。馬を乗りつぎ、汗みどろになって駆けつけて来た使者から養父の書状をうけ取り、伯耆守正之は、

「よし。ゆるりと休息いたせ」

と、使者をいたわった。

使者が去って後、正之は書状をひらいて読んだ。福島正則は、こういってきている。

「……伏見城下は、まことに不穏である。こちらへ到着して、主計頭（加藤清正）とも、いろいろと談合をしたが、いずれにせよ、当分は清洲へ帰れまい」

そこで正則は、

「おぬしにも伏見へ来てもらいたい。清洲には老臣どもがしかと留守居していてくれることだから、ぜひとも、おぬしに来てもらいたい。至急のことがあった場合、おぬしがわしの側にいてくれたほうが万事によいとおもう」

と、いうのである。それは、正之も、「のぞむところ」であった。

いま、天下の政局は伏見を中心にうごいている。太閤秀吉亡きのちの、徳川家康の擡頭《たいとう》ぶりは日に日に強大なものとなりつつあって、これに反撥《はんぱつ》する豊臣派の勢力も、「もう、だまってはおられぬ」と、いうところまで来ているらしい。

徳川家康が、「天下の座をねらいはじめているのではないか。それならば、太閤殿下の御遺子秀頼公の御ためにも、家康をこのままにはしておけぬ」と、いうのであろう。

その家康と婚姻の関係をむすんでいる福島家は、また太閤秀吉の子飼《こが》いの大名でもある。福島正則の立場は、この際まことにむずかしく、微妙なものとなってきている。それがよくわかるだけに伯耆守正之は、一刻も早く、伏見へ駆けつけたかった。

争乱

一

　そして、福島正則は、こうつけ加えている。

「……いずれにせよ、これからはおぬしが、わしの代りとして、伏見屋敷を預かってもらいたいのじゃ」

　そうなれば、伯耆守正之の〔生活〕も、清洲から伏見へ移ることになる。生活が移るのであるから、正之の妻・於きみの方も、当然、伏見へ移ることになろう。奥方が伏見へ移るとすれば、奥向きの侍女たちも、これに附き従い、伏見へ移ることになる。

「ふうむ……」

おもわず微苦笑をうかべて、

「なるほど……」

正之が、ひとりうなずき、

「父上もぬけ目のないお方じゃ」

と、つぶやいた。さらに、福島正則は、正之夫人に附き従って伏見へ移る侍女の中に、

「ぜひとも、小たまを入れておいてもらいたい」

と、いっているのだ。

「もし……もし、殿……」

そこへ、於きみの方が入って来た。

「何やら、おひとりで、うれしげにお笑いあそばして……」

「いや、別に……」

「父上からの御手紙に、何やら、たのしげなことでもしたためてございましたのか？」

「む……いやいや、それどころではない」

「と、申されますのは？」

「そなたも、わしと共に伏見屋敷へまいってくれるか？」

「伏見へ？」

「さよう。これよりは、父上の御指図によって、わしが伏見屋敷を預かることになったのじゃ。そなたもうすうすは存じていようが、しばらくの間は伏見が……いや、天下が騒がしゅうなる」

「何やら、恐ろしゅうて……」

「そなたは案ずることはない。わしに附きそうておればよいのじゃ」

「はい」

「それで、わしも伏見へ腰を落ちつけねばならぬ。となれば、そなたが、こうして側にいてくれぬと……」

と、正之は於きみの方の円《まる》い肩を抱き寄せた。つつましげに、初々《ういうい》しげに、そしてうれしげに、於きみの方が夫・正之の胸へ顔を埋めた。

「そなたが来てくれるとなれば、奥向きの侍女《おんな》たちもつれてまいらずばなるまい」

「はい。せめて、十人ほどは……」

「えらばねばならぬな」

「はい」

「ほれ、あの新しく奉公にあがった城下の足袋師の娘の……何と申したか……」

「小たまでございます」

「うむ、そうか。あれは——こころ利《き》いたる女じゃとおもう。どうじゃ？」

「はい。何をいたさせましてもぬかりはございませぬ」

「伏見屋敷には、あのような女がほしい」

「召しつれましょうか？」

「そういたせ、そういたせ」

「はい」

於きみの方は、むしろ浮き浮きとしている。亡き豊臣秀吉の〔都〕であった伏見城下の繁栄を、於きみの方は一度も見ていない。それに、なんといっても、男まさりのきびしい正則夫人・於まさの方の眼が行きとどいている清洲城内での生活は、たとえ姑《しゅうとめ》が口出しをしなくとも、若い嫁である於きみの方にとっては、「物憂《ものう》いこと……」なのであろう。

於きみの方は、すぐさま、伏見へつれて行く侍女の選抜《せんばつ》にかかった。老女に呼びつけられた小たまは、

「奥方さま格別のおぼしめしによって、そなたは伏見への御供をおおせつけられまし

たぞ。こころして相つとめますように」

と、いわれて、(これは、うまいことになってきた……)小たまは、胸が躍った。清洲城内の大半のことは探りつくしてしまったし、なんといっても清洲は日本の政局の中心ではない。まして、福島左衛門大夫が不在の清洲にいることは、女忍びの小たまにとって、「退屈きわまること」と、いわねばなるまい。

「かたじけなく存じあげまする」

両手をつかえ、老女にあいさつをしたとき、小たまは胸の奥底に灯がともったようなおもいがした。それが何であるかは、小たまは意識していない。いないが、しかし、(また、殿に会える……)ことが、たのしかった。

甲賀・伴忍びとしての小たまの役目は、福島正則を籠絡《ろうらく》すると同時に、福島家の内情を事あるたびに探り取って、これを頭領・伴長信へ送りとどけることだ。むろん、その重い役目を小たまは忘れたわけではない。

ないのだが、福島正則と会うこと、正則に抱きしめられ、そのときは童児のごとく無邪気な男になってしまう正則を愛撫してやることは、小たまにとって、(たのしいこと……)に、なってきている。恋の相手としてではない。性愛の歓喜だけのものでもない。

小たまは、尾張・清洲二十四万石の大名としての正則ではなく、ひげを生《は》やした三十九歳の素裸の正則の、人柄を好《この》もしくおもうようになっていたのである。

福島伯耆守正之は、その夜のうちに、父・正則の老臣・重臣たちへ、伏見からとどけられた正則の書状を披瀝《ひれき》し、「明後日に、伏見へ向う」旨《むね》をふれ出した。

その夜ふけに……。小たまは、清洲城をぬけ出し、城下の針屋町の一角にある足袋師・才兵衛の家へあらわれた。戸も叩かず、戸を開けてもらわず、何処から入ったものか、小たまは忽然《こつぜん》として眠っている才兵衛の枕もとへあらわれたのである。寝息は熄《や》んだが、両眼を閉じたままで、

「小たまどのか……」

と、才兵衛がささやいた。

「先夜。井之口万蔵から、才兵衛どのの知らせはきいたぞえ」

「さようか。あの夜から万蔵は、顔を見せぬのでござる」

「ほう……」

「何か、あったのでござるか？」

「さて、なあ……」

「また、小たまどのが悪い癖《くせ》を出されて、万蔵を弄《いろ》うたのではござらぬかな？」

「なんの、なんの……」

事もなげに、小たまはかぶりを振って、

「ときに、才兵衛どの」

「何でござるな？」

「どうやら、私も伏見へまいれそうじゃ」

「何でござると……そりゃ、まことでござるか？」

「いかにも」

と、小たまは今夜の仕儀《しぎ》を語ってきかせるや、

「そりゃ、うまい。うまいことになったものじゃ」

才兵衛は半身を起し、眼をらんらんと光らせ、

「このよしを、すぐさま、甲賀の頭領様へ、お知らせいたさねばならぬ」

「たのむぞえ」

「こうなると、わしも伏見へ移ったほうがよいのやも知れぬ」

「何事も、叔父上のお指図しだい」

「それは、ま、そうでござるが……」

「いずれにせよ、連絡《つなぎ》のことだけは、そのようにしっかりとしておかねばならぬ」

「すぐさま、万蔵を甲賀へ……」

「それがよい、それがよい」

はね起きた才兵衛は、小たまと共に家を出た。二人が家を出るときも、戸を開けたり閉めたりはしていない。やはり、いつの間にか、忽然として、家の裏手の深い竹藪の中に二人は立っていたのである。それから二人は道へ出た。

町は、寝しずまっている。ただ、彼方の清洲城のあたりは、これまでの夜とちがい、篝火《かがりび》の炎が天を焦《こ》がしていた。耳を澄ますと、遠くで、しきりに馬蹄《ばてい》の音が行き交っているようだ。

「ふうむ。なるほど今夜はさわがしい……」

「明後日、伯耆守が伏見へおもむくので、家来衆が、いろいろと仕度に追われているのじゃ、才兵衛どの」

「大丈夫でござるか？」

「かえって、まわりが騒がしいほうが怪《あや》しまれずにすむ。それは才兵衛どのも、ようわきまえているはず。ほ、ほほ……」

笑って小たまが、墨ながしを躰にまとい、

「では……」

うなずくや、たちまちに闇の中へ溶《と》けこんでしまった。それを見送ってから、才兵衛は別の方向へ走り出している。こうしてみると、清洲城下における甲賀・伴忍びの隠れ家が、才兵衛の家の他にも、まだあるらしい。


翌々日の朝。伯耆守正之夫妻の行列が清洲を発し、伏見へ向った。この日、伏見では……。〔日本戦史〕が、「……この日、伏見城下、騒然たり」と、記しているような異変、争乱が起ろうとしていたのである。

すなわち、

「加藤清正、福島正則、黒田長政《ながまさ》、池田輝政《てるまさ》、細川忠興《ただおき》、加藤嘉明《よしあき》、蜂須賀《はちすか》家政《いえまさ》の七将、在韓以来、いずれも石田三成に怨《うら》みあり。すなわち、共同相謀《あいはか》り、これを殺さんとす」

と、いうことになったわけだ。

「在韓の折の怨み……」とは、何か……。それは、豊臣秀吉の朝鮮出兵のときから、加藤清正・福島正則等七将と石田三成の間に尾を引いていたものであった。

秀吉の朝鮮出兵は、前後七年にわたった。むかしのことはさておき、異国へわたって戦争をするという経験は、織田信長にも豊臣秀吉にもなかった。それを、秀吉は、あえてやってのけようとした。

ところが、いざ朝鮮へわたって戦争をはじめてみると、さすがの秀吉も外地で戦う諸部隊の情況を、わが目によってたしかめることが不可能になってきた。本陣を肥前(九州)の名護屋《なごや》へ設け、ここに、すばらしい城や御殿を造り、例によって秀吉好みの大がかりな戦争をはじめたわけだが、そのうちに、秀吉の最愛の生母《せいぼ》・大政所《おおまんどころ》が亡くなったり、そうかとおもうと、愛妾・淀《よど》の方に、おもいがけなく拾丸《ひろいまる》(のちの秀頼)という男の子が生まれたりして、そのたびに秀吉は九州と京・大坂の間を行ったり来たりする。

躰力もおとろえてきたし、激しい悲しみや強烈なよろこびが六十に近い秀吉の老いた躰をゆさぶりつくした。朝鮮での戦争も、うまく、はかどらない。日本軍の将兵は、寒気や飢えになやまされつつ、戦いつづけたわけだが、奥地へ入りこんでいる部隊ほど苦労が激しかった。加藤清正などは、先鋒部隊として朝鮮の奥深くまで突き進み、のちには壁の土を食べて戦うほどの苦戦を余儀《よぎ》なくされた。

この加藤清正が、共に先鋒部隊として出陣した小西行長《ゆきなが》と、しばしば衝突をしたのである。

二

小西行長は、和泉《いずみ》・堺《さかい》の薬種問屋・小西如清《じょせい》の子に生まれた。つまり、商人の子に生まれて、のちには、石田三成と共に太閤秀吉から深い信頼をうけ、ついに肥後《ひご》の国・宇土《うと》の城主として二十四万石の大名となったわけである。

行長も、はじめは父・如清と共に、政商として、織田信長や豊臣秀吉のために、はたらいてきた。それだけに行長は、加藤清正や福島正則のように、少年のころから、「槍ひとすじに一命を托して……」戦場を駆けまわり、その武勲《ぶくん》によって立身出世をした大名たちにくらべると、戦国の乱世が、「どのように、うごいているか……また、行末はどうなるのか……？」ということについても、考え方がするどく、深い。

そして、その考えを現実の行動に移す場合も、充分に才能を発揮することができる。豊臣秀吉が小西行長の、こうした能力を大いに買って、二十四万石もの大名に取り立てたのも、うなずけぬことはない。百余年もつづきにつづいた戦国の時代は、終りをつけようとしていた。

日本の国土に戦乱が絶えれば、大名や武士たちは、単に武勇がすぐれているということだけでは通らなくなる。ことに……、それぞれの領国を所有している大名たちは、政治家としての力量を世に問われることになる。戦争のことだけではなく、世の中の仕組みや、農民・町民の生態や、経済の実情などを、よくよくわきまえていなくてはならぬ。

石田三成なども幼少のころに、父の正継から、

「落ちぶれてはいても、学問をおこたらぬように」

と、きびしく命じられている。いわば、三成や行長は、大名・武人でありながら、当時一流の〔知識人〕であったわけだ。

それにくらべると、福島正則などは、四十歳に近くなった今ごろになって、ようやくに、かの孔子の教えを記したという〔論語〕などという書物を読んで見たが、

「どうも、何を申しているのやら……さっぱりとのみこめぬ」

たちまちに放り出してしまったとか……。そうした正則よりも、加藤清正のほうが、このごろは学問に熱心であって、本国の熊本でも、また伏見屋敷へ来ているときも、学者を招いては書物に向っているらしい。いずれにせよ、正則や清正などの生え

ぬきの武人と、学問や経営の才能によって出世をした三成や行長とは、なんといっても、「肌合いがちがう」のである。

のちの人びとは、前者のタイプの大名を、「武断派《ぶだんは》」とよび、後者を、「文治派《ぶんちは》」などといっている。だから、朝鮮戦争では、この〔武断派〕と〔文治派〕の間に、種々の争いが起ったことになる。

亡き豊臣秀吉が、小西行長を加藤清正とならべて先鋒部隊の、「指揮をとれ」と命じたのは、清正の猛進撃と行長の思慮分別《しりよふんべつ》を一緒にしたら、かならず、よき成果をもたらすにちがいないと、考えたからで、

「どうじゃ、行長と清正をならべたところは……」

などと、秀吉は得意のようであった。

石田三成もまた、奉行として、外地の戦場と内地の秀吉本陣との間を調整するため、何度も海をわたったものである。

ところで……。この、豊臣秀吉の朝鮮出兵は、こころある人びとの眼には、(太閤殿下も、なんという、ばかげた戦《いく》さを始められたものか……)はじめから、その無謀さがはっきりと映《うつ》っていた。石田三成も小西行長も同様である。しかし、「天下さま」の秀吉の絶大な権力の前には、これに従うよりほかなかった。ゆえに……。三成

も行長も、「一日も早く、この戦さを終らせなくてはならぬ」

そのためには、秀吉の名誉を傷つけずに停戦へもって行かなくてはならぬというので、早くから心を合せ、そのつもりで戦争に取りかかっていた。

こういうわけだから〔武断派〕と〔文治派〕は、戦地での作戦会議においても、しばしば衝突をした。そのうちに、こんなことが起った。

「加藤清正を召し返せ」

と、豊臣秀吉が怒り出したのである。清正に戦場を、「まかせておけぬ」と、いうのだ。これは、小西行長が親友・石田三成を通じて……というよりも、むしろ両者から秀吉へ、清正のことを訴えたのであった。

一に、加藤清正は、朝鮮人や明国《みん》（現中国）の使者などの前で、小西行長が、町人あがりの武将にすぎぬと、あざ笑い、ののしった。

二に、加藤清正は、勝手に豊臣姓を名乗り、明国への書状にも、豊臣清正と書いた。

三に、清正の家来の三宅某の足軽が、明国の使者として釜山《ふざん》へ来た李宗城の金を奪《うば》って逃げた。

この訴文をきいたとき、豊臣秀吉は、

「虎之助（清正）めは、年を喰《くろ》うても子供のままじゃ」

と、怒り出し、

「すぐさま呼び返せ」

指令を発した。

こうして加藤清正は内地へ呼び返され、伏見の座敷に謹慎させられたものである。


そのときのことを、のちになって、福島正則が加藤清正に、

「ほんとうは、どうなのだ？」

と、問うたことがある。清正は苦い顔をして、

「みな、ほんとうのことじゃ」

悪びれずにいった。

「おもうても見よ。われらは、あのとき、戦場にいたのだぞよ」

と、清正はいう。

「ふむ、いかさま……」

はじめは、あまりにも素直に清正が肯定したものだから、おどろいていた正則も、その清正のことばをきくと、

(すべてがわかった……)

のである。

「行長や三成のするような戦さならば、せぬほうがよいのだ」

と、清正はいった。明国への書状に、豊臣清正と記したのは、

「わしが慢心をしていたのでも、奢《おご》りたかぶっていたのでもない」

清正は、いう。現代とちがい、当時は、電信も電話もないのだ。遠く遠く海をわたって来た外地の戦場で、日本と朝鮮との間に立って談判《だんぱん》をしに来た明国の使者に対し、先鋒部隊を指揮する加藤清正としては、独断で事を決せねばならぬことが、しばしばあった。いちいち、本国へ連絡をとっていたのでは、返事が来るまでに早くて半月もかかってしまう。これでは、そのときの戦況とにらみ合せての、即座のはからいが不可能になってしまう。

そこで清正が独断で交渉にあたる。その場合、秀吉の家来の加藤清正だといってしまっては、明国も朝鮮も、「相手にしてはくれぬではないか……」なのである。豊臣

の姓をつかったのも、自分が秀吉の代行者として、交渉に当っているのだということを、もっとも端的《たんてき》にあらわし、相手に尊敬の念を抱かせ、事を早く決するためにしたことであって、血なまぐさい戦場で一刻を争う場合には、

「それも仕方なきことは、殿下（秀吉）も、よくよく御承知のはずと、おれはおもうていた」

清正は正則に、そう語った。

「ふむ、ふむ。もっとものことじゃ」

福島正則、大いに同感であった。こうしたことはだれでもない、豊臣秀吉自身が、むかしから戦陣に在《あ》って、若い清正や正則に、「身をもって……」教えこんで来たことではないか。

戦争は、戦場は、「言語を絶した異常の世界」なのである。ほとんどの人間が、「狂気」と、なる。ならざるを得ないではないか。毎日毎日、武器をつかんで殺し合うのだ。

もっとも、戦国の時代が生んだ〔戦争専門家〕や、正気で闘う選《え》りぬきの〔戦士〕も多い。しかしである。名も知れぬ一兵士が、戦陣の混乱、異様な環境にまぎれて、盗みをはたらいたとしても、それは、「わしが命を下したわけでない」と、清正がい

うように、あったほうが当然なのだ。加藤清正の部隊の軍規は、まことに、きびしかったそうな。だが、何千何万の将兵を、清正一人で見張りつづけているわけには行かぬ。「あってはいけないこと」なのだが、「あっても、ふしぎはないこと」なのである。それが戦争であり、戦場なのだ。その、たった一つの兵士の失敗をとりあげて、これをいちいち総大将のもとへ報告におよぶなどとは、石田三成・小西行長の両人が、

「わしを、おとし入れようと、したからにちがいない」

と、清正が激怒したのは、

「あたり前のことじゃ」

福島正則は、のちになって小たまの裸身を掻き抱いての寝物語に、そういったことがある。

「戦さに出れば、人はみな、けだものになるとか申しまする」

「そのとおりじゃよ、小たま」

「では、殿さまも？」

「む……いや、わしは……」

「殿さまも、朝鮮の女ごをさんざんに、おなぶりあそばしたのでござりましょう

な？」

「せぬ」

「うそ」

「うそではない」

「うそ、うそ」

「まだ申すか、こやつ」

「痛い……乳房《ちち》に、なぜ、噛みつきなされますのか？」

「う、ふふ……小たまの乳房はうまい、うまい」

「朝鮮の女ごにも、このようなまねをあそばしたのでござりましょう」

「せぬわ」

「うそ」

ま、それはのちのことだ。加藤清正の怒りについて、いますこし書きのべておかねばなるまい。

清正は当時、くやしさのあまり酒におぼれ、狂気のごとくあばれまわって、家来たちを困らせたそうな。そのとき、清正は、

「石田や小西のごとき二股者《ふたまたもの》がいては、殿下の御ため、天下のためにならぬ。打ち殺

してくれよう」

いきり立ったとか、正則もきいている。

こうした両派の紛争は、加藤清正のみに、かぎられたことではなかった。石田三成の腹心の武将で、福原長堯《ふくはらながたか》（三成の妹聟《むこ》）や、垣見《かきみ》一直《かずなお》、熊谷直盛《くまがいなおもり》などが、朝鮮の戦場へ、〔目付《めつけ》〕として、おもむいたことがある。〔目付〕というのは、戦場の様子を視察し、いちいち、これを司令部へ報告する役目だ。

三人は、戦場から帰国して、豊臣秀吉へ戦況を報告したが、そのときに、

「蜂須賀家政と黒田長政は、加藤清正が籠城《ろうじょう》中の蔚山《うるさん》へ救援におもむいたが、すこしも戦おうとしなかった」

と、告げたものだ。蜂須賀家政は、四国の、阿波・徳島十八万石の大名である。黒田長政は、のちに九州の豊前中津《ぶぜんなかつ》十八万石余の大名となった青年武将だ。

「けしからぬやつども!!」

と、秀吉は、またしても〔文治派〕の報告を、そのまま、「鵜《う》呑《の》みに……」してしまい、

「蜂須賀家政は、国もとへ帰って謹慎《きんしん》しておれ!!」

命令を下した。

ために、蜂須賀と黒田の両将は、

「おのれ。いまに見ておれ!!」

石田三成や小西行長など〔文治派〕に対する憎しみを忘れなかった。ことに、石田三成については、秀吉が何事につけても、「治部少輔《じぶしょうゆう》をよべ」とか、「治部に、はからえ」とか、絶対の信頼を寄せていて、武断派の諸将のいうことなどに耳をかそうともせぬ。

福島正則は、被害をうけたわけではないが、親しい加藤清正からも、いろいろと事情をきいていたし、

「石田三成めは、茶坊主あがりの小才《こさい》をもって太閤殿下に取り入り、口先ひとつで大名に成りあがったやつじゃ」

と、於まさの方にまで、憤懣《ふんまん》をもらしたことがあった。

「三成や行長などは、戦さのかけひきもわきまえぬやつどもでな。あやつめが、いちいち要らぬことを太閤殿下の御耳へ入れたてまつり、そのため、海をこえた遠い戦場で苦労をする虎之助（清正のこと）や、わしのはたらきも、正直《まっとう》には殿下の御耳へ入

ってはおらぬ。三成めは、手柄を一人じめにしてしもうたのじゃ」

朝鮮戦争が終って帰国したとき、正則は、さも忌《いま》わしげに、石田三成や小西行長を罵倒《ばとう》したものだ。於まさの方は、いつものように口をさしはさまず、うなずきながら、だまって聞いていた。

もちろん、蜂須賀家政や黒田長政は激怒している。同じ武断派の池田輝政（三河・吉田十五万二千石）や、細川忠興（丹後・宮津十一万石）、加藤嘉明（伊予・松前《まさき》十万石）などの諸将も、

「われらも、治部少輔のために、ずいぶんと讒言《ざんげん》を受けている」

とのことであった。こうした武断派の怒りを、

「まあ、まあ……」

と、なだめていたのが、豊臣政権の長老・前田利家と徳川家康だったのである。加藤清正も、利家と家康のとりなしによって、秀吉の怒りが解けたのだ。

さらにまた……。石田三成ら（文治派）の大名は、秀吉の愛妾・淀の方のおぼえがめでたい。それにひきかえ、清正や正則などは、秀吉の正妻・北政所《きたのまんどころ》（おねの方）を、まもり立てるかたちになっていた。

なにしろ、秀吉が織田信長の家来であったころには、北政所が、みずから（にぎり

めし」をこしらえ、戦場へ向う少年の清正や正則へ、

「さあ、さあ、於虎《おとら》（清正）も市松（正則）も、たっぷりと食べて行きなされ」

などと、まるで我子のように可愛いがってくれたものだ。いまは、天下にかくれもない大名となった清正も正則も、北政所から受けた愛育《あいいく》を、「忘れられるものではない」のである。

淀の方は、織田信長の妹・お市の方と浅井長政の間に生まれ、信長が浅井家をほろぼしたのち、手もとに引き取った。そのときは、まだ子供であったわけだが、成長するにつれ、天下に絶世の美女としてうたわれた母・お市の血をひく美貌《びぼう》となったので、好色の秀吉が見逃がすはずはなく、ついにわがものとしたのである。しかも、淀の方は、秀頼という跡つぎの子を生んだ。

それにひきかえ、正夫人の北政所と秀吉の間には一人の子も生まれていない。秀吉が生きているうちは、正夫人にも愛妾にも、「えこひいきのないように……」と、秀吉自身がまめやかに気をつかっていたのだが、いざ、秀吉が亡くなって見ると、なんといっても跡つぎの子を生んだ淀の方の権勢が強くなる。

だが、末亡人の北政所は賢《かしこ》い女性で、「殿下が亡くなられては、わたしの用事もないことゆえ……」

すぐさま髪を下《おろ》し、仏門へ入り、京都へ移住してしまった。それをまた、徳川家康が何かにつけて、親切に世話をやいている。となれば、清正や正則などの〔武断派〕が、家康に感謝せざるを得ないではないか。

福島正則は、いつであったか、於まさの方に、

「あの御子《おこ》とて、だれが子か知れたものではないわい」

と、くやしげにもらしたことがある。

つまり秀頼は、秀吉の血をわけた子ではない。淀の方が別の男と密通をして、できた子だというのだ。では、その別の男とは、だれなのか……。

「石田治部少だわい」

と正則がいう。

「まあ……何と、おおせられます?」

於まさの方も、そのときはおどろいた。

「おもうても見よ」

「はい。なれど……」

豊臣秀吉は、これまでに、若くて美しくて健康な女性を、数えきれぬほど、わがものにしている。それらの愛妾たちと何十年もの間、一人の子も生まれなかったのに、

五十をこえてから淀の方に子を生ませる能力が、

「あるはずがないではないか」

と、正則は力説した。

「治部少めに、きまっている」

「殿は、そのお目で、たしかめられましたのか？」

「いや、それは、別に……」

「それなれば、めったなことを申されぬがよいと存じまする」

このときばかりは、於まさの方が正則をたしなめたそうな。

しかし、正則が、そう感じているほどに、石田治部少輔三成は、淀の方へも親しく接近をしていたのは事実であって、正則が、加藤清正に、

「このことを何とおもう？」

問うたとき、清正は、

「そのとおりだ」

とはいわなかったが、苦にがしげに口を噛みしめ、沈黙したまま、見る見る怒りの色を両眼に浮かべたものである。

三

ところで……太閤・豊臣秀吉が病歿したのち、その、天下を治める豊臣政権は、五大老・五奉行という十人の大名が、いまでいう閣僚となり、維持して行くことになった。秀吉の跡つぎの秀頼は、まだ、七歳の童児にすぎぬ。秀頼が成長し、「立派な独裁」を、おこなえるようになるまで、これらの閣僚は、「豊臣家には、そむきませぬ」と、死を前にして痩《や》せおとろえた豊臣秀吉に誓い合い、誓紙血判をおこなったのである。

そして、秀吉は死んだ。無謀な朝鮮出兵は中止となり、在鮮部隊が、いっせいに帰国して来た。こうなると、清正・正則らの〔武断派〕は、「もはや、だまってはおられぬ!!」というので先ず、あること無いことを一緒にして故秀吉へ報告した三人の目付を、「処分いたされよ」と、石田三成へせまった。

すると三成は、

「うけたまわっておく」

こたえはしても、平然として、福原らの目付役を放置したまま、武断派のいうことなどに耳をかさなかった。

「おのれ!!」

加藤清正らは、大老の前田利家と徳川家康へ訴え出た。前田利家は、加賀の国を治める二十四万石の太守だ。むかしは秀吉と共に、織田信長の家来として、「苦楽を分ち合った……」僚友でもある。だから、秀吉が〔天下さま〕となって日本全国に号令するようになってからも、利家は秀吉を親しく助け、秀吉もまた、麾下《きか》の諸大名の中では、だれよりも前田利家を信頼していたのである。なればこそ、死にのぞんで、利家の手をにぎりしめ、

「大納言《だいなごん》どのよ。お拾い（秀頼）がことを、たのむ、たのむ。たのみ申す」

泪《なみだ》ながらに、我子の将来を托したのであった。

いかに五大老五奉行から誓紙をとっても、自分が死ねば、天下が騒がしくなるであろうことを、秀吉が察知せぬはずはない。そうなったとき、信ずるものは、「ただ一人、前田大納言のみじゃ」であったのだ。

諸国大名のうち、実力第一の徳川家康でさえ、前田利家には、「一目《いちもく》を置いていた……」と、つたえられる。

利家は、幼ない秀頼の後見役として、故秀吉の期待にこたえ、秀頼が成長するまで

は、何とか天下泰平を維持すべく苦心した。だが、その利家の病患がすすみ、ついに亡くなった。

「実にもって、なさけないことじゃ」

と、福島正則が伏見へ来た小たまを愛撫しつつ、ふと、そのことをおもい出しては、

「いましばらく、せめて三年の間、大納言殿に生きていただきたかったのじゃ」

無念の声を発したものだ。

「殿さま。いま、このようなときに、なにも、そのような……私がきいてもわからぬことを申されずとも、よいではございませぬか」

「む……それは、そうだが」

「さ、早く。久しぶりに私の躰に、火をつけて下さりませ」

「おう、おう」

「ああ、よい匂いがいたしますこと」

「何の匂いじゃ」

「殿さまの、お躰の匂い」

「そうか。ふむ、そうか、そうか……」

正則は、その夜、飽くことなく何度も小たまを愛撫し、

「お前と別れておることが、どのように辛いことか、伏見へまいって、はじめてわかったぞよ」

などと、甘い声を出した。その愛撫の合間に、正則が、こういった。

「お前が、清洲を発ったという、その日のことじゃ。あは、はは……ついに、わしはな、石田治部少めを、伏見から追いはらってくれたわい」


石田治部少輔三成は、近江の国・佐和山二十万三千石の大名であって、そこに堂々たる居城を構えている。しかし、三成は、豊臣秀吉在世《ざいせい》のころから、めったに佐和山へ帰らなかった。秀吉の股肱《ここう》の臣として、また五奉行の一人として、伏見を中心にうごいている政局から離れることができなかったからだ。

佐和山の城には、三成の父・石田隠岐守《おきのかみ》正継がいて、三成の代りとなり、「まことにすぐれた治政をおこなっている……」と、それは小たまの耳へもきこえているほどだ。

石田三成の伏見屋敷は、もと、伏見城内の大手口（正面口）にあった。そして、こ

の一郭《いっかく》が、〔治部少丸《じぶしょうまる》〕と、名づけられていたのである。

このことを見ても、三成が、いかに、亡き豊臣秀吉から厚い信頼を受けていたかがわかろうというものだ。

「治部少を、すぐに呼べ」

と、自分が命じたとき、すぐさま三成が伺候《しこう》できるように、秀吉は、この寵臣に城内の一郭をあたえ、そこに三成の官邸を設《もう》けせしめたのであった。

だが、三成の身辺もにわかにあわただしくなった。それまでは、何事にも、

「自分には太閤殿下がついている」

と、威勢を誇《ほこ》っていたわけだが、秀吉が亡くなったとなれば、当然、三成の勢力も半減されることになる。

ことに、加藤・福島ら〔武断派〕の大名や武将の怒りが、にわかに昂《たか》まってきたとなれば、三成としても、いろいろと神経をつかわねばならぬことになった。

三成は、伏見城内の官邸をひきはらい、いま一つの別邸へ移った。それは、伏見城下の東の外《はず》れにある六地蔵《ろくじぞう》とよばれる地点だが、このあたりにも諸将の屋敷があるし、町家もすくなくない。そこは山科《やましな》川と宇治川が合流するあたりで、ちょうど、醍《だい》醐《ご》の山裾になっている。

豊臣家の長老である前田利家が、まだ亡くなる前のことだが、

「こうなっては、もはや我慢がならぬ!!」

武断派の大名たちが、さわぎ出し、不穏の情勢となった。徳川家康や前田利家に、

「三成らを処分していただきたい」

かねてから、うったえ出ていたわけだが、なんといっても長老の前田利家が重病でもあるし、家康も、

「まあ、まあ、いましばらく待たれたがよい」

こういって、武断派の激怒を押えていた。

それが、もう、

「間怠《まだる》いことじゃ!!」

「かまわぬ、治部少を討て!!」

と、いうことになった。そして、武断派が手勢をひきいて六地蔵の石田屋敷を襲撃せんとしたのである。

「ところが、残念にも……」

と福島正則が、小たまにいった。

「なにが、残念なのでござりますのか?」

「治部少め、間一髪《かんいっぱつ》のところで、屋敷をぬけ出し、逃げてしもうたのじゃ」

「いずれへ?」

「前田大納言の看病をするというてな、前田屋敷へ逃げこんでしもうた」

「あれ……」

しかも、伏見の前田屋敷ではない。

淀の方と秀頼がいる大坂城内にある前田屋敷へ逃げこんでしまったのだ。

「うぬ!!」

武断派は、くやしがったが、どうにもならぬ。三成は、前田屋敷へ泊りこみのかたちとなり、城外へは一歩も出ない。

ところが、三成がたのみとする前田利家も、ついに亡くなった。こうなっては三成が、前田屋敷へとどまる理由がつかぬことになる。

そこで武断派の人びとが、

「大坂城から、治部少が出て来るところを討て!!」

と、いさみ立った。

それにしても武断派は、よほどに、朝鮮戦争の折のことを烈しく怨《うら》み、三成の処置を憎悪していたことになる。

三成も家来たちを従え、前田屋敷に滞留していたわけだが、清正や正則のような豪《ごう》傑《けつ》が手勢をひきいて襲いかかって来るというのでは、「ひとたまりもない」に決まっている。

「そこでな、小たま。わしも主計頭《かずえのかみ》（清正）と共に、大坂まで出張《でば》ったのじゃ」

正則は清正と共に大坂へ駆け向い、他の武断派、池田輝政などの諸将は、それぞれに連絡をとりつつ、大坂からの諸道を見張ることになった。

石田三成が大坂から伏見へもどるとは決まっていないからだ。間道《かんどう》をぬけて、まっしぐらに、佐和山の城へ逃げ帰ることも、じゅうぶんに考えられる。

「それでな、小たま……」

と、福島正則は、巧妙に、はなしをさそい出す小たまへ、たまりかねたように胸中の怒りを発散せずにはいられない様子に見えた。

「それで、またしても……」

「石田様に、逃げられましたのか？」

「そ、そのとおりじゃ」

石田治部少輔三成の親友に、佐竹右京大夫義宣《さたけうきようだゆうよしのぶ》という大名がいる。佐竹義宣は、常陸《ひたち》・水戸《みと》五十四万五千石の大名である。この佐竹義宣が、石田三成の苦境を知って、

「何としても、治部少輔殿を救わねばならぬ」

と、決意した。

折しも義宣は、前田利家の通夜《つや》に列席するため、伏見から行列をつらねて大坂へあらわれていた。そこで、

「わが行列の中へ、治部少輔殿を隠せ」

と、ひそかに命令を発したのである。

そして、石田三成は、只《ただ》一人、佐竹義宣の行列へまぎれこみ、なんと、義宣の家来の風体《ふうてい》に変装し、陣笠をかぶり、徒歩で槍を担いで、大坂を脱出したらしい。

「いや、さすがの主計頭も、わしも、これには気がつかなんだわい」

くやしがった福島正則は、そのときの昂奮《こうふん》を、ふたたび思い出したものか、

「おのれ、治部少めが!!」

と、叫ぶや、いきなり小たまの乳房へ嚙みついたものである。

「あれ……何をなされます」

「あ、これはすまぬ」

「まあ、痛いこと」

「いや、ゆるせ。あの折には、治部少の素首を、このわしの歯で嚙み切ってくれようとまで、おもいつめていたものじゃから、つい……」

「小たまの乳房《ちち》を、石田さまのお首と間ちがえられるとは……」

「ゆるせ、ゆるせ」

まことに、こうしたときの福島正則は他愛《たあい》もない。

（これが、一国一城の大名なのか……？）

甲賀の女忍びとして、これまでに何度も、諸方の大名を見知っている小たまなのだが、

（このようなお人は、はじめてじゃ）

であった。

（それもこれも、わたしを愛《いと》しいとおもい、わたしを信じていればこそ……そうなると、いささかも、わたしを疑わぬ）

そうおもえば小たまも、甲賀忍びとしての秘命《ひめい》は別にして、福島正則のことを、（かざり気もない、正直な、可愛《かわゆ》い男……）と、感じないわけにはゆかぬ。

むろん、だからといって小たまは、自分の秘命を忘れてはいない。

「それで殿さま、いかが相なりましたので？」

「いや、それが佐竹め、まことにもって怪《け》しからぬ」

「あれ、痛い……」

「乳房を嚙みはせぬぞ」

「いえ、腰のあたりを、殿さまがあまりに強《きつ》く、お抱きあそばしたので……」

「あ……すまぬ、そうか、それほどに強く、いたしたか」

「あい」

「すまぬ。ゆるせ」

清正も正則も、佐竹義宣の行列を、あらためないではなかった。義宣の行列は、堂々と、大坂城の大手口から出て行ったのである。しかし、まさか、その中に石田三成が一兵卒の姿で加わっていようとは、清正も正則も、おもいおよばなかった。

伏見へ到着するまでに、佐竹の行列は池田輝政の兵とも出合ったが、これまた気がつかぬ。伏見へ着くや、佐竹義宣は、まっすぐに徳川家康の屋敷へ行列を乗り入れたものである。

徳川家康は、いま、伏見城下の南面をながれる宇治川の南岸にある向島《むかいじま》の出城《でじろ》へ引き移っていた。家康は、前に、「三《み》河《かわ》屋敷」と、よばれる官邸を所有していた。伏見城・西の丸の下に、この屋敷は在《あ》った。

ところが、秀吉亡きのち、それまでは伏見城にいた遺子の秀頼を大坂城へ移すことになった。これは、秀吉の遺言によって、である。そこで、石田三成は、

「秀頼公が大坂へ移られるにつき……」諸大名も、それぞれ大坂表へ参集するむねを、奉行として、ふれ出した。

そこで徳川家康も、秀頼が生母・淀の方と大坂城へ移った翌日に、伏見の三河屋敷を発し、伏見城の〔船入場《ふないりば》〕から御《ご》座《ざ》船《ぶね》に乗り、宇治川へ漕《こ》ぎ出した。ときに酉《とり》の上刻（午後六時）であったそうな。宇治川から淀川へ出て、家康の御座船は大坂へ着くことになる。

その御座船が、湖のようにひろい宇治川に浮かぶ二つの小さな島の間をぬけ、桂橋の下へかかった、その瞬間であった。突如、御座船の天守台のあたりに火柱がふき上った。火薬が、仕掛けられていたのである。家康は、船入場を出るとき、まさに天守台にすわっていたのだから、ここへ火薬を仕掛け、爆発させたというのは、「家康を暗殺するため……」であったといってよい。だれが、そのようなことをしたか、それはわからぬ。

このことについては徳川家康は、わが家臣たちへ、

「他言すべからず」

きびしく、いいわたしている。とにかく、家康は無事であった。御座船は伏見城下へ引き返したが、そのときの伏見城下の警戒ぶりは非常のものであったという。徳川の家臣ばかりでなく、前田利家や加藤清正も武装の兵をくり出し、家康の身をまもった。

こういう事件があったので、家康は〔三河屋敷〕を引きはらい、向島の出城へ移ったのである。向島は、伏見城の南面をまもるという意味で、小規模ながら、いちおうは〔城〕のかたちをととのえてあった。

これは秀吉在世のころからだ。そこへ入った徳川家康は、さらに修築を加え、いざという場合の備えをかため、すこしの油断もない。石田三成を救った佐竹義宣の行列は、なんと、この向島の出城へ駆けこんだのであった。つまり、徳川家康に「救いをもとめた……」のである。

四

正則の屋敷は、伏見城の西側にある。

当時の、伏見の城下町は、現代の京都市伏見区の内へ入っているわけだが、この町のおもしろいところは、いまもって、四百年も前の城下町に屋敷を構えていた大名たちの名前を残していることだ。

〔毛利長門〕とか、〔永井久太郎〕とか、〔井伊掃部《かもん》〕とか、そして、わが福島正則の屋敷があった場所も、〔福島太夫〕という町名として残っているのである。このような例は、日本全国でも、伏見の町以外にはないようにおもわれる。

加藤清正の屋敷は、どちらかといえば城下の外れにあり、辛うじて、〔肥後町〕という町名が残っている。

清正の屋敷にくらべると、正則の屋敷は、城下の中心といってよい。敷地も広大なものだし、居館も、清洲の居城内にあるそれよりも、却《かえ》って立派なものだ。

伏見の屋敷は、正則のみならず、他の大名たちにとって、〔官邸〕と、いうべきものだ。それぞれの領国に、本城を持っていながらも、日本の〔天下人〕であった故豊臣秀吉に対する忠誠を誓うために、大名たちは、秀吉の居城がある伏見へ〔官邸〕を設け、秀吉の命令次第で、そのひざもとへあつまり、何ヵ月も何年も、とどまらなくてはならぬ。

それのみか、自分の妻や子を常時、伏見の官邸へとどめて置き、自分が領国へ帰るときも、つれて行くことをゆるされなかった。これは、一種の、〔人質〕と、いうべきものである。のちに、徳川家康が天下を掌握《しょうあく》し、江戸幕府をひらいたときも、この制度を応用している。

もっとも、秀吉は、清正や正則や、また前田利家のように、(絶対に、自分に叛《そむ》くはずがない……)と、確信している大名たちの妻子は、

「領国の居城へ住まわせてよい」と、いってある。だから、福島正則夫人の於まさの方は、清洲の本城で暮していられる。

もっとも、それは正式にゆるしているわけではなかったらしい。正式に許可をあたえたのでは、他の大名と比較して、「片手落」になってしまうからだ。

とにかく、伏見城下に、諸大名の屋敷が塀をつらねているのだから、いきおい、「負けてはならぬ」というわけで、屋敷にも華美をつくす。

もともと豊臣秀吉は、万事に〔派手〕を好んだ英雄である。たとえば……。小田原

城に立てこもった北条父子を攻めに出かけたときも、本陣として、一つの城を築いてしまい、ここに屋敷をかまえ、淀の方などの側妾も呼び寄せ、千利休《せんのりきゅう》までつれて来て、茶の湯をたのしんだりしている。

朝鮮戦争のときの本陣は、九州の玄界灘《げんかいなだ》をのぞむ東松浦半島の名護屋へ設けた。これも、堂々たる城だ。いまも、名護屋へ出かけて見ると、その城の立派さ、見事さに瞠目《どうもく》せざるを得ない。石垣のみが残っていて、それを見ただけでも、おどろくのだから、櫓《やぐら》を築き、天守を設け、いくつもの屋敷をかまえた当時の絵図を見ると、まったく、豊臣秀吉という人物の贅沢《ぜいたく》好みには、あきれてしまう。

秀吉は、戦争に出かけても、伏見や大坂の自分の城にいるときと、同じような生活をいとなまなくては、気がすまなかったらしい。

それだけに、諸大名があらそって伏見の官邸の華美を誇っても、うるさいことはいわなかった。日本の首都は、天皇がおわす京都であるが、伏見は日本の政局の中心である。現代の伏見の町からは想像もつかぬ巨大な城下町であったといってよい。清洲からくらべると物資も豊富であり、京都が間近いだけに、万事が、日本の文化文明のあらわれといえる。

福島正則にとっても、清洲にいるより、伏見の屋敷で暮しているほうが、ずっと快適であるし、こころもはずむ。ましてや、いまは、小たまも清洲から到着した。石田三成に対する激怒はさておき、於まさの方の眼が光らぬ伏見で、愛《いと》しい小たまの躰をおもうさま抱きしめることができるというのは、正則にとって、(おもいもかけぬ……)たのしさであった。

「それで、殿さま。向島のお城へ逃げこまれた石田治部少輔さまは、その後、どうなされました?」

ささやきつつ、小たまが愛らしいくちびるを福島正則の体毛が密生している厚い胸へさしよせ、舌の先でちろちろと胸肌をまさぐるものだから、もう正則は、夢見心地となり、

「さればさ。おもいきって仕てのけたものよ」

と、いった。

もともと、石田三成は徳川家康が大きらいである。ことに、秀吉が亡くなってからは、家康に対し、非常な警戒心を抱いているのだ。

徳川家康は、関東六ヵ国の太守として二百五十五万余石を領有し、権大納言《ごんだいなごん》・左近衛大将という堂々たる〔官位〕をもち、その実力は日本諸国の大名のうち、随一《ずいいち》といわれている。

織田信長が本能寺で変死した折、信長の跡を襲って、〈天下人〉となるべき人物は、十七年前の当時においても、その実力において、秀吉よりは、むしろ家康であったといって過言《かごん》ではなかった。

豊臣秀吉は、この家康の実力を無視でき得ず、〈五大老の筆頭〉として手厚く処遇《しょぐう》している。

それだけに、秀吉亡きのちの家康の、「あたりかまわぬ……」擡頭ぶりを見て、石田三成は、「家康がいては、豊臣家の将来があぶない」と、考え、先に家康が、福島正則をはじめ、実力派の大名たちと婚姻《こんいん》をむすんだときなどは、みずから家康の屋敷へ乗りこみ、きびしく家康を問いつめている。

家康としても、三成が、(わしのことを、どのようにおもうているか……)は、じゅうぶんにわきまえている。

つまり、みずから豊臣家の〈敵〉と目《もく》している徳川家康のもとへ、石田三成が救いをもとめたわけだから、

「これは、まるで、窮鳥《きゅうちょう》が狩人《かりゅうど》のふところへ飛びこんだようなものじゃ。主計頭も、わしも、おどろいたわい」

と、福島正則が慨嘆するのも、むりはないのだ。

しかも家康は、三成をかくまい、清正や正則ら武断派の七大名へ、

「秀頼公が、まだ幼なく、太閤殿下が亡くなられて間もないというのに、そこもとたちが争うことは、よろしくないとおもう」

と、いってよこしたのである。

五

福島正則が寝入ってから、小たまは、寝所の外へ出た。いかに伏見の屋敷へ来たからといっても、その夜から、

「殿さまのおそばで、朝を迎えることはできませぬ」

小たまは、正則にそういっておいた。

「かまわぬではないか。梅の丸（夫人）は、遠い清洲におるのじゃ」

「なれど、それでは、あまりに、はしたのうござります」

「ふむ……」

小たまが、折目正しいようなことをいったものだから、それがまた、正則を大いによろこばせた。いまの正則は、小たまが何をいっても、何をしても、

「愛《う》いやつじゃ」

ということになってしまうのであった。

福島家の伏見屋敷は、三棟《むね》から成ってい、これを渡り廊下がつないでいる。城郭ではないが、この三棟の建物と渡り廊下をもって、いざというときの備えがなされているのだ。渡り廊下の下は、幅七間におよぶ深い濠《ほり》になっていて、水が引きこんであった。

なまあたたかい春の夜ふけ……と、いうよりも、もう明け方が近い。

小たまは、福島伯耆守正之の特別のはからいで、

「御屋形《おやかた》の御身まわりの世話をするように……」

と、正則が起居する奥の居館へ移された。その一隅にある小部屋に、小たまは一人で起居することをゆるされたのである。手燭《てしよく》の灯《あか》りもなしに、小たまが廊下をたどり、自分の部屋へ入った。入って、はっと身がまえた小たまが、

「たれじゃ？」

しずかに、部屋の一隅によどんでいる闇の底へ声をかけた。

「わし、でござるよ」

「あ……」

足袋師・才兵衛……いや、甲賀伴忍びの松尾才兵衛が、そこにうずくまっていたのである。

「これは……早いこと」

「わしはな、甲賀の頭領さまの御指図によって、清洲を引きはらいましたのじゃ」

「そうか……では、叔父上も、この伏見の諸大名のうごきを重く見ておられるような……」

「いかさま、さようでござる」

「井之口万蔵も、伏見へ来たのかえ?」

「さよう。もはや、清洲には、当分われらのすることはござらぬ。小たまどののはたらきによって、清洲城内の様子は、すべてわかり申した。もしも行先、福島左衛門大夫が関東(徳川家康)に叛《そむ》き、これを攻め討つときの用意はととのうたというてもよかろうと存ずる」

「ふむ……」

うなずいた小たまが、

「では才兵衛殿。これからの連絡《つなぎ》のことは?」

「清洲のときと同様でござる。なれど当分は、わしのほうから会いにまいる」

「わかった」

「いま、石田治部少輔は向島の城を出て、六地蔵の、わが屋敷へ入っているそうな……」

「それは、先ほど、福島の殿からきいた」

徳川家康は、向島から出して自邸へもどした石田三成の身に、「万一のことあっては……」といい、結城《ゆうき》秀康《ひでやす》の部隊をもって石田屋敷を護らせている。

結城秀康は、下総・結城十万石の城主・結城晴朝《はるとも》の養子だが、実は、徳川家康の次男である。家康の実子が石田屋敷を守護しているとなれば、清正も正則もうかつに手は出せぬ。

石田屋敷

一

「これよりは、容易ならぬことになろう」

頭領の伴太郎左衛門長信が、清洲から伏見へ来る途中、甲賀の伴屋敷へ立ち寄った松尾才兵衛に、そういったそうな。

伴長信は、同じ甲賀二十一家の筆頭といわれる山中大和守俊房《としふさ》と協力し、山中・伴両家の忍びの者の活動を、すべて、

「関東の徳川家康公のために……」

一致させている。ゆえに、伴長信が、「これからは、容易ならぬこと……」に、なったというのは、ほかならぬ徳川家康の立場が、いろいろと、「むずかしいことにな

った」ことを意味する。

「叔父上が、そのように申されたか……」

小たまは、敷きのべてあった臥床《ふしど》へ身を横たえ、枕もとにうずくまっている松尾才兵衛に、

「では、やはり、大戦《おおいく》さが、近いうちに、はじまるというのかえ？」

「さよう」

「戦さをせずに、関東の威勢をもって、天下が治まることには、やはり、ならぬのか……」

「武士の世界は、ちからとちからの争いでござるよ」

「徳川家康公は、豊臣家の長老としての威勢のみにては、満足をなさらぬ……？」

「と、申すよりも……」

「なんとえ？」

「みずから乗り出さねば、太閤殿下亡きのちの、日《ひ》の本《もと》の天下は、とうてい治まるまいと、こころを決められたのではありますまいかな」

「ふむ……」

うなずいた小たまは両眼を閉じ、

「よう、わかった」

「では、わしは、これにて……」

「いま、伏見の何処にいなさるのじゃ、才兵衛どのは……」

「もう三日ほどで、住居《すまい》もきまりまする」

「また、足袋師として、伏見城下へ住みつくのかえ？」

「それは、まだ、わかりませぬ。今夜のうちにも、甲賀の頭領様から御指図がござろう」

と、才兵衛がいった。

春の暁の光りが、すこしずつ、闇を侵《おか》しつつあった。奥庭で、小鳥がさえずりはじめた。

「では……」

と、背を向けた才兵衛に、眼を閉じたままの小たまが、

「才兵衛どの……」

「何でござる」

「いまのところ、わたしは、わたしのみで、好き自由に忍びばたらきをしてもよいのかえ？」

「あまり出すぎたことは、なるまいかと……」

「なに、大丈夫じゃ」

「くれぐれも、御ゆだんなく……明後日の丑《うし》ノ刻《こく》に、此処で待っております」

「うむ……」

「ごめん」

すっと、才兵衛の姿が、小たまの部屋から消えた。どこから出て行ったのか、音も気配もしなかった。

ともあれ、新参《しんざん》の侍女の身で、

(殿さまの寝間に近い場所に、ひとりきりの部屋をもろうたということは……)この伏見屋敷の家来や侍女たちの間でも、さまざまな憶測をともなって、うわさをされているにちがいない。

(これよりは、この伏見屋敷内のだれにも、わたしは好かれるようにしなくてはならぬ)

それが、もっともたいせつなことだ。それでないと、(わたしの忍びばたらきが、おもうようにならぬ)からであった。(甲賀の叔父上から、すこし、まとまった金銀をいただいておかなくてはなるまい)ねむりの中へ引きこまれてゆきながら、小たまは、そうおもった。

たとえば、以前から伏見屋敷にいる奥向きの家来や老女に、

「これは、父からの贈り物でござります」

と、いって、金銀を贈ることもよい。この場合、小たまの父親は、あくまでも足袋師・才兵衛でなくてはならぬ。

伏見屋敷には、福島正則夫人・於まさの方の威力もおよばぬ。しかし、もしも、ふたたび、小たまが清洲の城へもどるようなことになれば、

(たちまちに、知れてしまうだろう)

と、小たまは考えている。

そのことは、正則も忘れていたわけではない。昨夜も、

「小たまの乳房《ちち》は美味《うま》い、美味い」

とささやきつつ、小たまの乳房へ、かるく歯を当ててかみしめつつ(こうした愛撫の仕方も、小たまから教えられたのだ)福島正則は、

「いずれ、清洲へもどるときが来よう。なれど案ずるな。わしが伯耆守《ほうきのかみ》にたのみ、よきようにはかろうてくれる」

そういったものだ。おそらく、そのときは、

（小たまを、清洲の城外の、人知れぬところへ住まわせ、わしのほうからたずねて行こう）

そのつもりらしかった。

「ふ、ふふ……」

半《なか》ば、ねむりながら、小たまが低く笑った。その笑顔のまま、ぐっすりと、彼女は深いねむりの底へ落ちこんで行ったのである。

二

翌日の午後になって……。福島左衛門大夫正則は、養子の伯耆守正之をともない、わずかな侍臣を従えたのみで、

「主計頭《かずえのかみ》へまいるぞ」

と、いいおき、屋敷を騎乗《きじよう》で出て行った。

六地蔵の自邸へ引きこもった石田治部少輔三成を、「どのように、始末をしたらよいか……?」の、相談が、加藤主計頭清正の屋敷で、おこなわれるらしい。他の武断派の大名のうち、池田輝政と加藤嘉明も、清正邸へあつまるらしい。

密議は、夕暮れになっても終らなかった。夜に入って、伯耆守正之が帰邸し、

「父上は今夜、主計頭殿御屋敷へお泊りになる」

と、告げた。武断派は、なんとしても、石田三成を、「討たねばならぬ!!」との決意を、変えぬらしい。

しかし、徳川家康が、三成と石田屋敷を護衛しているとなれば、うかつに石田屋敷を襲撃するわけにもゆかぬではないか。そうなれば、「家康公を敵にまわすこと」に、なるのである。

これは、清正も正則も避けねばならぬ。とすれば……。

「何としても治部少を、外へ引き出さねばならぬ」

のであった。

そのことで、武断派の諸将は、今夜、加藤清正邸において密議をこらし、よい手段が見出せぬままに、

「おのれ、石田治部少め。こともあろうに関東へ頼ろうとは……」

「卑怯千万《ひきょうせんばん》!!」

「憎《にっ》くき奴!!」

と、憤激《ふんげき》し、その憤激が酒宴にもちこまれ、

「怪しからぬ治部少め!!」

「いまに見よ!!」

諸将いずれも、名立たる酒豪《しゅごう》ぞろいだけに、

「とどまるところを知らぬ……」

ありさまとなり、夜を徹《てっ》しての酒宴となってしまったらしいのだ。

〈殿さま〉が、今夜は帰邸しないというのだから、福島屋敷は、すぐさま門を閉ざした。世情が物騒《ぶっそう》であるから、半武装の番兵が屋敷の内外を徹夜で見まわる。これは、伏見城下の、どこの大名屋敷でも、このごろは同様の警戒をきびしくしている。

夜がふけた。警戒の役目についている者たちをのぞいて、いずれも寝しずまった。

伏見の春の夜ふけは、冷える。

小たまは、ひとねむりしてから目をさました。忍びの修行をつんだ者は、寝入る前に、たとえば、(一刻後に、目をさまさねばならぬ)と、自分で自分にいいきかせておけば、かならず、その時刻に目ざめる。さほどに、勘《かん》のはたらきがするどく、それがまた当の忍びの肉体の機能と密接にむすびついているのだ。

やがて……。小たまは、福島屋敷の外へ忍び出ていた。小袖の上から、例の〈墨ながし〉をまとい、腰には革袋《かわぶくろ》を提げ、ふところには短刀を隠していた。福島屋敷の裏

手の塀へ、栗鼠《りす》のように走りのぼった小たまは、土塀の上へ伏せて、凝《じっ》と、あたりの気配をうかがう。

道をへだてて、東側の屋敷は薩摩《さつま》の国の太守・島津義弘《しまづよしひろ》（六十万九千五百石余）の屋敷である。幅三間《さんげん》の道を、小たまが軽がると、福島屋敷の塀から島津屋敷の塀へ飛び移った。塀から屋根へ……。屋根から塀へと、小たまは飛び移り、走った。路上を行くよりも、このほうが、ずっと安全なのである。伏見の大名屋敷がつらなる路上には篝火《かがりび》が燃え立ち、番兵の姿の絶えることがない。

小たまは、以前徳川家康のものだった空屋敷《から》をすぎ、伏見城の南面へ出た。このあたりにも、諸大名・諸将の屋敷が櫛比《しっぴ》している。伏見城の御船入《おふないり》（船着場）の警戒は、ことにきびしかったが、小たまは、石垣へ守宮《やもり》のごとく吸いつきながら、御船入の奥へすすみ、御茶山《おちゃやま》とよばれる城の外郭の小高い丘を越え、今度は伏見城の東面へ出た。左手は、京都の東山の峰つづきの大岩山の山裾であった。その木立の中へ飛びこんだ小たまは、一気に駆けぬけて、六地蔵へ達した。

(よし)

と、小たまの躰に闘志が燃えあがってきた。

石田三成も、のんびりとねむっているわけではあるまい。徳川家康によって護《まも》られた自邸を出たら、たちまちに武断派の餌食《えじき》になることを、わきまえているにちがいない。

（三成の寝顔を見てやるだけでも、おもしろい）

闇の中で、小たまは、にんまりと笑った。

六地蔵のあたりに、山科《やましな》川がながれてい、この川は宇治川へそそいでいる。大小の沼が、多い。小《お》栗栖《ぐるす》の沼の岸をまわった小たまは、山科川の西岸へ出た。対岸の右手に、越前《えちぜん》・敦賀《つるが》の城主で、十六万石を領する大谷刑部少輔吉継《おおたにぎょうぶしょうゆうよしつぐ》の屋敷が見える。

大谷吉継は、石田三成と、「切っても切れぬ……」親友だそうな。大谷屋敷を抱きかかえるようにして大きな沼がひろがってい、沼の向うが、石田三成の屋敷であった。

（や……）

山科川をわたろうとして、小たまは身を伏せた。闇の底から、こちらへ近づいて来る人の気配を感じたからだ。

小たまは、芽を出したばかりの葦《あし》の中へ、完全に身を隠した。同時に、彼女は呼吸をつめた。整息《せいそく》の術をもって、おのれの気配を絶ったのである。

沼の岸辺の道へ、二つの黒い影が浮きあがった。一人は背の高い細身の男で、もう一人は小柄なずんぐりとした躰つきの男だが、二人とも、〔忍び装束《しょうぞく》〕に身をかためている。それは、小たまのように〔墨ながし〕一枚をもって、ようやく身を隠しているのとはちがう。本格的な忍び装束である。

(はて……?)

葦の間から、二人を見つめ、小たまはくびをかしげた。

忍びの者が活動するための服装にはちがいないけれども、それは甲賀のものでもなければ伊賀のものでもなかった。上着《うわぎ》の袖は細く、そして長い。両腕のふとさ・長さのままに仕立ててあるらしい。丈《たけ》は短かく、腰の下までで断ち切ってあり、その下には黒か灰色の股引《ももひき》のようなものをつけている。腰には脇差を帯し、忍び頭巾《ずきん》のかたちも、これまでに小たまが、「見たこともない……」ようなものであった。

(これは、何処《いずこ》の忍びなのだろうか……?)

ゆだんはならなかった。

小たまは尚《なお》も息をつめ、二人を凝視《ぎょうし》した。二人は立ちどまって、何やら、ささやきかわしている。おそらく読唇《どくしん》の術をつかっているのであろう。二人の声は、まったく小たまの耳へとどかぬ。闇の中でも、よく見える小たまの眼にも、二人のくちびるのうごきまでは見てとれなかった。男たちは、小たまが潜《ひそ》んでいる四間も向うにいたのである。

やがて、二人はうなずき合い、そこで別れた。一人は、岸辺の道を引き返して行き、背の高い忍びは、南側の大谷刑部の屋敷の方へ、音もなく去った。

小たまは、ややしばらく、呼吸をととのえつづけ、身じろぎもしなかった。こうしたとき、相手の姿が見えなくなったからといって、すぐさま行動に移るのは、もっとも危険なことなのである。

ややあって、

(もう大丈夫……)

小たまは、大きく息を吐いた。そして、其処で墨ながしのみか身につけているものをすべて脱ぎ、これを用意の革ひもで括《くく》り、あたまへ乗せた。全裸となった小たまは、そのまま、しずかに石田沼の中へ入って行く。小たまの身が、沼の水に呑まれ、見えなくなった。水音を全くたてずに、小たまは泳いでいる。そして、対岸へ泳ぎつき、躰をぬぐってから、ふたたび小袖を身につけ、墨ながしをまとった。

そのころ、小たまが沼の水へ入って行ったあたりの岸辺へ、またしても二人の男があらわれている。あの二人だ。二人は、いったん別れ別れに姿を消してから、また、あらわれたのだ。

「どこの女忍びでござろうか、な？」

と、小肥《こぶと》りの男がいった。声が、しわがれている。老人の忍びらしい。

「ふうむ……いずれ、甲賀か、伊賀か！　……」

「弥五兵衛《やごべえ》殿、あの女忍びは、何処へ行ったのでござろうな？」

弥五兵衛とよばれた背の高い男は、

「さて……石田治部少輔様の御屋敷へ忍んで行ったのではあるまいか」

と、いった。

「と、すれば……放っておくわけにもまいらぬ」

「いよいよ、伏見の城下も、さわがしくなってきたな」

「どうするつもりじゃ、あの女忍びを……」

「さて……」

「われらが手出しをせぬまでも、石田様の御屋敷へ、このことを知らせておかぬと、な……」

「ふむ……」

この二人の忍びは、石田治部少輔三成のことを敬《うやま》った言葉づかいでよび、小たまが石田屋敷へ侵入しようとしていることを知らせたらどうか、などといっている。すると二人は、石田三成の味方ということになるのではないか。

「これ、弥五兵衛殿。なんとするのじゃ、これ……」

「まあ、さわぐな」

「なれど……」

「われらには、われらの役目がある。いまのところは、それだけでよい」

「石田様に、大事はないかな？」

「あの女忍びが、ひとりで、治部少輔様を殺害に来たわけでもあるまい」

「ゆだんはできぬぞ、弥五兵衛殿」

「ま、よいわ。おれに、まかせておけ」

「そうか……では、わしは大谷様御屋敷へもどっていよう」

「そうしてくれ」

小肥りの忍びが、大谷刑部の屋敷の方へ消えて行くのを見送ってから、弥五兵衛という男は、其処に立ちつくしたまま、沼の対岸を見つめつづけている。この二人は、どうやら、大谷刑部の屋敷のまわりを見張っている忍びらしい。

石田三成の屋敷の周囲は、徳川家康がさしむけた結城秀康の部隊が、きびしく警護している。篝火《かがりび》が諸方にもうけられ、番兵の松明《たいまつ》の火が絶えずうごきまわっていた。

(さて、これはどうしたらよいか……?)

対岸の葦の蔭から、この警衛《けいえい》のありさまを見て、さすがの小たまも、

(今夜は、いかぬな……)

あきらめざるを得なかった。

腰の革袋に、甲賀の手裏剣《しゅりけん》〔飛苦無《とびくない》〕を二十箇ほど入れて来ただけで、あとは何も身につけていない小たまなのだ。種々の忍び道具を持ち、忍び装束に身をかためているなら、

(わたし一人にても、忍び入れるとおもうが……)

と、小たまはくやしげに、唇を噛んだが、(仕方もない。今夜は帰るとしよう)

腰をあげたとき、石田屋敷の土塀に沿って槍を小脇に掻《か》い込んだ番兵が二人、松明をかかげて近づいて来るのに気づいた。

小たまは、沼のほとりへ引き返した。だが、いま、沼からあがった場所から引き返したのでは、あぶない。番兵は、小たまに気づいたわけでもないが、岸辺の葦の蔭を入念に、松明の光りで見張りはじめたからである。

岸辺づたいに、小たまは北の方へ身を運んで行った。番兵の松明が、はるかに遠くなったのをたしかめてから、

（よし。ここから沼をわたろう）

と、きめ、ふたたび、小たまは衣類をぬぎ、裸体となった。

そして、片足を沼の水へ入れかけて、

（おや……？）

小たまが、はっとなった。（沼の水が、ながれている……）ことに気づいたからであった。

沼の水が、東の方へ、ゆっくりと、微《かす》かに、ながれている。沼の水は、どこかにながれ入っているのだ。ほかでもない。石田三成の屋敷内へ、ながれこんでいるらしい。

（これは、おもしろい……）

小たまの胸が躍《おど》った。

そして、墨ながし一枚だけを持ち、衣類は岸辺に残しておき、そっと沼の中へ躰を沈めて行った。墨ながしをあたまに乗せ、小たまは沼の水がながれる方へ、泳いで行く。

三

まさに、沼の水は、石田三成の屋敷内へ、ながれこんでいた。沼と屋敷の堀との境いは、水門になっている。

小たまは、先ず〔墨ながし〕を、水門の柵《さく》へ引きかけておき、それから水へ潜《もぐ》った。水の底の手前三尺ほどのところまで、水門の板扉が引きあげられてあった。時刻を定めて、この板扉が水底まで落されるのであろう。だから深夜には板扉が、わずかに開いていることになる。

小たまは水門の下をくぐりぬけ、たちまちに石田屋敷の中へ入った。浮きあがって、水門の柵に引きかけておいた墨ながしをつかみ取り、岸辺へ這いあがった。そこは、奥庭であった。小たまは、濡れた躰が乾くまで待ち、素肌の上から墨ながしをまとった。

奥庭の木立は深い。沼の水のながれにしたがって、小たまはすすんだ。そして、

(この屋敷には、忍びの者がいない)と、見きわめをつけた。

なぜなら……もしも、忍びの者が屋敷を警戒しているのなら、沼の水がながれこむ

水門口の見張りを、決して、(おろそかにはせぬはず……)なのである。

(ふむ。これなら、大丈夫……)

小たまは、自信に胸がふくらんできた。忍びの者でないと、こういうところに手ぬかりがあるのだ。

沼の水は、奥庭をながれる小川になっていた。ながれは細くなり、曲りくねっていた。彼方に、立派な能舞《のうぶ》台《たい》が見えた。亡き太閤秀吉の寵臣だけあって、この控え屋敷にも、このような能舞台をもっている。秀吉が生きていたころの石田三成の威勢が、しのばれようというものだ。

小たまは、小川を飛び越え、木立の蔭から洩れる灯《あか》りを目ざして近寄っていった。(この夜ふけに、だれか、起きている……)のである。

木立をぬけると、灯りがもれている建物の一部の前へ出た。小窓から灯りがもれている。灯りと共に、湯気が、ただよいながれていた。そこは、湯殿であった。この夜ふけに、だれかが湯浴《ゆあ》みをしているらしい。

小たまは両手を高だかと差しあげ、おもいきり身を反らせた。つぎに、差しあげた手をおもいきって前方へ振りおろすと同時に、両足で地を蹴った。前方の土に両手を突いたとき、小たまの両足は宙に浮いている。逆立《さかだ》ちのかたちとなったわけだが、瞬間、地に突いた両手が屈曲《くつきょく》し、間髪《かんはつ》を入れずに伸びた。つまり、小たまは両手をもって自分の躰を地面から突きあげたのだ。手と足の反動が、小たまの全身につたわり、彼女の躰は宙に舞いあがった。そして、ふわりと、湯殿の屋根の上へ落ちたのである。あれだけの量感をたたえた小たまの躰が、まるで蝶が木の枝にとまったような軽《かろ》やかさで、屋根瓦の上へ落ちた。

湯殿の中にいる人は、それに、まったく気づかぬらしい。湯を浴びる音が、きこえているからである。小たまは屋根瓦へ身を伏せ、すこしずつ、くびをさしのべて行った。湯殿の中から見ると、墨ながしをかぶった小たまの顔がさかさまに、小窓からのぞいたことになる。だが、湯浴みの人は、これに気づかぬ。湯殿の中に、湯気がたちこめていた。湯殿の中の人は、二人であった。その二人を見て、小たまは目をみはった。男と女であった。

湯殿は五坪もある。湯気がたちこめる中に、小肥りの男が窓へ背を向けてい、その背中を女が洗いながしている。女は、細っそりとした躰つきで、乳房も小さい。それでいて、腰から臀部《でんぶ》へかけての量感が圧倒的なものであった。しかも両脚は細く、肌がぬけるように白かった。

男も女も、全裸だが、わずかに腰のあたりへ白布をまとっている。これが、当時の人びとの入浴の仕方である。

女が、うすく削《けず》った竹の篦《へら》で、男の背中の垢《あか》を、こそげ除《と》っている。

「おお……こころよい……」

と、男がいった。

「殿さま。お髪《ぐし》を洗いましては……」

と、女がいう。

湯殿の屋根に伏せ、小窓から中をうかがっていた小たまは、

(殿……というからには、この男、石田治部少輔三成らしい)

そうおもった。

まさに、石田三成である。女は、侍女のおふくといい、三成の愛妾でもあった。

「おお、洗うてもらおう」

と、石田三成が、おふくにいい、振り向いてひざの上へ、おふくを抱きあげた。

「あれ、殿……」

「よいではないか」

この年、石田三成は四十歳になる。

どちらかといえば小柄で、肥り気味の体軀であるが、男ざかりの照りかがやくよう

な血色が肌にみなぎっていた。

「あれ、もう……」

「かまわぬ。だれの眼もとどかぬ場所ではないか」

「なれど……はずかしゅうて……」

「よいわ」

三成のひざの上で、おふくの躰が微妙《びみょう》にゆれはじめた。

（ふうむ……治部少輔という大名、なかなかに肝《きも》のふとい……）

小たまは感心をした。

いまの石田三成は、湯殿の中で、女とたわむれているときではないはずだ。この、伏見屋敷にいる三成の家来は、合せて四十に足らぬ。結城秀康の部隊が、屋敷の内外をまもっていてくれるとはいえ、一歩、三成が外へ出れば、武断派の諸将は、（だまって見逃すはずがない……）のである。

三成の居城がある近江・佐和山へも、このことはつたわっていると見てよい。だから、佐和山にいる三成の家来たちは、（一時も早く、殿を救わねばならぬ）と、考えているにちがいない。

だが、石田三成は、「それには、およばぬ」と、佐和山へ申し送っていた。

また、徳川家康からも、佐和山の本城をまもっている三成の父、石田隠岐守《おきのかみ》正継へ、

「かならず、自分が治部少殿の身をまもりとらせるゆえ、かまえて、さわぎを起さぬように……」

と、いい送ったそうな。

このとき、もしも、石田三成の家来たちが武装に身をかため、何百という部隊編成で伏見へ駆けつけて来たなら、ただでさえ不穏《ふおん》な伏見城下は、まさに動乱の血がながれ、ひいては現在の重大な政局にも累《るい》をおよぼすことにもなる。それを、家康も三成もおそれているのだ。

そして、一にはまた、石田三成が、

（あくまでも伏見城下に残って、豊臣家のためにはたらこう）と、決意をかためているからではないのか……。

その危急の最中《さなか》に、三成は、悠々《ゆうゆう》として、湯殿で女とたわむれているのである。

さすがの小たまが、窓から眼を逸《そ》らしたほど、三成がおふくにあたえている愛撫は強烈なものであった。

「ああ……もはや、わたくし……気が……気が狂うてしまいまする……」

おふくは、三成のひざの上で、鞭《むち》のように躰をしなわせつつ、烈しく躰をゆり動かしていた。おふくの黒髪が、水の中の藻草《もぐさ》のごとくゆらいでいる。

やがて……。おふくが、ぐったりと三成の胸へ顔を埋めた。

「さ、おふく。わしの髪を洗うてくれ」

おふくは、こたえぬ。

まだ、三成から受けた愛撫の恍惚境《こうこつきよう》から醒《さ》めきっていないらしい。

「これ、おふく……いかが、いたした？」

「ああ、殿……」

「髪を洗うてくれ」

「あ……は、はい」

ようやくに、おふくが三成のひざから下りた。

おふくは、のろい動作で、用意してあった糠《ぬか》と洗土《あらいつち》を手に取り、さしのべてきた三成の髪へふりかけようとしたが、

「あれ、……お待ち下さりませ」

と、いい、湯殿の戸口へ近寄って行く。戸口の外に、家来が来て、何かいっているらしい。すぐに、おふくがもどって来て、三成へ、

「いま、佐和山より、島左近《しまさこん》さまが御一人にて御到着なそうにございまする」

「なに……」

三成は立ちあがって、

「ふうむ。ようも一人で、まいったものよ。これ、おふく、髪を洗わぬでもよい。わしは、すぐに左近と会わねばならぬ。さ、早う、躰をふいてくれい」

「はい」


島左近勝猛《かつたけ》の名は、小たまの耳にも聞こえている。

島左近は、石田三成の、〔筆頭家老《ひっとうかろう》〕という要職についている。

「三成に、すぎたるものが二つあり。島の左近と佐和山の城」などと、世にうたわれた名物男である。

島左近は、石田三成の家臣となる前に、大和・郡山《こおりやま》の城主だった筒井順慶《つついじゅんけい》や、豊臣秀長（秀吉の弟）などに仕え、のちに浪々《ろうろう》の身となってから、

「わしに仕えてくれぬか」

と、石田三成にまねかれた。

このとき三成は、四万石を領していたが、このうちの一万五千石を島左近にあたえたという。

これは、破格の高禄《こうろく》であって、他に類例を見ない。三成が、いかに左近を、「大きく買っていた……」かが、わかろうというものだ。

そのころ、まだ健在だった豊臣秀吉が、これをきいて、

「左近ほどの男が、ようも治部少などのところへころげこんだものと、おどろいていたが、治部少も治部少じゃ。ようもおもいきったものよ。それでは、主従《しゅじゅう》の差もないほどの高禄ではないか」

家来を召し抱えるときには、まことに気前よく禄をはずむ秀吉であったが、このときの左近に対する処遇には驚嘆《きょうたん》したらしい。

それほどの男だけに、小たまは島左近のことを、いろいろと聞いてはいたけれども、わが眼に見るは、この夜が、はじめてであった。その島左近が、近江の佐和山城から、単身、伏見へ主人の石田三成をたずねて来た。

石田家の筆頭家老という身でありながら、一人の供も従えずにあらわれたのは、島左近もまた、三成や家康同様、いまの伏見城下に騒乱を起してはならぬ、と、おもっているからであろう。いや、一人で来たからこそ、無事に、主人の伏見屋敷へ到着で

きたといえぬこともない。武断派の諸大名は、協同で部隊を編成し、石田屋敷を遠巻きにしているからである。

石田三成が湯殿から出て行くのを見送ってから、小たまは屋根の上を猫のようにすすみはじめた。

〔風呂屋〕の火焚《ひたき》所の向うに、別の奥庭がのぞまれる。火焚所には、まだ小者がいるらしい。外へもれる火影に男の姿がゆれうごいていた。

小たまは、屋根の上を左へ移動して行った。中庭が見える。竹と石のみを配した簡《かん》素《そ》な庭であった。中庭の向うに灯が明るい。戸障子を開け放った廊下の向うの部屋に、長身の男がひとり、すわっていた。風体《ふうてい》は町人のものである。

だが、中庭をへだてて、こちら側の屋根の上に伏せ、この男を見た瞬間、小たまは、（あれが、島左近にちがいない）と、直感した。

島左近は五十を一つ二つ越えた年齢ときいている。それでいて、この名物男の体軀は、中に鉄線を張りつめたような、鋭くて、たくましいものを感じさせた。遠目に見ても、小たまには、それがよくわかった。

小たまは、胸の底からつきあがってくる興奮に、凝《じっ》と堪《た》えた。（島左近は、いったい、何の用事あって……）危険をおかしてまで、伏見へ駆けつけて来たのであろうか。しかも、旅の町人に姿を変えてのことゆえ、（なまなかの用事ではない）ことは、たしかであった。

石田屋敷を包囲している武断派の部隊も、まさかに島左近ともあろう者が、町人に変装し、単身で乗りこんで来ようとはおもわなかったろう。

（武勇にもすぐれていて、しかも、あたまのはたらきも、なかなかのものよ）

小たまは、屋根に伏せたまま微笑をうかべた。

そのとき、奥の間から、着替えをした石田三成が部屋へ入って来るのが見えた。この部屋は、おそらく三成の居間にちがいなかった。島左近が両手をついて挨拶《あいさつ》するのが見え、三成が笑いながら何かいうのが見える。

主従は向い合い、語り合いはじめたが、声が低く、言葉はよくわからぬ。だからといって、二人の唇のうごきのみで、言葉を読みとるのは、いささか距離が遠すぎた。

「なんと……」

とか、

「そりゃ、まことか、左近……」

とか、二言三言、三成の声が高くなったときの言葉が、辛《かろ》うじて聞きとれたのみである。

二人の表情からおして見て、（これは、ただごとでない）ように、小たまは感じた。

（よし。忍び仕度は、じゅうぶんではないけれど……さぐって見よう。このときをのがして、後で悔《く》いを残してはならぬ）

小たまは、決心をした。

廊下の戸障子を開け放してあるのは、ここが絶対に安全な場所と考えているからでもあろうし、あたりの戸障子・襖《ふすま》などを開け放しておいたほうが、かえって曲者《くせもの》は近づきにくいのである。

小たまは、湯殿のときのように、先ず石田三成の居間の屋根の上へ移動しようと考えた。ひそかに、屋根瓦の上をうごきはじめた小たまが、（あっ……）突然、顔色を変えて、またも身を伏せた。

（だれか、いる……）

石田三成と島左近が語り合っている居間の、開け放った廊下は中庭に面しているわけだが、その幅二間《けん》ほどもある広い廊下の一隅に、ひっそりと黒い影が蹲《うずく》まっているのに、このときはじめて小たまは気づいたのである。

このときまで、

(私は、あの黒い影に気づかなかった……)

ということは、屋根瓦の上をひそかに移りわたって来た小たまの姿を、黒い影のほうが先に気づいていたやも知れぬのだ。むろん、只の影ではない。男だ。しかも忍びの男以外の何ものでもない。

その男が蹲まっているあたりは、居間の壁ぎわであって、居間からながれ出している大蠟燭《おおろうそく》の灯りもとどかぬ場所なのだが、それにしても完全に気配を消してしまっている。呼吸をととのえ、その忍びの者は壁土の一部と化してしまっているかのように見えた。小たまのような、すぐれた忍びの眼でなくては、到底これをとらえることはできなかったろう。

では、その忍びも、小たま同様、三成と左近の密語《みつご》に聞き耳をたてていたのかというと、あきらかに、そうではなかった。その忍びは、三成と左近の密談の見張りの役目についているらしい。

(治部少輔三成という大名は、おそらく一人も、忍びを抱えてはいまい、と、才兵衛どのがいうていたが……なれど、まさに、あの忍びは石田方のものに相違ない)

小たまは、整息の術をつかって、尚も気配を消し、身を伏せたまま動かず、中庭をへだてた彼方に蹲まる黒い影を凝視《ぎょうし》した。(うかつにはうごけぬ……)のである。

うごいて発見されたなら、数箇の〔飛苦無〕を所持しているだけの小たまが、なんで防ぎ切れよう。しかも、小たまの躰は素肌に〔墨ながし〕一枚をまとったのみではないか……。どれほどの間、小たまは其処にいたろう。

石田三成と島左近は、酒盃をかたむけつつ、密談をつづけてい、一度も中庭の方を見なかった。

（ああ……く、苦しい……）

しだいに、小たまは息苦しくなってきた。あまり極端《きょくたん》に整息の術をつづけていると、息苦しくなる。微少《びしょう》の呼吸しかできないからだ。

（呼吸が乱れてしもうては、どうにもならぬ）

ついに、小たまは決意をした。三成と左近の密談を聞き取ろうというのではない。いまの小たまにとっては、石田屋敷を脱出することだけで精一杯なのである。すこしずつ、小たまは屋根瓦の上を後退しはじめた。そして、ふたたび、沼の水を引きこんだながれへもぐり、水門の底を潜《くぐ》って外へ出るまでの時間は、小たまにとって、あまりにも長かった。

小たまは、

（もしやすると、すでに水門の板扉が、水の底まで下《おろ》されているやも知れぬ）とさえ、危惧《きぐ》していたのである。だが、何事もなく、脱出することを得た。

（ああ、よかったこと……）

沼の水面に顔を出し、おもうさま呼吸をむさぼりつつ、小たまは、ゆっくりと泳いで行った。

そのころ……。

石田屋敷の居間の廊下にいた黒い影が、大蠟燭の照明が行きわたる場所まで身を移して来て、廊下へあらわれた島左近と何かささやき合っている。細いが引きしまった躰つきの男で、甲賀の忍び頭巾に顔を隠し、軽い忍び装束《しょうぞく》を身につけていた。

「いま、向い側の屋根の上に、忍びが一人、伏せていたようでござります」

と、男が、左近にささやいた。声は、しわがれている。だが、それにしては体格が若い。おそらく四十前後の年齢なのではあるまいか。

「さようか……」

島左近は別だん、あわてもせず、捕《とら》えよともいわぬ。

「おおせにしたがい、見のがしましたが……それでよろしゅうござりましたか？」

「よいとも。殿とわしの言葉さえ聞き取られねば、それでよい」

「なれど、油断はなりませぬ。この御屋敷は、あまりにも……」

「無《ぶ》要心《ようじん》じゃと申すか」

「おそれながら……」

「よい、よい。殿とわしの身は、そうしておぬしに護られている。今夜は、それでよいが……なれど小五郎。その忍びとは、どのような？」

「わかりませぬ。なにぶんにも遠いので、はきとはわかりませなんだ」

そのとき、

「これ、まだか……？」

居間の内から、石田三成の声がかかった。

「は。ただいま」

「その男も中へ入れたらどうじゃ」

「いえ、そうは相なりませぬ」

こういって島左近は居間へもどり、小五郎とよばれた忍びは、またしても元の場所へ行き、蹲まって見張りをつとめはじめた。

「殿。それがしめが佐和山へ帰りました後も、あの廊下に控えおります男を、この御屋敷へ残しておきまする」

「わしは、むかしから忍びを使うたことがない。かまわぬでくれ」

「いや、あの男ひとりでござる。ともあれ、御無事に佐和山へ御帰城あそばすまでは、御身につきそわせていただきたく……」

「そちの申すことゆえ、聞かぬわけにもまいるまい」

「かたじけのうござる」

「あの者は伊賀の忍びか、それとも甲賀の……」

「はい。もとは甲賀の忍びでございましたが、十五年ほど前、それがしがまだ御当家へ召し抱えられませぬころより、甲賀をはなれ、それがしのためにはたらきくれます男にて、名を、岩根《いわね》小五郎《こごろう》と申しまする」

「ほう。はじめて聞いたが……なるほど。そのような男か……」

「おそれながら、それがしの家来と、思《おぼ》しめし下されますよう」

四

沼をわたった小たまは、水門の近くに隠しておいた小袖と短刀を頭上に乗せていた。

（先ず、よかった……）

今夜はこのまま、まっすぐに福島屋敷へもどるつもりで、沼から岸辺へあがった小たまが躰をぬぐい、小袖へ片手をさしこんだ。その瞬間であった。葦の間から、まるで鼯鼠《むささび》のごとく襲いかかった男が、小たまの腰へ抱きつき、押し倒した。

「な、何をする……」

「ふ、ふふ……」

黒い頭巾の中で、男が低く笑った。

「あっ……」

「わかったか！」

「おのれ……」

男は、なんと先刻、小たまが沼を泳ぎわたる前に見かけた、得体《えたい》の知れぬ忍びの者らしい二人のうち、背の高い細身の躰つきの男だったのである。

「これ、女。おぬし、何処の忍びだ？」

「知らぬ」

「どうやら、甲賀の者らしい」

こういって男が、其処に落ちている小たまの〔墨ながし〕を片手でつかみ取って、

「ほう。よい匂いがする。女の髪の香りは格別だ」

と、いった。

「はなせ。は、はなせ……」

小たまは必死で、男の躰をはね返そうとしたが、どうにもならなかった。背丈のちがいはさておき、躰そのものの量感からいえば、むしろ、小たまのほうが大きい。それほどに細い体軀でいながら、片手を小たまの胴へまわし、片脚を小たまの肢《あし》の間へ割り込み、締めつけてくるちからの物凄さに、

「う、うう……」

さすがの小たまが、うめき声を発した。

女忍びながら、このような目に会ったことは、かつて一度もない小たまである。躰力も、(男にも負《ひ》けはとらぬ)という自信があったし、男忍び同様に〔武技〕の修行を積み重ねてきている小たまが、このように呆気《あつけ》なく〔手籠《てご》め〕にされようとは、おもいもかけぬことであった。

「は、はなして下され。わ、私は、別に、怪しいものではござりませぬ」

「ふうむ、そうか」

「は、はい。おねがいでござります。おはなし下され」

屈辱《くつじよく》に堪えながら、ついに、小たまは哀願《あいがん》のかたちをとった。

「そうか。怪しい者ではないと、な」

「はい、はい」

「それならそれでよいわ」

と、男がいった。放してくれるのかとおもったら、そうではない。

「怪しい者でなければ、おれも安心をして、たのしむことができようというものだ」

「な、なにを……」

「ほほう。おれの細い躯が埋めこまれそうに、ふくよかな肉置《ししお》きをしているな」

「あれ……ゆるして……」

「ふくよかだが、筋肉はかたい。よほどに何か、筋肉をつかう修行をしていたらしい」

「あれ、何をなさる……」

細くて長い男の躯が蛇《くちなわ》のように、小たまの乳房を胴を腰を、締めつけてくる。

小たまは、一糸もまとっていなかった。

「ほう、これは……ふむ、なるほど」

などと、男は余裕綽々《よゆうしゃくしゃく》たるもの、小たまの肉体の其処此処をまさぐりつつ、

「これは、ようふくらんでおる」

とか、

「ふむ、ふむ。茂《しげ》りは濃いな」

とか、まことに怪《け》しからぬふるまいをおこないはじめた。

（こ、これは、いったい、どうしたことなのか……私ともあろう者が、このように……）

こうなれば、仕方がないとおもった。

自分の躰を、男にあたえようとおもった。女忍びにとって、任務のために躰をあたえることなど、わけもないことだが、いまの場合は、小たまの誇《ほこ》りがゆるさぬ。だから、男の愛撫にこたえつつ、（殺してくれよう）と、小たまは、決意したのだ。

小たまの髪の中には、女忍びの〔隠し針〕がある。だが、この針をつかうのにも、よほどの覚悟が必要だ。これほどの男である。小たまを犯しながらも、決して油断は見せまい。

「これ、女。沼を泳ぎわたって何処へ行った？」

「し、知りませぬ」

「強情な女だ」

いいつつ男の手ゆびが敏速にうごきはじめた。小たまの両脚が押しひろげられた。

　このとき小たまは、自分の両脚をもって男の細い胴をはさみ、締めつけてくれようとおもったが、どこをどうされているのか、脚も手もしびれてしまい、ちからが全く入らなかった。

（こ、これでは隠し針もつかえぬ……）

　小たまは愕然《がくぜん》となった。そして絶望し、ぐったりとなった。男の躰が、小たまへのしかかった。

「久しぶりの女の肌の味わいだ。おもいきり……」

　いいさした男が、突然に、

「あっ……」

　叫んで、小たまの躰から飛びはなれた。

　びゅう……ぴゅう。

　風を切って、闇の底から何かが飛んで来る。手裏剣であった。だれかが、男へ手裏剣を投げている。小たまは、はね起きた。

弥《や》五《ご》兵《べ》衛《え》と権左《ごんざ》

一

小たまの躰には、ほとんど布というものがついていなかった。だが、その裸身を、小たまは夢中で葦の間に投げこんだ。重くたれこめた闇を切り裂いて、あたりに手裏剣が飛び交《か》っている。

どこのだれが、(なぜ、私を助けてくれたのか……?)ちらりと、そうおもったが、(だれでもよい。それよりも早く、早く……)と、小たまは、必死に、この場から走り逃がれて行ったのである。

背の高い忍びは、小たまを追って来なかった。

そして、間もなく……。石田沼の周辺は、もとの静寂《せいじゃく》をとりもどしていた。

細身の背の高い忍びの者が、葦の間から身を起した。

「消えた、な……」

と、忍びはつぶやいた。彼は先刻、小たまが沼をわたって行くのを見送っていた二人の忍びのうち、「弥五兵衛」と、よばれた男である。

弥五兵衛は、小たまを救った敵が去ったのを見きわめ、屈《かが》みこんで、何かを拾い取った。甲賀の手裏剣〔飛苦無〕であった。

「甲賀か……してみると、あの女忍び、甲賀の……」

また、つぶやき、弥五兵衛が、

「なるほど……」

ひとりうなずき、葦の間を歩み出した。葦の群の中からぬけ出した弥五兵衛は、山科川にそった道を南へ下って行った。道は、大谷刑部少輔吉継の屋敷の塀に突き当り、二つに別れている。一つは、屋敷の東側へ……一つは、山科川に沿って宇治川の岸までつづいていた。東側の方が、大谷屋敷の表門で、宇治川沿いの道は裏門の前を通っている。

このあたりには、山科川をはさみ、小早川・吉川・小西・木村・小川・北条・片桐などの大名・武将たちの屋敷がならび、大谷吉継の屋敷は、その北端に位置している。

大谷屋敷の川向うは、これも大谷刑部同様に、石田三成と、「切っても切れぬ……」間柄の、文治派の大名・小西摂津守《せっつのかみ》行長の屋敷であった。

「や……？」

弥五兵衛は、大谷屋敷の裏門の手前まで来て、足をとめ、空を仰いだ。

雨が落ちて来たからである。

「もし……」

そのとき、山科川へ面して設けられた大谷屋敷専用の船着場から声がかかった。

「おお、権左か……」

「あれから、どうなったな？」

船着場に屈みこんでいた小肥《こぶと》りの男が、ふわりと道へ舞いあがって来た。これは先刻、弥五兵衛と共に、小たまが沼へ泳ぎ出て行くのを見送っていた忍びである。

「ふ、ふふ……おもしろい目にあうて来た」

と、弥五兵衛がいった。

「どのような？」

「女が泳ぎもどって来てな」

「ほう」

「まる裸よ」

「ふむ、ふむ……」

「ちょと、弄《いろ》うてやった」

「つかまえてか？」

「そうだ」

「まさか……弥五兵衛殿が、あのような場所で、裸の女をなぶりものにするなどとは考えられぬ」

と、小肥りの男……権左の、しわがれた声が、かるい揶揄《やゆ》の口調をおびている。

「なれば、権左。弄うた、と、申している」

「さればさ……」

「押えつけて、何者か突きとめてくれようとおもうてな。だが、そのうちに……」

「そのうちに？」

「つい、おれとしたことが、我を忘れかけてしもうた……」

「ふうむ……それほどの女か？」

「あのような女、見たことがない」

「口にはいえぬ。抱いて見て、あの女の肌の香りを嗅《か》がぬでは、わからぬことだ」

「それで、犯したのか、弥五兵衛殿」

「いや、そのとき、どこからか、これを投げつけて来た者がいる」

と、弥五兵衛が拾いあげて来た〔飛苦無〕を、権左へ手わたした。

〔飛苦無〕は、甲賀独自の武器である。長さ二寸前後で、男手の親指ほどの太さをもち、やや円錐形《えんすいけい》の尖端《せんたん》と根もとに微妙な細工《さいく》がほどこしてある。これは、より強烈に敵を撃ち、より深く敵の躰へ食いこむための工夫であって、甲賀の忍びたちは、それぞれに工夫をこらした〔飛苦無〕を用意しているのだ。たとえば、小たまや松尾才兵衛が使用する〔飛苦無〕は、頭領・伴長信の屋敷内に住む〔源ぞ〕という老人が製作してくれたものなのだ。

これとは別に〔苦無〕という忍び道具もある。これは一尺余におよぶ、太くて長い釘で、これを石垣や岩壁に打ち込み、高所への昇降に用いる。この〔苦無〕の形を小さくしたように見えるところから、甲賀の手裏剣は〔飛苦無〕とよばれるようになったものであろう。

「どういう……？」

飛苦無を凝《じっ》と見て、

「甲賀じゃな」

と、権左が、うなずき、

「どんな奴じゃった、弥五兵衛殿」

「ここまで、おれをつけて来た」

弥五兵衛の唇のみがうごいて、

「川の向うの、小西屋敷の塀の下に身を伏せている」

と、いった。

「ふうむ」

ふり向きもせずに、権左が、

「どのあたりじゃ？」

これも、読唇《どくしん》の術で問うた。

雨が、音をたてはじめた。

「小西屋敷の裏門の右手の、塀の上に、松の枝が道の上へのびているところがある」

「む……知っておるぞや」

「その下だ」

と、弥五兵衛の唇が、うごいた瞬間、権左が身を沈めざま、飛苦無を対岸へ投げ打った。低いが鋭い音を起し、その音が尾を引いて対岸の闇へ吸いこまれて行った。

同時に、

(あぶない……)

弥五兵衛が権左を突き飛ばすようにして、道へ身を投げた。その頭上を、対岸の小西屋敷の土塀の裾から飛んで来たものが掠《かす》めて行った。敵が、こちらの攻撃をかわしざま、飛苦無を投げ打って来たのである。

身を伏せたまま、弥五兵衛と権左は、しばらくうごかなかった。すぐ近くの、大谷屋敷と小西屋敷の裏門前に篝火《かがりび》を燃やし、立っていた二人の番兵が、このことにすこしも気づかぬ。

「権左……」

ややあって、弥五兵衛が、

「相手は、消えた」

と、いった。

「うむ。消えたようじゃな」

「さて、われらも、そろそろ、もどろうか……」

こういって弥五兵衛は権左をつれ、大谷屋敷の裏門から、番兵に会釈をし、屋敷内へ入って行ったのである。

二

裸躰のまま、小たまは福島正則の屋敷内の、自分の部屋へもどった。だれにも、気づかれてはいない。小たまは着替えをしてから、敷きのべておいた臥床《ふしど》の中へ、もぐりこんだ。

(ああ……おどろいたこと……)

昂奮《こうふん》が、容易にしずまりそうもなかった。

いままでは、何やら、のんびりと田舎びた尾張・清洲の城下にいて、好き自由に、忍びばたらきをしていた小たまだけに、諸国大名の屋敷が櫛比《しっぴ》する日本の政局の中心ともいうべき伏見城下へ来て見て、(これは、ゆ、だ、ん、も隙もならぬ……)と、おもい知った。(今夜のことから……)推して見ると、伏見城下の、どの大名も、それぞれに忍びの者を抱え、雇い入れ、たがいに探り合い、見張りをきびしくしているものと見てよい。

そうなると、これは、甲賀・伊賀の忍びたちのみか、諸国に分布している忍びの者の、「稼《かせ》ぎどき」と、いうべきであろう。

小たまのように、しかるべき頭領の下《もと》にいて、他の同僚たちと共に結束して忍びの活動をしているものもいれば、単独で、それぞれおもうところに雇われている忍びも多いにちがいなかった。

「ああ……」

おもわず、昂奮のため息を吐《は》いた小たまが、はっと半身を起した。

「才兵衛どのか？」

「さよう」

いつの間にか、部屋の一隅に、松尾才兵衛が忍びこんで来ていた。

「小たまどの。あまりに無謀なまねは、せぬがようござる」

「何のこと……？」

「今夜は、何処へ出向かれまいた？」

「何処へも、行かぬ」

「何を、いまさら……」

と、才兵衛が吐き捨てるように、

「あのような目にあわれて……あれでは、甲賀・伴忍びの小たまどのの名が、泣きますわえ」

「では……？」

小たまが瞠目《どうもく》し、

「私を、助けてくれたのは、才兵衛どのか？」

「ほかに、だれがおりましょう」

「そ、そうか……」

「小たまどのの術《じゅつ》が、さほど鈍《なま》くらになってしもうたとは……いや、才兵衛、つくづくと呆《あき》れ申した。あのような男に、むざむざと手ごめになりかかって……このことを甲賀の頭領様が聞かれたら、なんとおもわれることやら」

松尾才兵衛の声には、容赦《ようしゃ》がない。小たまは、返すことばもなく、うつ向いてしまった。先刻の、あのとき、あの男の手指の感触が、まだ執拗《しつよう》に小たまの躰の一部に燻《くす》ぶっている。

くどくどといいたてる才兵衛へ、ようやくに小たまが、

「では、才兵衛どのは、何用あって、あのようなところへ？」

「申すまでもない。石田屋敷の内へ忍んで見ようと考え、それには、あの沼を泳ぎわたるが、もっともよいとおもい、沼のほとりまでまいったところ、あのさわぎでござ

った」

「では、石田屋敷へは入らなんだのかえ？」

「小たまどのを助けたのでござるぞ」

「私は忍び入った」

「え……？」

「石田治部少輔三成の顔を、とくと見てまいった」

「なんと？」

「その帰りに、あの男が襲いかかって来たのじゃ」

「あの男は、大谷刑部少輔の屋敷へ入って行きましたぞ」

「ほ……大谷の……」

「さよう。まことにもって油断はならぬ。ときに小たまどの……」

いいさして才兵衛がひざをすすめ、

「石田屋敷で、いったい、何を見たのでござる？」

「ききたいかえ？」

「申すまでもないこと」

岩根小五郎《いわねこごろう》

一

才兵衛の態度があらたまった。まさかに、小たまが単身、石田屋敷へ潜入して来たとは、

（おもいもよらなんだ……）

ことであったにちがいない。

「ふ、ふふ……」

小たまが、うす笑いをして、

「私だとて、これでも見捨てたものではない、と、おもうけれど……」

「むう……」

才兵衛が、うなった。

「さ、早う、きかせて下され」

「では……」

と、小たまが、石田屋敷で見たままのことを才兵衛に語った。

聞き終えて、才兵衛が、

「それだけのことでござるか……」

興ざめの態《てい》を見せた。

「つまらぬかえ？」

「つまりませぬな」

「なぜ……？」

「そのときの、治部少輔三成と、石田家の家老・島左近が何を語り合うていたか……それを聞きのがしたのでは、せっかくに忍び入ったところで、何の益にもならぬ」

「なれば、才兵衛どの。広縁に、忍びの者が見張っていたゆえ、と、申したはず」

「まさに……なれど、その見張りの忍びの目をくらましてこそ、甲賀の伴忍びではござらぬか」

「ふ、ふふ……」

「何を笑いなさる？」

「才兵衛どのが、たとえ、私のかわりに忍び入ったとしても、私と同じように、近寄ることをあきらめたにちがいない」

「なんの……」

「なんのというて、才兵衛どのの眼が笑うている」

「え……」

「私が、いま、はなしてきかせたことだけでも、才兵衛どのは、よろこんでいるようじゃ」

「これは……」

と、才兵衛の眼が、忍び頭巾の中で笑った。

「見やぶられまいたな」

「才兵衛どのは、あの、石田屋敷にいた忍びに、こころあたりがあると見える」

「ないでも、ござらぬ」

「たれじゃ？」

「おどろいては、いけませぬよ」

「はなして下され」

「岩根小五郎ではあるまいか、と……」

「いわね、こごろう……」

「さよう」

はっと、小たまは、おもい出した。岩根小五郎という忍びの者の〔名〕をである。小五郎の名は、かつて、松尾才兵衛からも、叔父の伴長信からも、小たまは聞かされていた。

甲賀二十一家の頭領の中に、杉谷家《すぎたに》というのがある。いや「あった……」と、いったほうがよいだろう。甲賀の地に、杉谷の里があり、この土地を杉谷家が支配していた。甲賀の頭領であるからには、いうまでもなく杉谷家も、〔忍びの頭領〕だったのである。

しかし、いま、杉谷家は、「ほろびつくした……」ことになっている。最後の頭領は、杉谷与右衛門信正《よえもんのぶまさ》といった。

杉谷家は、むかしから、近江・観音寺の城主・佐々木義賢《ささきよしかた》につかえ、扶持《ふち》をうけ、佐々木家のために〔忍びばたらき〕をしていたという。佐々木家は、中世のころから、近江の守護職として、足利《あしかが》幕府につかえてきた名家である。

だから、杉谷家も、「ちからのおとろえた足利将軍の威勢をもり返し、足利幕府のもとに、天下の戦さ騒ぎがしずまることをねがって……」忍びばたらきをしてきたのであった。

ところが……。戦国の様相は、しだいに混乱の度を増し、足利将軍も足利幕府も、「あって、無きが同然」の、ありさまとなってしまった。

実力をそなえた戦国大名の擡頭《たいとう》と、その激烈な天下制圧の競争の中で、猛然と、〔天下人《てんがびと》〕の座へ肉薄《にくはく》したのが、かの織田信長であった。

佐々木義賢の観音寺城は、織田信長によって攻め落された。佐々木義賢は、身をもって逃れ、甲賀の奥深くへ、ひそみ隠れた。

杉谷与右衛門信正は、最後まで、佐々木家のためにはたらいた。織田信長を、「討ち取って、佐々木家を復活させる」ことに、的《と》がしぼられたのである。

そのころの甲賀の頭領たちは、むかしの結束を解き、それぞれ、独自の活動をするようになっていた。伴家は当時、甲斐《かい》の武田信玄のためにはたらいていたと、小たまは聞いている。

そして……。織田信長が、近江の浅井長政と越前の朝倉義景《あさくらよしかげ》の同盟軍を相手に、近江の姉川で大決戦をおこなったとき、杉谷忍びは頭領・杉谷信正以下全員、姉川へ出動し、いわゆる〔戦《いく》さ忍び〕として、戦場にはたらき、「いま、すこしのところで……」織田信長の首を討ち取れたほどの活躍をしたと、いまも甲賀の古老たちが語りつたえている。それはもう二十何年も、むかしのことであった。

姉川の決戦は、織田信長の勝利となり、杉谷忍びは、頭領・与右衛門信正以下、全員が戦死をとげたと、いいつたえられていた。

だが実は、その中で、数人は生き残って戦場を離脱《りだつ》したらしい。その中の一人が、岩根小五郎だった、と、いうのである。これは、比較的にいって、かなり真実性のあるもので、その後の岩根小五郎と出合い、語り合った者が、いまも甲賀に生きている。その男は、甲賀の柏木郷に住む〔蟇仙《ひきせん》〕という刀鍛冶《かたなかじ》であった。

二

甲賀の〔蟇仙〕は、甲賀忍びの使用する忍び刀や、飛苦無などの武器もつくる。蟇仙は、甲賀の、どの頭領にも属していない。それだけに、それぞれの依頼主が独特の注文をする武器の特徴《とくちょう》を、他へもらしてはならぬ。その信頼がおけるような男でないと、たちまち、どこかの忍びの者の手により、「抹殺《まっさつ》されて……」しまうことになる。

だが、それは武器のみにかぎったことだから、甲賀の蟇仙が、いまは甲賀をはなれた岩根小五郎のことにふれたとしても、ふしぎはない。

蟇仙は、以前、松尾才兵衛に、こういったことがある。

「京へ用事あって出向いたとき、四条河原を歩いている岩根小五郎どのを、ひょいと見かけてのう。わしも、むかしは小五郎どのから、いろいろとたのまれて仕事をしたこともあり、おや、生きていたのか……と、まあ、びっくりしてのう。声をかけようとおもうたが、何か、さしさわりがあってもいけないと考え、それでもな、いまはどこで何をしていなさるかともおもい、知らず知らず、そっと後をつけて行ったのじゃ。いや春の昼日中《ひるひなか》のこととて、人出も多し、後をつけるにはちょうどよかった。するとな、小五郎どのは、耳塚《みみづか》の通りへ出たのじゃ。そこに、棟門《むねもん》の構えもいかめしい屋敷があってな。その屋敷へ、小五郎どのが入って行ったのじゃ」

〔耳塚〕というのは、亡き太閤秀吉が朝鮮戦争の折に討ち取った朝鮮軍将兵の耳や鼻を切り取ってあつめておき、これを日本へ運び、この地に埋めて供養《くよう》をし、石塔を建てた。この石塔を〔耳塚〕とよぶのである。〔耳塚〕ができてから、その西方の賀茂川に至る一帯に人家があつまり、市《いち》も立ち、かなりのにぎわいを見せるようになった。

岩根小五郎が入って行ったという屋敷は、伏見の方向から京都へ入って来る街道が賀茂川の堤で折れ曲ろうとする、その角地に在る。土塀にかこまれ、あまり大きくはないが、がっしりとした造りの屋敷のことを、蓑仙は近辺の人に尋《き》いて見た。すると、

「あの御屋敷は、石田治部少輔さまの御家老、島左近さまの控え屋敷じゃ」

と、近くの商家のあるじが、蓑仙に教えてくれた。

島左近は、近江・佐和山の城下に本邸を持っているが、京都に別邸があってもふしぎではない。京と伏見は、当時の首都であり、政局の中心地である。石田家の筆頭家老の地位にある身で、この地に別邸をいとなむことは、いろいろな意味で、むしろ必要なことであった。

「このことはな、才兵衛どの。おぬしだけに、はなすのじゃ」

と、蓑仙が松尾才兵衛へ、

「それというのも才兵衛どの。おぬしは、むかし、岩根小五郎どのとは親しゅうまじわっていたゆえ、このことを、はなしたのじゃよ」

そういったのである。

「ま、小たまどの。こうしたわけでござる」

松尾才兵衛が語り終えて、

「小たまどのは、いかがおもわれる？」

「ふうむ……そうきかされれば、なるほど、うなずける。まさに、岩根小五郎どのに相違あるまい」

「それほどの男ゆえ、さすがの小たまどのも、屋根の上で身うごきがならなかったのでござろう」

小たまが、ちらりと才兵衛をにらみ、

「そうきくと、なおさらに、あのときの、くやしさがつのってくる」

「まあ、まあ……」

才兵衛が小たまをなだめるように、手を振って、

「やはり、岩根小五郎は、島左近のために、忍びばたらきをしていたのでござるな」

「くやしい。あのときの、石田三成と島左近の、ひそかに語り合う声を、この耳に聞かなんだことが……」

「まあ、まあ……」

「才兵衛どの。これから、どうする。どうしたらよい？」

「まあ。それは、この才兵衛におまかせ下され」

「いえ、私も……」

「なりませぬ」

「なぜじゃ？」

「おたのみすることがあれば、たのみにまいる。それまでは……」

「でも……」

「それまでは、この福島屋敷に……ようござるか、小たまどの。小たまどのには、ぬきさしならぬ役目があるのじゃ。これを忘れてはなりますまい」

「あ……そうだった……」

「な……」

「あやうく、福島の殿のことを忘れてしまうところだった……」

「は、はは……」

「ふ、ふふ……」

「では、これにて……」

「それでは、石田屋敷のことを、たのみましたよ」

「引きうけてござる」

うなずいた才兵衛が、

「空が何やら白んでまいった。ゆるりと、おやすみなされ」

煮つまった事

一

松尾才兵衛が去り、小たまが深いねむりに落ちこんだころ……。六地蔵の石田治部少輔三成の屋敷では、まだ、三成と島左近が酒盃をかたむけつつ、語り合っていた。

才兵衛が、「まさに、岩根小五郎じゃ」と、見きわめをつけた、あの忍びの者も、まだ、居間の外の広縁にうずくまっている。

「それにしても、よう、一人で、伏見へまいってくれたものよ」

三成は、左近の盃へ親しげに酌《しゃく》をしてやり、

「父上には、だまってまいった、と、先刻きいたが……」

「はい」

左近は、苦笑をうかべた。

石田三成が、加藤・福島などの〔武断派〕に襲われたということを、島左近は、佐和山の城できいた。

「よし！」

すぐさま、左近は、約二百の部隊を編成し、

「これより、ただちに伏見へ駆け向い、殿の御身《おんみ》をおまもりいたす！」

と、まさに、佐和山を出発せんとした。

その寸前に、

「待たれよ」

これを押しとどめた人がいた。

それが、三成の父・石田隠岐守正継だったのである。

「そのようなことをしては、かえって、騒動となろう。それは治部殿ものぞまぬことではあるまいか」

隠岐守正継に、そういわれてみると、（なるほど……）左近も、すぐに理解ができた。

「では、隠岐守様。それがし、二十名ほどをひきいて、伏見へ……」

「いいや……」

「それもならぬ、と、おおせられますか？」

「いかにも」

「何故に……？」

「大丈夫じゃ」

と、この年、六十七歳の石田正継が、いささかも動ずることなく、微笑をうかべた。

石田隠岐守正継は、息・三成とは対照的に、痩身白皙《そうしんはくせき》の容姿であって、頭をまるめ、入道となっている。ことばづかいといい、立居《たちい》ふるまいといい、いつもおだやかに静かであって、正継の大声を、石田の家来たちは、きいたことがないそうな。正継の言動には、自然に、理智と教養とがただよってい、だれもが正継を敬《うや》まっている。石田三成の領国である近江の国・佐和山二十万三千石の政治については、「領民を可愛いがり、よい政治をおこない、当時の大名の治政としては、模範的なものだった」と、いわれている。

それも、これまではほとんど、佐和山を留守にして、中央政局の渦中《かちゅう》にはたらいていた石田三成に代って領国をおさめていた、父・正継のちからに負うことが多かったらしい。

　その隠岐守正継が、

「行かぬでもよろし」

　と、いい、

「治部少殿は、無事にもどられましょう。さわがずとも大丈夫じゃ」

　確信にみちて、そういうのだから、島左近も、これを押し切って出動するわけにもゆかぬ。

　だが、「案じられてならぬ……」ので、おもいきって、ただ一人、伏見へ駆け向ったのであった。

「なれど、殿……」

　島左近が、ひざをすすめ、

「いつまでも、伏見に、おとどまりあるおつもりなので？」

「仕方もあるまい。わしは、いま、徳川家康に、この身をまかせている」

　と、石田三成が不敵に、

「それが、もっともよい。わしが、このように何も彼も投げ出し、身をまかせたからには、家康も無下《むげ》にもできまい」

「それは、あまりにも大胆な……家康は、何をするか、知れたものではござらぬ」

「そう、おもうか？」

「いかさま」

「いまは、大丈夫じゃ、めったなことはしたくともできぬわ」

「なれど、殿……」

左近が、緊迫の面もちで、

「事が、ここまでに、煮つまってまいりましたからには、一日も早く、佐和山へおもどり下さらぬと」

と、ささやいた。

「事が、ここまでに……」煮つまったというのは、何をさしているのであろうか。すでに、そのことについての両者の密談は、終っていた。

「わしのことよりも、左近。おぬしは、いかがする？」

「むろんのこと。此処にとどまりまする」

「それはならぬ。おぬしこそ、佐和山にいてくれねば、こうしたときに困るではないか」

三成の口調には、左近を重んじ、大切にしているこころが、よくあらわれていた。

「いや、帰りませぬ。佐和山へ帰りますときは、あくまでも、殿の御供をいたして……」

「まあ、それほどにしておけ。いささか、ねむくなった。おぬしも、ゆるりと躰をやすめたがよい」

石田三成が、そういったときであった。侍臣が広縁にあらわれ、

「中納言《ちゆうなごん》様御家来、三淵孫次郎《みつぶちまごじろう》殿が、火急《かきゆう》の用あって、お目どおりをねがいおりますが……」

と、告げた。

〔中納言〕とは、実父・徳川家康の命令により、この石田屋敷を警護している結城《ゆうき》秀康のことである。

そして、三淵孫次郎方吉《かたよし》は、秀康の侍臣であり、徳川家康から石田三成への声は、先ず秀康の耳へ入り、秀康がこれを三淵孫次郎に托《たく》して、屋敷内の石田三成のもとへとどけることになっていた。

「さようか。かまわぬ。これへ通せ」

と、三成がいい、島左近へ、

「おぬしは、控えの間に入って、聞いておるがよい」

「はっ」

そのとき、広縁にいた忍びの者は、いつの間にか消えていた。

二

三淵孫次郎は、五十前後の、見るからに思慮深そうな人物で、でっぷりと肥えた躰が大きい。小肥りの石田三成に相対すとき、むしろ、三成を見下《みおろ》すかたちになるほど大きい。

それを意識してか三淵は、ひろく、肉づきの厚い背中をまるめるようにしてあいさつをした。

「かような時刻に、このことを、治部少輔様の御耳へおつたえせねばならず、恐れ入ってござります」

就寝中の石田三成が、わざわざ起きてあらわれたとおもっているらしく、三淵は恐縮しきっていた。

「なんの。めいわくをかけているのは、こちらのほうじゃ。して、火急の用事とは？」

「さればでござります」

と、三淵孫次郎が語るには、

「夜に入ってから、突如として……」向島の出城《でじろ》にいる徳川家康の密使が、結城秀康邸へ、ひそかにあらわれた。

家康は、(石田治部少輔を、伏見にとどめ置いては、さわぎが、いつまでもしずまらぬ。何《なに》ともして、一日も早く、治部少を佐和山の城へ帰すようにしなくてはならぬ)と、これは、三成が自分をたよって、向島へ逃げこんで来たときから、考えていた。それは、「体《てい》のよい追放」と、いってもよい。

豊臣秀吉が生きていたころは、あれだけ、中央政局を切りまわしていた石田三成が、天下の治《おさ》め事《ごと》を徳川家康へまかせ、自分は、武断派の諸将に追われ、すごすごと佐和山へ逃げ帰ることになるのである。

家康の威勢を、もっとも恐れ、憎んでいた三成が、中央政局から去ってしまえば、家康として、すべてに事をはこびやすくなることは、いうをまたぬ。三成も、それは知りつくしている。知りつくしていながら、しかし、石田三成は、佐和山へ帰る日を待ちかねていたのだ。

あれほどに、家康の存在が豊臣家の存続を危うくすると見ていて、亡くなった前田利家と共に懸命となり、伏見に居すわっていた三成なのである。

ともかく、自分の敵、豊臣家の敵と目《もく》していた徳川家康のもとへ、われから逃げこんだほどの三成であるから、その肚《はら》の底は、「知れたものではないわ」と、家康も、にらんでいることであろう。

いずれにせよ、家康と三成は、二人きりで向い合って、

「佐和山へお帰りなされたが、よろしかろう」

「自分も、そのように考えております」

と、語り合ったわけではない。ないが、その一点では、たがいに、たがいの肚の内を見とおしていたようにおもわれる。

いずれにせよ、佐和山へ帰ると一口にいっても、事はむずかしい。武断派は、三成が一歩、伏見から出たが最後、これを押し包んで、「治部少を討て!!」と、いうことになるのだ。そこに、徳川家康の苦心があった。

このことについては、小たまも、松尾才兵衛と語り合ったことがある。

「三河さま（家康）にとって、治部少輔三成は邪魔者なら、いっそ、加藤・福島などに討たせてしもうたほうが、よいとおもうけれど……」

小たまが、そういうと、才兵衛は骨張った肩をゆすって、声なく笑ったものだ。

「才兵衛どの。何が、おかしい？」

「小たまどのも、男に負けぬ忍びではござるが……こうしたことになると、やはり、女は女でござるのう」

「やはり、女は女……とは、どういうこと？」

「ま、ようござる。三河さまには三河さまの御考えがあってのことでござるよ」

さて、この夜。

向島の徳川家康のもとへ、加藤清正の屋敷へあつまった武断派の諸将たちが、

「密議をこらしているようでござります」

との報告が入り、さらに、

「酒宴がはじまりました」

と、知らせがあった。

「さようか……」

家康は、考えにふけるとき、若いころからの癖《くせ》で右手の爪を噛みつつ、しばらくは沈黙していたが、やがて、

「よし。今夜半をすぎて、ひそかに仕度をなし、明け方と共に治部少輔を佐和山へ送ろうぞ」

決断を下したものである。

武断派の酒宴は、おそらく、明け方まで、つづくにちがいない。その隙をねらって、三成を脱出せしめよう、というのである。

「秀康は、三成を、大津まで送るように……」

と、家康は結城秀康に命じた。

そうして、秀康が三成警護の部隊を編成し了るのを待ち、三淵孫次郎を、はじめて石田屋敷へさし向け、

「世上、おだやかならざるゆえ、佐和山へ帰られてはいかが。それには、今日の明け方が、もっともよいと存ずる」

と、三成へすすめたのであった。

三成帰国

一

徳川家康が、この計画を、当の石田三成にさえ、その間ぎわまで洩《も》らさなかったのは、三成脱出の気配をすら、武断派に、〔嗅《か》ぎとられてはならぬ〕と、考えたからであった。

三成のほうの仕度は、別に何もない。わずかな侍臣をしたがえ、ほとんど身ひとつで、結城秀康の警護の部隊へ入って行けばよいのである。

肝心の準備は、結城秀康の方にあった。そこで秀康は、現在、六地蔵の石田屋敷を警護している家来たちへは、

「そのままにしておけ。かまえて、治部少殿出立《しゅったつ》のことを知らすな」

と、いった。

そうして、別の家来たち二百をもって石田三成を送りとどけることにした。その準備も、なかなかに、むずかしい。秀康は、考えぬいたあげく、警護隊に、武装をさせぬことにし、これを三成出立の直前まで邸内から出さぬようにした。そのかわりに、

「わしが出る」といった。

いまを時めく大納言《だいな》三河守《ごんみかわのかみ》・徳川家康の次男であり、下総・結城十万石の城主でもある結城秀康みずから、護送隊長をつとめようというのだ。このあたりに、秀康が、父・家康の胸の底にひそむ意を深く体し、「石田三成を、なんとしても、無事に送りとどけねばならぬ」と、決意していたことが察しられよう。

石田三成は、三淵孫次郎のことばをきくや、

「相わかった」

すぐさま、うなずき、

「お迎えのありしだい、いつにてもよい」

「おきき入れ下されまいて、かたじけのうございます」

「中納言（秀康）殿へ、よろしゅう」

「はっ。それにつきまして、申しあげたきことがございます」

「何か!?」

「実は……」

と、三淵孫次郎が三成の側へすり寄って行き、何事か、ささやく。

「相わかった」

三成の顔に、興《きょう》ありげな微笑が浮いてきた。

「では、ごめん下されましょう」

三淵が去ると、控えの間から島左近があらわれた。

「左近。きいたか」

「うけたまわりまいた」

「見よ。三河守が、わしを無事に、佐和山へ送りとどけてくれることになったではないか」

「ははあ……」

「おぬしは、いかがする?」

「むろん、御供つかまつる」

いっぽう、屋敷へもどって来た三淵孫次郎が、結城秀康へ、

「おおせのごとく……」

「治部少輔は、承知いたしたのじゃな」

「はい」

「すべて、われらにまかすと申したか!?」

「はい」

「よし。では、すぐさま、そのほうは、ひそかに伏見を脱け出《い》で、佐和山へこのことを知らせよ。近江の大津までは、こなたが送りとどけるゆえ、佐和山からは大津まで人数を出し、治部少輔をうけ取りにまいれと、な」

「かしこまった」

「あ、待て。わしが、隠岐守殿へ、手紙をしたためよう。それを持って行けい」

三成のことを〔治部少輔〕と呼び捨てにした結城秀康であるが、三成の父・石田隠岐守正継には敬《うや》まった呼び方をする。このことをもってしても、隠岐守正継の人柄が知れようというものだ。

三淵孫次郎は、結城秀康の手紙を持ち、すぐさま、伏見を出発した。

結城秀康邸は、伏見城の北面にあり、長山御林とよばれる宏大な城外の樹林に接している。武断派の警戒の目も、石田屋敷をまもる結城部隊にはそそがれていたけれども、結城屋敷から三淵孫次郎が供もつれず、只《ただ》一騎で、ひそかに出て行ったのを知る者とてなかった。

夜が明けた。雲の層が厚く、いまにも、雨が降り出しそうな空模様であった。

朝になると、石田屋敷をまもる警備隊の交替がおこなわれる。定刻に、結城秀康の屋敷から、交替の部隊がくり出して行った。秀康は、まだ、屋敷内にいる。警備隊は百余名の編成であった。

武断派の見張りの目が、どこからか石田屋敷を見まもっているにちがいないが、しかし、これは、結城秀康が石田屋敷をまもることになってから、日に二度、かならずおこなわれることであった。半武装の警備隊が、六地蔵の石田屋敷で交替をした。昨夜から今朝まで、警備をつとめていた一隊が、結城屋敷へ帰って行く。別だん、何事もなかった。

なかったが、この交替して帰る一隊の中に、石田治部少輔三成が入っていたのである。

三成にしたがうものは、家老・島左近以下七名にすぎぬ。三成は平服で、頭巾をかぶり、部隊の中へまぎれこみ、無事に、結城秀康邸へ入った。

そのころ……。伏見城下の西端にある加藤清正の屋敷では、ようやくに宴も果て、福島正則も池田輝政も、加藤嘉明も、そのまま屋敷内で、仮眠をとっていたのである。

徳川家康の手によってまもられている石田屋敷から、「何ともして、治部少輔めを、外へおびき出す方法はないものか……」と、昨夜から明け方まで、酒宴をひらいて三成を罵倒《ばとう》しながら密議をこらしたのだが、結局、よい方法を見出すことはできなかった。

それで、いちおうは解散ということになったのだが、

「待たれよ」

加藤清正が押しとどめて、

「いつまでも、このようなことをつづけていたとて、らちがあくものではない。わしは、いま一度、徳川公へ、治部少輔引きわたしのことを願うて見たい。ひとやすみしてから、さらに談合をし、結着をつけ、われら一同、打ちそろって向島の城へまいろうではないか」

と、いい出した。

「さようか。主計頭《かずえのかみ》が、そこまで申してくれるなら、わしは、どこまでも力添えする」

と、福島正則も、

「治部少めを片づけてしまわぬかぎり、何事も、先へすすまぬわ」

「そのことじゃ、市松」

清正は、いざとなると正則の若いころの名を呼ぶ。これは少年のころから、いわゆる〔同じ釜〕のものを食べて育っただけに、余人には、うかがい知れぬ親しさがあって、正則のほうでも、「於虎《おとら》」と、清正の名前を呼び、

「治部少めが、何かにつけて、こそこそとうごきまわるゆえ、徳川公の気持ちも落ちつかなくなるのだ」

「いかにも」

「ま、ひとねむりいたそう。それからのことよ」

「うむ、久しぶりじゃ、枕をならべてねむろうではないか、市松」

「おう、よいな。よいぞ、於虎」

二

交替の部隊と共に、結城邸へ入った石田三成は、そのまま、いつまでも出て来ない。

そして……。六地蔵の石田屋敷では、依然として、これまでと同じように結城部隊が警備をおこなっている。

と……。巳《み》の上刻（午前十時）ごろであったろうか。突然、結城邸の表門が開き、結城秀康が約二百の供まわりで、あらわれたのである。

秀康は、半武装の騎士五十騎にまもられていた。それを中央にして、前後に七十余名が行列をつくり、堂々と伏見を出発したのであった。「殿は、京の御屋敷へ向われたそうな……」と、結城屋敷の家臣たちが、行列を見送って、そういい合ったというから、治部少輔三成が、その行列の中にいようとは、近辺の大名屋敷の人びとも、考えても見なかったらしい。

結城秀康は、京都にも控屋敷をもっている。そこへおもむくとして、これほどの警固のもとに出発するのは、いまの物騒《ぶつそう》な状態にあって、「当然のこと」であった。どこの大名でも、屋敷への出入りには、行列の警護がきびしい。

まして秀康は、徳川家康の実子であり、しかも石田三成邸の警備を、「一手に引きうけている……」のであるから、よそ目には、秀康に対して、武断派が、「おもしろくない……」感情を抱いているにちがいない、と、見られていたのである。

さて……。結城秀康は、伏見城下を出るまで、悠々《ゆうゆう》たる歩調で行列をすすませたが、京都へ近づくにつれて、速度を早め、昼前に京へ入った。

三淵孫次郎の知らせをうけた佐和山城では、石田正継が、すぐさま百騎の騎馬隊を編成し、

「急ぎ、大津へ向え」

と、命じた。これが、同じころであったろう。半武装の石田家の騎馬隊は、けむりをあげて大津へ駆け向う。

こうして……。両者が、近江の大津で出合ったのは、未《ひつじ》ノ上刻（午後二時）であったという。

石田治部少輔三成は、佐和山から来た、わが騎馬隊に引き取られた。

「かたじけのうござった」

と、あいさつをする石田三成へ、結城秀康は無表情に、

「なんの……」

かぶりを振って見せ、

「これにて、それがしもほっといたした」

と、いったのみだ。

この日の夕刻になって……。伏見・六地蔵の石田屋敷の警備が解かれた。そのと

き、加藤清正・福島正則たちは、まだ、向島の徳川家康のところへは出向いていなかったと見える。おそらく、面会を申し込んだところ、徳川家康が、

「明日にしていただきたい」

とか、

「今日は、躰のぐあいが悪くて……」

などといって、面会を延ばしたにちがいない。

「な、なんじゃと……石田屋敷の警固が、解かれたと申すか……?」

すでに、わが屋敷へ帰っていた福島左衛門大夫正則はその報告をうけ、愕然《がくぜん》となった。

「馬ひけい!!」

と、福島正則が叫んだ。そして、供の家来たちがそろうのを待とうともせず、馬へ飛び乗るや、まっしぐらに加藤清正邸へ駆けつけて行った。

だが、すでに、「手遅れ……」であった。清正も自邸で、くやしがっていたが、もはや、

「どうにもならぬ」

のである。

「すぐさま、追おう‼」

と、正則がいった。

加藤清正は、憮然《ぶぜん》として身じろぎもしなかった。

「於虎……これ、主計頭よ」

清正が、自慢のあご髭《ひげ》を撫《ぶ》して、かぶりを振った。無言である。

「なぜじゃ？」

清正は、こたえぬ。かぶりを振りつづけるのみであった。

「追っても、むだじゃというのか？」

清正が無言で、うなずいた。

「ふうむ……」

なるほど、

（むだにちがいない……）

と、正則も、おもわざるを得ない。

ほかならぬ徳川家康が、六地蔵の石田屋敷の警固を解《と》いたということは、取りも直さず、当の石田三成が、〔安全地帯〕まで逃げのびたことを、意味しているのである。

「後を追うて、佐和山へ攻めかけるわけにもゆかぬし……」

と、福島正則が落胆《らくたん》していうのへ、加藤清正が、

「そのようなことをしたら、これはもう、戦争《いくさ》じゃ」

苦笑したが、急に、その顔色がきびしくひきしまって、

「なればこそ、市松よ。わしは、ぜひにも治部少輔が、この伏見にいる間に討ち取ってしまいたかった……」

嘆息をもらしたのである。

「そのとおり、そのとおりじゃ。ああ、なんでまた、三河殿（家康）が治部少めをかばわれるのか……それがわからぬ。おりゃ、それが、ふしぎでならぬ」

しきりにくびをかしげ、腕を組み、うなり声を発している正則を見やる清正は、正則の単純で直情的な思考を、（あわれむかのような……）眼の色になっていた。

「のう、於虎……」

「うむ？」

「かくなれば、忍びの者でも、ひそかに佐和山へつかわし、治部少輔三成を討つよりほかに道はあるまい」

「ほほう……市松は、忍びの者などを抱えておるのか？」

「いや、わしは、そのような……暗闇から人の寝息をうかがうような、卑怯《ひきよう》なまねをしたこともないし、そのような者どもを抱えたこともないわ」

「それは、わしとても同じことよ」

「忍びを雇《やと》う手づるを知らぬか？」

「なかなか……」

「そうか……」

「だが、市松。これまでのわれらは、あまりにも忍びの者について、深く考えて見なかった。それは、いざともなれば細作《さいさく》（間諜《かんちよう》）をするほどの家来は抱えておるが、それだけにては、天下のうごきの裏側を深く知るわけにはまいらぬ。われら、戦場へ出れば決して余人に遅れはとらぬが……これからは、それだけにては、こころもとないようなおもいがしてならぬのだ」

「それは、どういうことじゃ？」

「たとえば三河殿を見よ。うわさにききおよぶのみじゃが、甲賀・伊賀の忍びの者を数多《あまた》に抱え、それを手足のごとくうごかし、諸大名の内情を、あますところなく知りつくしているそうな」

「まことのことかな？」

と、あくまでも正則は単純なのだ。

武人《ぶじん》というものは、槍をつかんで戦場へ出て、

「勝てばよい!!」

この一念で、正則は、これまで生きぬいて来たのである。

「市松よ……」

「なんじゃ?」

「金ずくで雇われ、人の秘密をさぐったり、仕掛けをおこない、ひそかに人を殺害したりする忍びの者を、これまで、われらは卑《いや》しんできた」

「いかにも……」

「だが、天下が、このようなことになってまいると、忍びの者のはたらきを、もはや見のがすわけにはまいらぬ」

「そうしたものか、な……」

「われら、これまでは亡き太閤殿下の大きな羽根の下にいて、殿下のおもうままにはたらき、殿下の指図をうけて戦っておれば、事がすんで来た。そうではないか、市松」

「さよう。いかにも、な……」

「われらは、甘えすぎていたのだ」

「いや、於虎。われらとて、亡き殿下のおんためには、このいのちを投げうってはたらいてまいったぞ」

「そうではない」

「何がじゃ？」

「われらは、われらのこころに甘えすぎていたと申すのじゃ」

「ふうん……」

福島正則には、加藤清正のいわんとするところのものが、よくわからぬらしい。

「それにしても」

と加藤主計頭清正が、瞑目《めいもく》するような表情となって、

「治部少輔を、早く討ち取っておくのだった……」

ためいきを吐くような口調でいった。そこには石田三成への憎悪などは、いささかも感じられない。もっと底深い場所で、清正は、三成にまんまと逃げられ、佐和山へ帰国させてしまったことを悔《くや》んでいるようなのだ。

「まったくじゃ。おりゃ、治部少めを八ツ裂《ざ》きにしても食い足らぬ!!」

と、正則は、わめいた。これは三成への憎悪に、こりかたまっているのである。清

正は、その正則へ、

「いや、市松。わしは、な……」

何か、いいかけたが、むしろ哀《かな》しげにかぶりを振り、口をつぐんでしまった。

三

福島正則は、加藤清正の屋敷からもどると、

「酒じゃ。酒をもってまいれ!!」

と、わめいた。

それから、嗣子《しし》の伯耆守《ほうきのかみ》正之や家臣たちをあつめ、

「鬱憤《うっぷん》ばらしじゃ。みな、のめ。たくさんにのめい」

酒宴をひらいたのである。のんでのんで酔いつぶれ、そのまま、ねむりこんでしまった正則が目ざめたのは、夜ふけであった。いつの間にか、正則は、自分の寝所へ運びこまれていた。

「もし、殿……」

小たまの声が、すぐ近くにきこえた。

「おう……小たまか」

「あい」

「うれしいぞ。待っていてくれたか、うむ……」

剛毛が密生している逞《たく》ましい胸の中へ、小たまを抱えこんだ正則が、

「口吸うて、よいか……」

甘え声を出した。

「いやでござりまする」

「何と……」

「酒のにおいが、ひどうござります。おお、くさいこと」

「水をもて」

「あい……」

酔いざめの水をのんでから、正則は、

「ずいぶんと長い間、こうして、お前を見なんだようなおもいがする」

「まあ……」

「可愛ゆいやつめ」

「あれ、こそばゆい……」

「暑いのか。乳房《ちち》が汗にぬれておるぞ」

「殿さまのお躰が、あまりに火照《ほて》っておられますゆえ……」

「そうか、そうか。清洲におる梅の丸も、そう申している」

「ま、奥方さまも……」

「うむ、うむ。冬などは、わしに添《そ》い寝《ね》してねむるが、暖こうて、いちばん、こころよいそうな」

「まるで、殿さまが焚火《たきび》代りのような……」

「そのことよ、そのことよ。梅の丸も、そう申していたわ」

「まあ、憎いことを……」

「痛い。な、なんで爪をたてるのじゃ。これ、何をする……」

小たまと、たわむれているうちに、福島正則は、石田三成をむざむざ帰国せしめてしまった失敗の無念さなどを、すっかり忘れてしまったようである。三成に逃げられた無念さ、くやしさを、小たまの豊熟した肉体におぼれこむことによって、忘れようとしているのとはちがうのである。小たまと二人ですごす時間の、たのしさうれしさに、正則は素直にとけこんでしまっているのだ。

一刻（二時間）ほどのちに……。大いびきをかいて、またも深いねむりに落ちこんだ正則の躰から、小たまは、ようやくに身をはなした。

臥床《ふしど》の外へすべり出て、身づくろいをしながら、三十九歳の福島正則がねむり燈台の灯影《ほかげ》にさらしている無邪気な寝顔を見やった小たまの表情には、甲賀の女忍びのおもかげが全く消えている。

（可愛ゆい殿じゃこと……）

と、小たまはおもっている。同時に、（このような殿が、これからの乱世を、うまく切りぬけて行けようか……？）と、おもう。

徳川家康が現在、わがふところへ引き寄せようとしている大名の中でも、（この殿なぞは……）もっとも、だまされやすいのではないか、と、小たまは考えるのだ。もっとも、（そのほうが、この殿のためには、かえって、よいことじゃ）と、いえぬこともない。

これから、天下が、どのようにうごいて行くかは、はかり知れぬことだけれども、徳川家康が甲賀の頭領たちに命じていることは、故豊臣秀吉恩顧《おんこ》の大名たちの動静を、事こまかに探り取れ、ということである。そうして、あつめられたデータによって、家康が、（何かをもくろんでいる……）ことは事実であった。

それはつまり、家康が秀吉に代って、

うはなるまい）と、小たまはおもうのである。
下をわがものとしたあかつきには、家康の味方になっているかぎり、（殿も、悪《あ》しゅ
の座をねらっていることに、ほかならない。ゆえに、もし徳川家康が、首尾よく天
「天下人《てんがびと》……」

しかし、いまの福島正則は、あくまでも徳川家康が、「豊臣家の大老として……」秀吉の遺子・秀頼の成長を待ち、それまでの間、秀頼の代行として天下をおさめる立場をまもっていると、信じてうたがわぬ。だから、もし、徳川家康が、そうした仮面をかなぐり捨てて、「われこそ天下人である」と、声明を発したとしたら、正則は、どのようにおどろくことか……。

石田三成を討つために、あれほど奔命《ほんめい》した正則の情熱は、かたちを変えて、家康への怒りに燃えさかるやも知れぬ。

正則の寝所からすべり出た小たまが、自分の小部屋へもどると、

「お待ち申していた」

ねむり燈台の、淡い灯影へ、松尾才兵衛の姿がにじみ出すように浮きあがった。

「あ……来ておられたのかえ」

「福島の殿は、いかがでござったな？」

「うふ、ふふ……」

「どうなされた？」

「いえ、殿が、あまりにも他愛ないゆえ、つい、おかしゅうて……」

「どのように？」

「ま、きいて下され、才兵衛どの」

小たまが、つい先刻まで、寝所の中でおこなわれた自分と正則の会話を語ると、才兵衛も苦笑をうかべ、

「それゆえにこそ、左衛門大夫正則は、どのようにもうごく殿さまでござる」

「ほんになあ」

「たとえば……」

「え？」

「たとえば、仲のよい加藤主計頭清正のことば一つで、三河様（家康）を裏切るようなことにも、なりかねない、と、わしはおもうているのでござる」

「なるほど……」

「ゆえに、これからは小たまどのも、決して、こころをゆるめずに、左衛門大夫の見張りをおたのみ申す」

といった才兵衛の声が、これまでとは、何かちがったものをふくんでいることに、小たまは気づいた。

「才兵衛どのは、この伏見城下に、足袋師として住みつくはずじゃときいていたが……」

「さよう。なれど急に、甲賀の頭領様から御指図がござってな」

「叔父上から？」

「いかにも」

「それで、伏見をはなれるといやるのかえ？」

「そのとおりでござる」

「どこへ？」

「それが、わかりませぬわい。ともあれ、いそがしゅうなる。もしやすると諸国を股《また》にかけて走りまわらねばなりますまいよ」

「私も、才兵衛どのと共に行きたい」

「なかなか……」

「なりませぬか？」

「頭領様の御指図しだいでござる」

「ああ……これからもまだ、私は此処《ここ》にいなくてはならぬのか……」

「退屈でござるかな？」

「当り前じゃ、才兵衛どの。石田治部少輔三成が、佐和山へ帰ってしもうた後は、この伏見は三河様の天下も同様じゃ。われらは三河様の御ために忍びばたらきをしている。その三河様のおもうままになる伏見にいたとて、はたらき甲斐《がい》がない」

「なかなか……」

「また、なかなかかえ？」

「むしろ、小たまどのの忍びばたらきは、これよりが大事なのでござる」

「そうかしら……？」

「才兵衛は、しばらく、お目にかかれぬやも知れぬ」

「では、連絡《つなぎ》のことを、どうなさる？」

「井之口万蔵が、つとめることになり申した」

「まあ……」

小たまは、苦笑をした。

清洲にいたころ、小たまを慕《した》い、ひそかに言い寄り、小たまの躰をわがものにしようとした井之口万蔵のえりくびへ隠し針を打ちこみ、万蔵をくやしがらせて以来、

（一度も、万蔵には会うていない……）小たまなのである。

「万蔵では不足でござるかな？」

「さて、なあ……」

「それも頭領様の御指図ゆえ、われらは従わねばなりませぬ」

「あい。わかっています」

「二日か三日のうちに、井之口万蔵は城下へ住みつき、こちらへも忍んでまいり、連絡をつけることでござろう」

「なるほど……」

「くれぐれも、御油断なきようにな。この福島屋敷に起った事の、どのように小さな事でも、いちいち、万蔵を通じ、甲賀の頭領様の耳へとどくようにして下され。それが頭領様の強《きつ》い御指図でござるぞ」

「心得ている」

「では、これにて……」

「もう行くのか、才兵衛殿」

うなずいた松尾才兵衛が、笑って見せた。

なるほど、たしかに顔は笑っている。しかし、その両眼は一種、異様な凄味《すごみ》をたたえて光っていたのである。（もしやすると、才兵衛殿は、佐和山へおもむき、石田三成の身辺を探《さぐ》ることになったのではないか……？）と、小たまは感じた。

石田家には、甲賀の伴忍びは一人も入っていない。たとえば小たまが、こうして福島家へ入りこんでいるように、向うから才兵衛を引き入れる工作をすることができぬはずだ。

（と、すれば……）松尾才兵衛は、おそらく数人の伴忍びをつれて、これから佐和山へ潜入することになる。これは現時点で、もっとも危険な忍びばたらきだといえよう。

このように天下の形勢が緊張しているとき、佐和山城下へ他国者が入って住みつくことは、むずかしい。すぐに目立つし、また、警戒の目で見られることは、わかりきっていた。

「才兵衛どの……」

はっと我に返って呼んだとき、松尾才兵衛の姿は、小たまの目の前から消えかかっている。小たまほどの女忍びの前で、才兵衛はふわりと闇に溶けてしまった。わずかに、淡い灯影と、いつの間にか開いた板戸の向うの廊下の闇との狭間《はざま》に、才兵衛の顔が浮かんでいたような気もする。

音もなく板戸が閉まったとき、廊下の彼方で、

「小たまどの。さらば……」

という松尾才兵衛の声が、(きこえたような、……)気がしたのである。

四

つぎの夜。夜ふけてから、小たまが福島正則の寝所へ忍んで行くと、

「おそい。おそいではないか……」

正則は、待ちきれなくなったように小たまを掻《か》き抱き、

「小たま。困ったことになったわい」

「何がでござりまする?」

この日の午後に、向島の徳川家康から、使者が福島屋敷へ来たことは、小たまも知っている。困った、と正則がいうのは、(そのことらしい……)のである。

小たまは緊張した。(何か、また、起ったのだろうか……?)

しかし、それは天下の大事に関係したことではなかった。家康は正則に、
「石田治部少輔殿も佐和山へ帰られたことではあるし、これで、伏見城下も平穏《へいおん》となるでござろう。そこもとは、いちおう、清洲の城へ帰られてはいかが？」
と、いって来たのだ。それをきいたとき正則は、むっとした。何も自分が、家康の命令のままにうごく必要はないと、おもったからだ。家康は、「天下人ではない」のである。

家康は、「豊臣家の大老の一人にすぎぬではないか……」いかに徳川家康と婚姻の関係にある福島正則といえども、それ以外の意識で、家康を見たことはない。

他の大老や奉行たちとの相談のことがあり、その上で、「帰国されよ」というのなら、これは、いわゆる〈豊臣内閣〉が決定したことになるのだから、〈仕方もないことなのじゃが……〉家康ひとりが、これといった理由もしめさずに「帰れ」というのは、おもしろくない。

これは正則一人にではなく、武断派の大名のほとんどが、「帰国されてはいかが？」と、家康にすすめられたらしい。

「おおせは、たしかにうけたまわったが、帰国のことは、それがしのおもいどおりにいたすと、おつたえありたい」

福島正則は、家康の使者に、そういった。使者は帰って行った。

「なんじゃ、天下をわがもの顔に……」

と、正則は家康への鬱憤《うつぷん》を、侍臣・大辻作兵衛へもらし、

「主計頭屋敷へおもむき、問い合せてまいれ」

「心得ました」

今度、石田三成がひそかに伏見を脱出したのも、おそらく徳川家康のはからいがあったに、(ちがいない)と、それほどのことは、政情にうとい正則にもわかる。

(いったい、何のために三河公は治部少めをかばうのか、それがわからぬ)のであった。

五大老の一人として、大坂の豊臣秀頼の代りに天下の事を治めて行くつもりならば、家康のなすことに、いちいち反対をしていた石田三成は、家康にとって、まことに面倒で邪魔な存在であるはずだ。

それならば、(われらにまかせ、治部少を成敗《せいばい》してしもうたほうが、三河公にも、こころよいことであろうが……)なのである。

だが、武断派が五大老の許可も得ずに石田三成を討ち取ろうとした矛盾《むじゅん》に、正則は気づいていない。家康が帰国をすすめて来たことを独断だと怒るなら、正則たちが武

装の兵を引きつれて三成を追いまわしたことは、さらに大きな独断・暴走であったはずだ。

夕刻になって、加藤清正からの返事が来た。

「自分は、いったん、熊本へ帰国するつもりだ」

と、いうのである。

「何、主計頭が帰国と、な……」

どうも正則は、清正に対して、はばかることがある。少年のころから、共に肩をならべて戦場を駆けまわって来た仲ではあるが、これまでに何度、清正の世話になって来たか、はかり知れぬものがある。

豊臣秀吉が在世のころ、

「市松めを追いはなて!!」

秀吉の怒りを買って、若いころの正則は追放の処分をうけそうになったことが三度はあった。いずれも、正則の軽率《けいそつ》が失敗をまねいたからだ。

秀吉が淀の方を側妾にしたときなど、福島正則は正夫人の北政所《きたのまんどころ》に贔屓《ひいき》するのあまり、あたりかまわず淀の方の悪口をいいたてたものだから、

「怪《け》しからぬ!!」

秀吉が激怒し、

「城も領国も取りあげてしまえ」

とまで、いった。

そのとき加藤清正が北政所へたのみこみ、北政所から秀吉へ、正則をゆるしてもらうように口ぞえをしてもらった。これまでに何人もの側妾をもった豊臣秀吉だが、正夫人をたいせつにあつかうことも常人とはくらべものにならぬ。北政所の口ぞえとあっては、仕方もなく、

「もともとは北政所の身をおもうてのことゆえ、このたびは、ゆるしてつかわそう」

と、いうことで、おさまったのである。

それから後は、正則も、あまり大きな失敗をしてはいないようだが、そのかわり、加藤清正との間には大きな差がついてしまった。

清正と正則

一

加藤主計頭《かずえのかみ》清正と、福島左衛門大夫正則とは、年少のころから豊臣秀吉につかえて来て、そのころは秀吉自身も織田信長の一部将にすぎず、いざ出陣ともなると、

「さ、たんと食べるがよい。いい、いいよ」

と、秀吉夫人・北政所（当時は、木下藤吉郎の妻・ねねであった）が女中たちと共に飯を炊《た》き出し、

「さ、於虎も市松も、しっかりと腹ごしらえをして、じゅうぶんにはたらいて下されよ」

まるで我子に対するように、清正や正則をはげましてくれたものだ。

そういえば、北政所は秀吉の子を一人も生んではいない。当時の女として、子を生めなかったことは不幸でもあったろうが、そのかわり、北政所は、ともすれば女性が我子への愛におぼれて自己中心の思考や言動に走りがちな短所がなく、むずかしい男たちの世界へも、ひろい心と冷静な眼をもって入って行けた。

ゆえに、夫の秀吉が亡くなると、

「太閤殿下の妻としての、自分のつとめは終った」と、おもいきわめ、秀吉歿後の政局や、複雑な相互関係から、あっさりと身を引き、京都の別邸へ入り、しずかに秀吉の冥福《めいふく》を祈っている。

その北政所が、まだ福島正則が若かった二十一、二歳のころ、それまでは、「於《お》市《いち》」とか、「市松」とか、親しげによんで可愛いがっていたのを、急に、「市松どの」と、あらたまってよぶようになった。

それというのも、そのとき、福島正則は、秀吉から播磨《はりま》の国・神東《じんとう》郡の内で三百石を加増され、合せて四百五十石の武士となったからだ。

北政所が正則の呼び名をあらためたのは、（これで市松も、一人前になった……）と、おもったからであろう。

さて、その折に、北政所は正則へ次のようなことをいった。

「このようなことを女《おな》ごの私が申すのは、よけいなことやも知れぬ。なれど市松どの。これから私がいうことを、その胸の底、耳の奥にでも、とどめおいてくれると、うれしゅうおもいます」

「はい。何なりと、お申しつけ下され」

と、正則は母に甘えるがごとく、素直にこたえた。年少のころから正則は、いつも、こうであった。正則は北政所が大好きであって、清正の虎之助より暴《あば》れ者だった少年のころでも、何度も失敗をするたびに、北政所から叱《しか》られると一も二もなかったという。

そこへゆくと加藤虎之助のほうは、同じ少年時代でも、北政所が意見をしたり叱ったりすると、

「おりゃ、身におぼえござらぬ!!」

などと却《かえ》って北政所へ喰ってかかり、ぷいと外へ飛び出してしまったりした。

そこで、北政所が、

「市松どのも、これよりは、一つ一つ立身の道をのぼって行くことになろう。その道は険しく苦しい。お前さまのように、だれもかれもが肩をならべ、ちからを競い、その中からえらばれたものが立身することになる。これは市松どのも、ようわきまえい

よう。

むかしなあ、まだ筑前守（秀吉）どのが信長さまの足軽で、御馬の後について駆けまわっていたころのこと。筑前守どのは、立身をしようとおもえば余人《ひと》の三倍は働かねばならぬと、おおせあったものじゃ。

それも、ただ、汗水ながして働いただけでは、とうてい余人を追いぬいて先へ立つことはかなわぬ。躰のみか、頭も余人の三倍はつかわねばならぬとおおせあってな。

それはもう、日中は、あれほど身を粉にして奉公なされた上、家へもどって日が暮れれば、毎日、かならず机に向い、書物を読み、手習いをなされた。そうして、いつの間にか、空が白んでくることも数えきれぬほどにあったものじゃ」

若いころの豊臣秀吉は、三時間か四時間もねむれば、「じゅうぶんだ」と、妻のねねにいったそうな。

そしてまた、

「こういうまねはな、ねね。若いうちでないとできぬのじゃ。三十路《みそじ》をこえて見ろ。そのようなまねをしたら、とても躰がもたぬ。なればこそ、いま、おれはやっている。人の三倍も四倍もはたらいている。これが、おれの行末にうまくむすびつかぬはずはない。もっとも御屋形様（信長）が、戦《いくさ》に負けて討死でもせぬかぎりのことだが、な」

　とも、いったのである。

　そうしたことを、北政所は思い出ばなしを語るように福島正則へいってきかせた。

「はい、はい」

　と、正則は神妙にきいている。だが、ほんとうにわかっているのか、いないのか、（いささか、たよりないところがあるような……）と、北政所はおもった。なるほど、ことばの上のことはわかってくれようが、その奥にあるものをつかんでくれているか、どうかだ。

「おもいきって申しますよ。ま、たとえば、ここに、加藤虎之助という者がいる。虎之助どのも、いまは一人前の武士となった。市松どのとも仲がよい。私も二人を我子のように思っている。

　そこで、私が、こうして二人をながめていると、どうも市松どのは、虎之助どのに劣るところが、あるような気がしてならぬ」

　と、北政所に、こういわれたときには、正則も、さすがに顔色を変えたものであった。

「どこが劣っておりますか？　申しきかせて下され」

正則が北政所に、せまった。

これまでの戦場におけるはたらきでも、文字どおり正則は身命《しんみょう》をかけて闘いぬき、数々の功名《こうみょう》を打ちたてているし、このときの時点で、清正の虎之助は、まだ二百石をあたえられていたのみで、正則の市松のほうが、二倍の俸禄《ほうろく》を秀吉からもらい、また身分も上であったのだ。(そのおれが、何で、於虎に劣っているのだ!!)なのである。

北政所は、

「まあ、まあ……」

正則をなだめておいて、

「力《ちから》わざでは、市松どののほうが上のようじゃ」

先ず、ほめた。

すると正則は、わけもなく、うれしくなり、たったいま、虎之助に劣るといわれたときのくやしさを忘れてしまう。事実、自信もあった。

たしかに、(於虎は強い。だが、おれの槍と馬には、かなうものか)であった。

ほめておいて北政所が、

「なれど、ただ一つ、劣るところがあるというのは……」

いいかけると、またしても、たちまちに正則の顔色が変って、

「何でござる。早う、申しきかせて下され」

興奮するのだ。

こういうところが、北政所から見ると、たよりない。単純なのである。

文字どおり〔弱肉強食〕の戦国時代であって、いつ、どこで、どのような運命が、人びとの上に待ちうけているか知れたものではない。

現に、このときから一年もたたぬうちに、ほとんど日本の天下を我手につかみかけていた織田信長が、重臣・明智光秀の、おもいもかけぬ謀叛《むほん》によって京都の本能寺の宿所を襲撃され、ついに自害をとげてしまうのである。とにかく、油断も隙も、あったものではないのだ。

力わざだけでは、これからの時代を、とうてい泳ぎわたって行くことはできぬ。

「市松どのが虎之助どのに劣るところは只一つ。それは、書物を手にとらぬことじゃ」

と、北政所がいった。

一言もない。まさに、そのとおりだ。そのころの正則は、書物も読めず、ろくに字も書けなかったのである。それでは、これから先、とても立派な武将にはなれない、

と、北政所は教えさとした。

そこへゆくと加藤虎之助は、秀吉の若いころには、(とても、とてもおよばぬ……)のだけれども、読もうとし、書こうとする努力は、なんとか断絶せずにつづけている。

「書物を読み、そこに書きしたためられていることを、一つずつでもおぼえ、わからぬところはわかる人に尋《たず》ね、それを一つ一つ、おのれが御奉公をしている場所に生かしてゆく。そうすれば、読んだことが身につくのじゃと、よく、むかし、筑前守殿がおおせあった」

何も、いきなり、むずかしい学問をせよというのではない。これから、いずれは戦乱もおさまる。すると、それまで戦場で闘っていた大名、武将、武士たちは、天下を、世の中をおさめてゆくことになる。

そうなったとき、「無学文盲の武士」は、かならず、立身出世の階段をふみ外し、(二度と、浮きあがれぬにちがいない)と北政所は見ていたらしい。

「読み、書く、ということはな、市松どの。そうすることによって、あたまのはたらきを活潑《かっぱつ》にすることなのじゃ」

「ははあ……」

「すれば、余人を見る眼も、おのずから違《ちご》うてくるといいます。筑前守殿もそう、申されてじゃ」

「はあ……なるほど……」

と、何か、たよりない。

ともかく、このときは福島正則も、北政所のことばを、

「かたじけのうござる」

と、うけておいた。

そのうちに、本能寺の異変が起った。豊臣秀吉は、中国で毛利軍と戦っていたが、知らせを受けるや毛利方との停戦交渉をおこなって成功し、すぐさま反転して引き返し、主・織田信長を討った明智光秀と山崎において戦い、これを打ち破った。

その翌年。秀吉は、故・信長の老臣だった柴田勝家と対決し、これを近江の賤《しず》ヶ岳《たけ》に破り、さらに急追し、越前・北ノ庄の本城へたてこもった柴田勝家を包囲し、自害せしめ、天下制圧への第一歩をふみ出したわけだが……。

この〔賤ヶ岳〕の戦闘で、いわゆる〔七本槍〕と、世にうたわれた七人の武士たちの中に、加藤清正も福島正則も入っている。そして、このときの武功によって、福島正則は一躍、近江と河内《かわち》の内五千石を加増されたのである。

他の六人は、清正をふくめ、いずれも三千石の加増にとどまった。つまり福島正則は、七本槍の中でも最上位で、別格のはたらきをしめしたことが、これを見てもあきらかである。これが、正則のためにはよくなかった。(どうだ。このおれのはたらきを見よ!!)

というわけで、正則は、もう北政所からうけた忠告などを忘れてしまったようだ。正則が、そのことに気づいて、おそまきながら、読み書きをはじめたのは、もっと後年になってからである。

それはさておき、それから五、六年もたつと……。加藤清正は、一躍、肥後の国の半分を領する二十五万石の大名となり、伊予の国で十一万三千石の大名だった福島正則を、「はるかに、追いぬいて……」しまったのであった。

二

そのころから、福島正則は、(於虎には、かなわぬ……)と、おもいはじめるようになったようだ。

前述のごとく、正則自身の失敗が多くなり、そのたびに、清正に世話を焼かせるようになったばかりでなく、大名としての才能・力量に格段の差があらわれてきたからであろう。

たとえば……。築城や邸宅の設計・工事に、加藤清正は抜群《ばつぐん》の才能をあらわしはじめた。

〔城〕といえば……。天正五年に、織田信長が近江の安土《あづち》城を築いたときのことを、清正も正則も、いや、二人の主《あるじ》だった故豊臣秀吉も、忘れはすまい。

当時、清正も正則も十五、六歳の少年にすぎなかったが、正則の福島市松は、すでに秀吉につかえて戦場にも出ていた。清正の虎之助は、秀吉の家来になったばかりで、正則が大いに先輩風を吹かし、どういうわけか清正へ、〔螻虫《けらむし》〕という渾名《あだな》をつけ、「おい、けら虫。こら、けら虫」と、威張っていたものだ。

ところで、その安土城だが……。

「これが、城か……」

「なんと美しい……」

「まるで、夢の国へ来たようじゃ」

などと、安土城をはじめて見た人びとは、驚嘆《きょうたん》の語彙《ごい》を探すのに困ったほどだ。

現代のわれわれが見ることができる日本の城の、〔すばらしい美と構築〕は、先ず、織田信長によって切りひらかれたのである。

それまでの城は、実戦に備《そな》えての、やむを得ない形態から一歩も出ず、たとえば石垣を積む工事ひとつにしても、実用的な見地から設計・工事がなされた。また、「それでよかった」のであるし、絶え間もない戦乱の中にあっては、守るため、戦うため、攻めるための城に、なんで〔美しさ〕を必要としたろう。

ところが、安土城は、こうした諸人の〔城〕への概念を完全に打ちやぶってしまったのだ。

琵琶《びわ》湖の南岸に、三つの峰から成る安土山は、もっとも高いところで二百メートルほどであったが、織田信長は、この山頂へ、七層の天守閣《てんしゆかく》を築きあげた。つまり、七階建ての城の天守をつくったわけで、このような天守閣をもつ城は、それまで日本の何処にもなかったのである。

〔天守閣〕は、ほんらい、城郭の中心にある最も高い物見櫓《ものみやぐら》である。簡単にいうなら〔見張り台〕であり、いざともなれば城主の司令塔でもある。しかし、織田信長は、安土城の天守閣をもって、自分の権力と威望の象徴《しようちよう》たらしめんとしたのであった。

当時、日本へ来ていたキリスト教の宣教師、ガスパル・クエリヨという西洋人が、安土城を見て、

「……城の中央には七階の塔（天守閣）があって、その造《つく》りのたくみさには、つくづくおどろかされた。塔の中にある彫刻は、すべてが金によって塗られており、白や黒や、赤や青の色彩の美しい壁や窓。そして、青い瓦《かわら》によって屋根がつくられ、その瓦の前のところは金をかぶせた円《まる》い形になっている」

と、自著に書いている。

当時の安土城を現代のわれわれが見ることはできないが、数年前に、安土山の土の中から、信長が築いた安土城の金をはりつけた屋根瓦が発見された。筆者もこれを見たが、この金の屋根瓦を見ただけでも、そのころの安土城が、いかに人びとの眼をみはらせたかは、容易にうなずけるのだ。

異国の宣教師は、また、こうも記している。

「この城は、ヨーロッパの、どんな大きな城とくらべても、見おとりはしないだろう。城のまわりの石垣は高く、城の中の大きさ、ひろさ、美しさは、たとえようもなく立派である。黄金の飾りをつけた御殿や屋敷がたちならび、その造りは、人の手のおよぶかぎりの、みごとな細工がしてある」

信長は、三年の歳月をかけて安土城を築いた。山上の城の屋根は金色《こんじき》に照り輝やき、青い琵琶の湖水に映《うつ》っていたそうな。

安土城は、明智光秀が謀叛を起したとき、明智軍によって焼きはらわれてしまった。当時、四歳の幼女だった小たまは、したがって、

「安土のお城は見ておりませぬ」

と、いうことになる。

「それは残念じゃ。お前に見せたかったわい。いや、御城の立派さばかりではない。安土の城下町のすべてが、この世のものとはおもわれなんだものよ」

福島左衛門大夫正則は、寝物語に、よく、安土の町のはなしを小たまにした。

織田信長は、これまでに類例を見ぬ、型やぶりの英雄である。この物語で、織田信長の事績《じせき》を語るつもりはないが、信長が、わずか二十年ほどの間に、尾張・清洲の小さな大名から日本の天下を、ほとんど統一するまでに大飛躍をとげたのは、一方で絶えることもなく敵と戦い、戦いながら一方では、大がかりな町づくりをし、生産を増やすという大事業を仕てのけることができたからだ。そのハイライトが、「安土の城と町」である。

異国から、はるばると海をわたって来た宗教と教徒に対し、信長は寛大であった。

彼らを通じて、わずかに日本へながれ入って来るヨーロッパやアジアの文明を、信長は貪欲《どんよく》に吸収しようとした。

信長は、安土の城下町が栄えるために、

「商人たちは、この町で自由に商売をしてよいし、町に住みつくものからは税金をとらぬことにする。他国から来たものでも、差別なく待遇をしよう。もとは、だれの家来であってもかまわぬ」

という、当時としては異例の民政をおこなった。

安土の町には、日本の寺院も多くあったけれども、同時に信長は、キリスト教の教会堂も建ててやったのである。

青い目をした外国の坊さんたちがやって来て、町を歩いたり、キリスト教をひろめたりした。

日本の寺では、お経がきこえ、キリスト教会堂では賛美歌《さんびか》がきこえるのである。

「あのような城や城下町をつくった御方は、信長公のほかに一人もおらぬ。これだけは、さすがの太閤殿下もまねられなかったわい」

と、福島正則が小たまに、よくいうのだ。

日本のみか、外国にも、こうした大名はいなかったろう。しかも信長は、キリスト教の宣教師のために学校《セミナリオ》を建ててやった。セミナリオでは、ラテン語やポルトガル語のほかに、日本語の勉強もさせ、大名や武士の子たちが生徒となり、青い目の先生に教えられた。

そこへ、織田信長が西洋の帽子《ぼうし》や青いマントを身につけてあらわれ、

「みなのもの。よく学んでおるか？」

などと、問いかけたりする。

正則などは、

「ばかばかしいことを、なさるものじゃ」

歯牙《しが》にもかけなかったが、加藤清正は、ただ一度だけであったけれども、

「市松よ。そういうものではない。自分も戦さが終ったら、セミナリオで学んで見たいような気もする」

と、もらしたことがある。二人のちがいは、こうしたちがいなのだ。

「もっとも、信長公は、キリシタンの信者になるおつもりはなかったわい。人間はな、死んでしもうたら、もはや何も残らぬ。ひとにぎりの灰になってしまうだけじゃ、と、かように、おおせあったそうな。なかなか、かようにはまいらぬぞ、小たま。そうしたところが、やはりちがう。信長公と太閤殿下とは、やはりちがう」

福島正則が、そういったこともある。

それはさておき……。こうした織田信長の事績の始終《しじゅう》を、若いときから見まもってきた豊臣秀吉は、主・信長から受けた無言の教育を生かし、一国一城のあるじとなってから、万事に信長の〔流儀〕をうつしたものだ。ことに、信長の死後、その偉業の後をついで天下統一を成しとげた秀吉が、伏見や大坂に築いた豪壮華麗《ごうそうかれい》な城や、京都にいとなんだ城郭づくりの邸宅などにも、あきらかに信長の影響を見ることができる。

その秀吉を、また、清正や正則が見ならった。もっとも正則は、自分で、「見ならった……」つもりではいるが、とうてい、加藤清正にはおよびもつかぬ。

それが証拠に、いまの加藤主計頭清正は、「当代一の築城家」などと、評判が高い。建築・土木の工事に関して、加藤清正は、太閤秀吉でさえ、舌を巻くほどの才能をしめした。

しかも、戦将としては、これも当代一の、「猛勇ぶり」を発揮《はっき》する。「とても、於虎には、かなわぬ」と、正則が、すっかり頭を下げてしまったのも当然なのだ。

その加藤清正が、徳川家康のすすめに従い、肥後・熊本の居城へ帰るという。正則は、仕方もなさそうに、

「主計頭が、そのように申すなら、わしも帰国いたそうか……」

と、いった。

このごろの福島正則は、（於虎のなすことにしたがっておれば、万事に、間ちがいはない）と信じきっているし、たよりにもしているように、小たまは見てとった。

「では、ほんとうに、清洲へ、お帰りなされますのか？」

「小たま。仕方もないことじゃ」

「いや、いや……私は、いやでござります。私は、この伏見のお屋敷が大好きでござります」

「それは、わしだとて同じことじゃ」

「なれど、清洲の奥方さまのお顔を、ごらんになりたいのでござりましょうが……」

「何を申す」

「いや、いや……」

「これ、わしが、お前を、どのように愛《いと》しゅうおもうておるか……それは、よく、わかっているはずではないか、これ……」

と、福島正則は、たくましい躰をもみたてるようにし、平生《へいぜい》の大声とは似てもつかぬ甘い優しい細い声を出して小たまをなぐさめつつ、

「梅の丸の凧《たこ》の骨のごとき肌身をおもいうかべただけでも、肌が寒うなるわい」

などと、なかなかにうまいことをいうようになった。

「では、殿さま。私は、いかがなりまする。もはや、この伏見のお屋敷での、殿さまと私のことは、御家中《ごかちゅう》の方がたも、承知のことではございませぬか。奥方さまのお耳へも、すぐに、つたわってしまうことでござりましょう」

清洲《きよす》の夏

一

小たまに、そういわれてみると、(なるほど、そうじゃ)福島正則は、愕然《がくぜん》となった。まさに、伏見屋敷における小たまの存在は、「殿さまの側妾」そのものである。宏大な屋敷内の、正則の居住区の奥ふかく、小たまは一人で暮している。伏見屋敷では、侍女の数も多くはないし、正則の身のまわりの世話は、ほとんど小たまの手で、おこなわれていた。

福島正則は、すぐさま、養子の伯耆守《ほうきのかみ》正之をまねき、

「おぬしも耳にしていようが、このたび、清洲へ帰ることになった」

「そのようでございますな」

「それはよいのじゃが……」

「は？」

「実は、小たまのことを、な……」

「ははあ……」

「梅の丸の耳へ、小たまのことが、とどいているであろうか？」

「さて……」

正之夫人は、むろん、正則と小たまの関係を知っているが、

「それがしより、しかと申しきかせてありますゆえ、大丈夫でござる」

と、正之は、うけあってくれた。

於きみの方は、何事にも、夫・正之のことばを信じ、従順である。それだけに、自分にとっては悪い姑《しゅうとめ》ではないけれど、（いつも、いじめられている父上が、おかわいそうに……）と、義父・正則へ同情を寄せていることも事実であった。

だから、伏見へ来てからの正則と小たまのことを耳にしても、（父上も、たまさかには気散じをなさるが、よろしいのじゃ）などと、考えないでもなかった。そして、夫・正之にかぎっては、（父上のごときまねは、決してなさらぬ御方）と、信じきっている。

こうしたわけで、伯耆守正之夫妻は正則の味方なのだが、これから清洲へもどれば、一部の家来や侍女たちの口に、「戸はたてられぬ……」と、見てよい。ことに侍女たちには、於まさの方の息がかかっていると見てよい。油断はならなかった。正之は、そこで、

「父上。清洲のことはさておき、この伏見からも、しばらくは目をはなせますまい」

と、いい出した。

「いかさま。なれど、主計頭《かずえのかみ》も熊本へ帰ることゆえ……」

「されば、それがしが伏見へ残りましょう」

「なんと……」

「そして、父上は、ごく、わずかな家来のみを従え、清洲へおもどりなさるがようございましょう。侍女たちは、みな、伏見へ残しておきまする」

「ふむ、ふむ……」

「いまのところ、父上と小たまのことは、母上のお耳へ達してはおりますまい。もしも、達しているとすれば、かならずや清洲から、母上のお怒りの御言葉をもって、使者が駆けつけてまいる筈《はず》」

「む……そうか……いや、たしかに、そうじゃ」

正之にいわれて、福島正則は、ほっとなった。

「そうじゃ。梅の丸の耳へ入っているとすれば、だまっているわけがない」

「さようでござる」

「よかった。よかったのう」

「なれど、父上……」

急に、伯耆守正之が、かたちをあらためた。いつもの、ものわかりのよい微笑は消え、正之は厳粛《げんしゅく》な顔つきになっている。

「伯耆守。いかがしたぞ？」

「父上に、申しあげまする」

「な、何じゃ、怖《こわ》い顔なぞいたして……」

「もはや、小たまを足袋師才兵衛がもとへ、おもどしあるがよいと存じます」

「な、な、何じゃと。小たまと別れよ、と、申すの、か……」

「いかにも」

「ばかなことを申すな」

「父上も、小たまとは、じゅうぶんに、お楽しみなされたではございませぬか」

「いや、じゅうぶんになどとは、とんでもないことじゃ」

「なれど、伏見へまいってからは、夜も昼もお側につかえ……」

「それはそうだが正之、おぬしは、小たまという女を知らぬから、そのようなことを申すのじゃ」

「と、おおせあるは？」

「梅の丸や、おぬしの妻《にょうぼ》とは大分にちがう」

「何が、ちがいまする？」

「うふ、ふふ……」

と、正則が、ふくみ笑いをもらし、

「何も彼もちがう。二年や三年で、あの女を味《あじわ》いきれるものではないのじゃ」

「ははあ……」

こうなると伯耆守正之は、夫人・於きみの方ひとりをまもり、あまり女色のおもしろさなどに関心がないほうだから、正則がいうことに、（父上は、何を申されているのやら……？）よく、わからぬのである。

「いずれにせよ、これよりはなりませぬ。天下の形勢も御承知のごとく、さわがしゅうなってまいりました。父上。これより、福島家が、あやまりなく事をはこび、いかなる騒乱が起きようとも……」

「わかった。おぬしの申すことは、よう、わかっておる。なればと申して、小たまを……」

「この上に、梅の丸さまとの間に、もめごとが起りまいては、大事の時に家の中が乱れることに相なります。また、梅の丸さまは、間もなく、父上のお子をお産みになるのでございますぞ」

「う……そ、そうであった……」

しばらく忘れていたことを、福島正則はおもい出した。

「そう申せば、今日か明日か、というところじゃ」

「さようでござる」

「なるほど、これは……」

「小たまと、お別れ下さいますか。いかが？」

正之に、ここまでいわれては、清洲二十四万石の城主として、さすがに正則も、

「よし」

と、うなずかざるを得ない。

「おききとどけ下され、かたじけのう存じます」

「なに……」

ておきましょう」

と、うらめしげに、こちらを見た正則へ、

「そのかわりに、小たまは、それがしが、この伏見屋敷へとどめおき、おあずかりし

正之が、そういったときの、福島正則の歓喜と感動は、筆にも口にもつくせぬものであった。

「伯耆守。こ、このとおりじゃ」

と、左衛門大夫正則は両手を合せ、正之を拝《おが》んで見せたものである。

正之は「しばらくは御辛抱《しんぼう》なされますよう」と、いい、座を立った。

小たまが、正則の寝所を出て、自分の小部屋へもどったとき、丑《うし》ノ刻《こく》をまわっていた。正則は、正之のことばを小たまにつたえ、

「もしも、清洲へもどり、梅の丸の耳へわれらのことが、まったく入っておらぬようなれば……かならず、よびもどすゆえ……」

と、いい、

「いずれにせよ、梅の丸が子を産むまでは、お前、もどらぬほうがよい」

「いやで、ございます」

「たがいに辛抱せねばならぬ」

「梅の丸さまが、お子さまをお産みなされたのち、殿さまは、梅の丸さまを、お抱きあそばすのでござりましょうが……」

「ばかを申せ」

「お抱きにならねば、梅の丸さまが御承知なさいますまい」

「う……」

「では、お抱きなされますのか……」

「う……」

「くやしゅうござります」

「痛い。何をする」

「噛み切って進ぜまする」

「な、なにを……これ、何をいたす。やめい、やめぬか……」

などと、戦場へ出ては鬼をも拉《ひし》ごうという福島左衛門大夫正則が、小たまのおもうままにあやつられている。

さて……。自分の部屋へもどった小たまは、闇の中で、うずくまっている黒い影に気づいた。才兵衛老人ではない。伴忍びの、井之口万蔵であった。

「万蔵か……」

「はい。伏見城下では、加藤主計頭清正など、亡き太閤殿下恩顧《おんこ》の大名が、それぞれ帰国とのうわさがながれておりますが、まことでござるか？」

「まことじゃ」

「では、福島左衛門大夫も」

「明日、清洲へもどるそうな」

「さようでござるか」

「そのように、甲賀の叔父上へつたえたがよい」

「心得申した」

「万蔵」

「え……？」

「お前、まだ、あのときのことを怒っているのかえ？」

井之口万蔵は、忍び頭巾《ずきん》に包まれた顔を伏せたまま、こたえなかった。

「あのときは、あまりに、お前が乱暴にふるもうたから、叱《しか》ったまでじゃ」

万蔵は、こたえぬ。

「いま、万蔵は、どこにいる？」

「小たまさましだいでござる」

「何と……」

「小たまさまは、左衛門大夫正則と共に、清洲へもどられるのでござるか？」

「それよりも万蔵。清洲城下の才兵衛どのの家は、どうなっている？」

「あのままでござる。才兵衛どのは、いったん引きはらって立ち退《の》かれたが、頭領様のお指図により、いまは、甲賀から中畑喜平太が入り、同じく足袋師として住み暮しています」

「さすがは、叔父上じゃ。それにしても、若い喜平太が、ようも足袋師になられたものじゃな」

「いつの間にやら、足袋つくりをおぼえていたのでござろう」

「うむ、なるほど。私も、しばらく甲賀へは帰っておらぬゆえ……」

「それで、小たまさまは？」

「しばらくは伏見に残る。なれど、やがて、この屋敷をぬけ出し、清洲へ行くつもりじゃ。ま、ようきいてたも」

　と、小たまは正則からきいたいきさつを井之口万蔵へ語った。

「このことを甲賀の叔父上へ急ぎ知らせて、その返事を早う、きかせてもらいたい」

「心得申した」

「あ、万蔵……」

「何でござる？」

「もう、行くのか？」

「ごめん」

「まだ、朝には間もある。ここへ、おいで」

小たまの声が、うるんできて、

「だれにもいわぬ。ここへ、おいで」

万蔵は、うずくまったままである。

「さ、おいで。仲ようしようではないか」

万蔵が、するりと廊下へ出て行った。

「か、かたくなな男じゃ」

小たまは、かるく舌打ちをもらし、

「今夜は万蔵を可愛ゆくおもうていたのに……」

と、つぶやいた。

井之口万蔵は、この前、江川のほとりで小たまへいどみかかり、小たまの隠し針にえりくびを突き刺されたときの恨みを、まだ忘れてはいないらしい。

「ばかな万蔵だこと……」

臥床《ふしど》に横たわり、もう一度、つぶやいてから、小たまは深いねむりに落ちこんで行った。

二

翌日、福島左衛門大夫正則の行列が、伏見を発って清洲へ向った。出発を前にして正則は、

「小たまが顔を見せぬ。いかがいたした?」

とか、

「早う、つれてまいれ」

などと、いらだっていたが、小たまの姿は邸内の何処にも見えぬ。しかし、小たまの衣類や所持の品々は部屋にそのままであったから、

「屋敷内におるはずじゃ」

「殿が、お発ちの前に、早う……」

「殿は、お発《た》ちの前に、小たまどのを、せめて、ひとたびでもお抱きあそばしたいらしいな」

「なにを、ばかなことを……」

などと、家来たちが口ぐちに、いいかわしつつ探しまわったのだが、

「何処にも、見えぬ」

「はて……？」

なのである。そのうちに、出発の時刻がせまって来た。

「ええもう、わしが出立《しゅったつ》いたすことを知らぬではあるまいに……」

福島正則は廊下をふみ鳴らし、二度三度と、小たまの部屋をのぞきに行ったものだ。そして、ついに、あきらめざるを得なかった。正則の行列は出発した。

そして、この日の夜が来ても、小たまは屋敷へ帰って来なかったのである。

「可哀相《かわいそう》な、ことをいたした……」

と、伯耆守正之が、夫人・於きみの方にいった。

「はい。さほどに、小たまが父上を慕《した》うていようとは、わたくしもおもいませぬでした」

「いかにも……」

「わしもな、いずれ、折を見て、ふたたび、小たまを父上のもとへ、と……ひそかにおもうていたのだが……」

「はい」

「と申して、あの義母《はは》上がいる清洲へ、もどすわけにもまいらぬし……」

「なれど、清洲の義母上は、父上と小たまのことについて、御存知《ごぞんじ》なきようにおもわれますが……」

「そのようじゃ。もしも、あのこと、、、が清洲にきこえたとなれば、義母上は黙っておられまい」

「なれば、小たまを父上と共に、清洲へもどしてやっても、よかったのではござりませぬか？」

「ほう……そなたは、女ごのくせに、そのようなわけ、、、知りであったのか。これはよい。わしも小たまのような女を側妾《そばめ》にいたそうかな」

「まあ……」

　正之をにらんだ於きみの方が、あたりをうかがい、侍女の姿も見えぬと知って、いきなり正之のくびすじを両腕に巻きしめ、くちびるをさしよせてきた。

「これ、何をする……」

いいながらも正之が、於きみの方の口中《こうちゅう》へ、わが舌《した》をさし入れるや、於きみの方の歯が、正之の舌を軽く嚙んだ。

「あっ……」

あわてて唇をはなした伯耆守正之が、

「何をする。痛いではないか」

「そのようなことを申さるるからには、いつにても、殿の御舌《おんした》を嚙み切る覚悟でございます」

そういった於きみの方の、若く美しい顔が青ざめ、くちびるがわなわなとふるえているではないか……。

「これ、いかがした?」

「存じませぬ」

「冗談《てんごう》ではないか、これ……」

「てんごうだとて、承服《しょうふく》できませぬ」

「怖《こわ》い顔よのう……」

「二度と、あのようなことを申されぬと、お誓い下されまするか」

「ゆるせ」

「お誓い下されませ」

「む……誓う」

しぶしぶうなずいたが、伯耆守正之は、(このような妻を見たのは、はじめてじゃ)おもわず、背すじが寒くなってきた。

(於きみも、いまに、義母上と同じようになってしまうのであろうか……?)このことであった。

於きみの方が、正之のひざの上へ泣きくずれた。えり足の白さ、やわらかさが正之の眼にしみ入るばかりであった。そうなると、また、愛《いと》しさがこみあげてきて、いまの不快も忘れ、伯耆守正之が於きみの方を抱き起した。正之は、於きみの方を寝所へいざなおうとした。

「あれ……」

「よ、よいではないか……な……な……」

「あ……まだ、夕暮れ前にござりまする」

「かまわぬ。わしは、いま、そなたが欲しいのだ」

「あ、おゆるし……」

「ならぬ!!」

「うれしい……」

三

夏が来た。清洲にも、夏が来た。すでに、於まさの方は、男子を生み落していた。

この男の子は、福島正則が伏見を発して、清洲へ到着する前日の昼すぎに生まれたのである。まるまるとした、いかにも丈夫そうな子であった。帰城した正則は、さすがにうれしかったらしい。すぐさま、於まさの方の産室へ駆けつけ、

「でかした、でかしたぞ」

と、ねぎらった。

清洲から、男子誕生の知らせをもって伏見屋敷へ馬を飛ばせて来た使者と、正則は途中で出会ったのだ。それだけに、於まさの方も、(まさか、今日、お帰りになるとは……)おもいもかけなかっただけに、満面をほころばせて正則を迎えた。

「うむ、うむ。よい子じゃ」

「元気そうな子でございましょう」

「うむ、うむ」

「名を、おつけ下されませ」

「うむ、よし。そうじゃ。わしの幼名、市松はどうじゃ？」

「はい。結構にござります」

とにかく、於まさの方は上きげんなのである。

福島正則は、(これなら、大丈夫じゃ、小たまのことは知れていないらしい)と、おもった。しかし、(これからのことが、心配じゃ)なのである。今度、伏見から帰城した家来たちの口から、ひそやかなうわさが、やがてひろまり、於まさの方の耳へ入らぬものでもない。

いったん、産室を出て、湯浴みをしたのち、正則は侍臣・大辻作兵衛をよびつけ、そのことをいい、

「そのほう、くれぐれも気をつけてくれい。よいな」

「心得まいた。こたびは、侍女《おんな》どもを、みな、伏見へ残しておきましたゆえ、そのようなこともあるまいかと存じまする」

「それなら、よいが……」

「どうやら、梅の丸さまの御耳へは達しませぬようでござりますな」

「小たまがことか」

「はい。おめでとうございます」

「これほどのことなら、小たまをつれてもどればよかった」

「いやいや。これはやはり、伯耆守様のおことばどおりに、なされたがよろしいのでございます。しばらく月日がたちましてのちに、ゆるりと……」

「やはり、な」

そこへ、梅の丸曲輪《くるわ》から、於まさの方が久びさに、いろいろと物語をいたしたいので、まことに恐れ入るが、産室へおはこびねがいたい、との申し入れがあった。

「よし。まいる」

こたえてから、福島正則が大辻作兵衛へ苦笑をうかべ、顔をしかめて見せた。

産室へ行くと、於まさの方は臥床から出て、化粧をし、身じまいを直している。

「これ。やすんでおるがよいに……」

「なれど、あまりに……」

「よい、よい。せめて横になっておるがよい。さ、そういたせ。産後の躰は、いとわねばならぬそうじゃ」

「ま、おやさしいこと……」

於まさの方が、にっと笑った。正則は胸が悪くなった。伏見へ行っている間に、於まさの方は五、六歳も老けたように見える。京の都からとどく白粉《おしろい》が、しわが増えた於まさの方の顔へまだらになってついていた。

「では、おゆるし下されませ」

於まさの方が、まるで少女のような甘え声を発し、臥床へ横たわり、侍女たちへ、

「下ってよい」

と、いった。

正則は、何となく、背すじが寒くなってきた。

侍女たちが下ると、於まさの方が、手で臥床を軽くたたきつつ、正則を凝《じっ》と見るではないか。尚も、正則の背すじが寒くなってきた。

(まさか……?)

於まさの方は、子を産んだばかりなのに、正則の愛撫を欲しているわけではあるまい。

いや、於まさの方は、(もっと、そばへ来て下され)と、正則に甘えているのであった。正則が、そばへ行くと、その夫の手をつかみ、剛毛が生えた腕のあたりを、於まさの方がさすりながら、

「いますこし、御辛抱下されますよう……」

と、痰《たん》が喉《のど》へからんだような声でいう。

「う……ふむ、ふむ……」

「私も、一日も早う、殿に添《そ》い臥《ふ》しとうて……」

ねっとりと、いいかけたものだから、正則は仕方もなく、

「おう。わしもよ」

こたえはしたが実のところ、うんざりしてしまっていた。

ところで……。この男子誕生で、家来たちは、いろいろ、めんどうなことが起るとおもっていたらしい。なにしろ、あれほど男勝《まさ》りの於まさの方が、待望の男子を得たのだから、その実子を正則の跡つぎにしたいと願うのは、当然と考えたからであった。

そうなると、現在、正則の嗣子《しし》になっている伯耆守正之の立場が、非常にむずかしいことになる。正之夫妻は、いわゆる養子夫婦であるから、これをしりぞけて、(ぜひとも、我子を跡つぎに……)と、決意をしたら、(梅の丸さまは、何を仕出かすか、知れたものではない)ひそかに、家来たちはおそれていたようだ。

だが……於まさの方は、この場合でも男勝りであった。

福島正則自身、そのことをおそれていた。ところが、於まさの方は、この後も、夫・正則と我子の市松を愛することに熱中するばかりで、跡つぎのことは念頭《ねんとう》になかった。以前と同じように、養嗣子・伯耆守正之を重んじ、正則の跡つぎは正之と決めて、みじんも迷わぬ。この点は、正則も於まさの方を、（ありがたい）と、おもわずにはいられなかった。

のちに、伯耆守正之から、市松を自分の嗣子にして、「私の跡をついでいただきます」と、いったとき、於まさの方はうれしげに、その願いをうけいれたそうな。

さて……福島正則は、夜な夜な、小たまの乳房に、わが顔を埋めている夢を見ながら、慶長四年の夏を迎えたのである。

その夏の或夜……。いつものように、福島正則は寝間で、小たまの夢を見ていた。このところ、於まさの方の欲望は烈《はげ》しい。三十の坂を、もう、いくつか越えたというのに、正則さえよければ、毎夜のごとく、「もとめて、やまぬ」のである。

しばらく伏見屋敷にいて、ことに於まさの方が懐妊《かいにん》中だったので、正則も久しく夫人の躰を抱いてはいなかった。ゆえに、はじめのうちは、いささかのものめずらしさもあったが、(このように、責められては、たまったものではないわい)と、正則は、このごろ、げっそりとしてしまっていた。

生まれた男の子について、於まさの方が母として執念《しゅうねん》を燃やさず、これまでどおり、養嗣子・伯耆守正之を立てているので、家臣たちも、

「先ず、よかった」

「さすがは梅の丸様じゃ。これで御家《おいえ》は安泰《あんたい》となった」

と、よろこんでいる。

それは正則にとっても、うれしいことだし、あらためて、於まさの方を見直したところもある。

しかし、肌のおとろえを隠そうとして、前にはしたこともないほどの厚化粧で、にっと笑いながら正則を迎えるときの於まさの方の顔を見ると、やりきれなくなってしまうのだ。その上、痩《や》せて引きしまった長身の、於まさの方の肉躰は、すこぶる強靭《きょうじん》である。いかに愛撫の時を重ねようとも、武芸や乗馬によって若いときから鍛《きた》えぬかれた躰はびくともせぬ。

政局も、いまのところ、いちおうは安定していた。徳川家康は、すでに、向島の城を出て、伏見城へ入っている。伏見城は、故・豊臣秀吉の居城である。そこへ堂々と

入り、城主そのものの威勢をしめしはじめた。

「まことにもって、怪《け》しからぬふるまいだ」

「天下人《てんがびと》になったおつもりなのか？」

「いや、なろうという胸のうちを、はっきりとあらわしたのじゃ」

などと、伏見城へおさまった徳川家康への批判は、喧《かまびす》しい。しかし、それを面と向って、家康にいう者とてないのである。その一事をとって見ても、いまや、徳川家康の実力というものが、天下の形勢の中で、「ぬきさしならぬもの……」になってきていることが、よくわかる。

福島正則は、いま、九州・熊本の居城に帰っている加藤主計頭《かずえのかみ》清正との連絡を絶やさぬようにするのが精いっぱいのところであった。

連絡は、両家の伏見屋敷を通じておこなわれる。

この点、

「伏見に、伯耆守を残しておいたのは、よいことであった」

正則は、そうおもっている。

いまのところ、加藤清正のうごくとおりに、うごいていれば、

(間ちがいはない)

と、正則は考えている。

ただ、ものたりぬことが一つある。それは、伏見の伯耆守正之が、小たまのことについては、何も知らせてよこさぬからだ。こちらからは何度も、問い合せたが、そのことに関しては、正之がこたえてよこさぬ。(小たまは、何をしているのか……会いたい。ああ、何としても会いたいものじゃ)いまは、夜毎の夢に小たまを偲《しの》ぶよりほかに、なすすべもない福島正則なのである。

その夜も……。小たまを抱く、というよりも、むしろ、小たまに自分が抱きしめられている夢を、正則は見ていた。夏の夜ふけの板戸をしめきった寝所で、正則は下帯ひとつになり、ほとんど裸躰でねむっている。

戦国の大名や武将なぞは、およそ、こうしたもので(むろん、そうではない人もいたろうが)洗練された行儀《ぎょうぎ》よりも、若いころに戦場を駆けまわっていたときの野性味のほうが濃厚であった。

加藤清正などにくらべると、いくぶん小柄だが、もりあがった厚い胸や逞《たく》ましい四肢には、戦場でうけた無数の傷痕《しょうこん》がきざまれてい、体毛が濃い。加藤清正は、正則にくらべると、体毛も密生してはいず、栗色《くりいろ》のきれいな肌をしていて、筋肉はすばらしいものだが、戦場で受けた傷痕が実に少ない。

いつであったか、伏見の清正屋敷で、共に風呂へ入ったことがあって、正則はつくづくと清正の裸躰をながめつつ、

「於虎も、わしと同じように、ずいぶんと戦ったものだが、きれいな躰じゃ」

おどろいて、そういったことがある。

すると、清正は微笑をうかべて、おだやかに、

「ふしぎじゃな、市松」

「まったく、ふしぎじゃ。これはつまり、おぬしのほうが、わしよりも武勇にすぐれていたことになる」

「まさか……」

「いや、そうなる。そうにきまっている!!」

いいながらも、福島正則は、いつしかなさけない、いい顔つきになってしまった。（また、清正に負けた……）と、おもったからであろう。

四

その傷だらけの、たくましい裸身を仰向《あおむ》けにして、福島正則は、

「むう……うふ、ふふ……」

うれしい夢をむさぼりつつ、笑い声をたてた。笑いつつ、ねむっている。ねむりながら、小たまの愛撫におぼれている。

「殿……殿……」

夢の中で、小たまがささやきつつ、もりあがった正則の胸肌を唇でまさぐりはじめた。ちろちろと、小たまの舌先が正則の胸板の其処此処《そここ》に移って行く。

「こそばゆい、やめぬか、これ……」

「殿……殿……」

「あ、これ。やめい。やめてくれい……」

「殿……殿……」

と、耳もとにささやく女の声が、急に、現実のものとなった。いつしか、福島正則は目ざめていたのだ。

「あっ……」

「殿。久しゅうござりましたなあ」

「こ、小たまではないか……」

「あい」

「こりゃ、まことのことか、夢ではないのか……」

「ふ、ふふ……」

「会いたかったぞ」

ちからいっぱい、小たまを抱きしめた正則が、

「それにしても、いつ、もどったのじゃ」

「今朝方に……」

「今朝じゃ……と？」

「あい」

「なれど、城内では……」

「いいえ、お城へもどってまいったのではござりませぬ。もと、父が住んでおりました家へ、もどりました」

「城下の、か？」

「あい。故郷《くに》へ帰りました父のかわりに、弟が来て、やはり足袋を縫うております」

「さ、さようか。それにしても、小たま。どうして、ここまで来ることができたのじゃ？」

「ほ、ほほ……」

「城門の警固《けいご》はきびしいはず。女の身で、この夜半に、城の奥の、わしの寝所まで、ようも来られたものじゃ」

「殿の、お顔を見たい一心でござりました」

「おう、おう！」

正則は、よろこびの声をあげ、おもいきり小たまの唇を吸い、

「うまい。うまいぞよ」

と、いった。

「うれしゅうござります」

「なれど、どのようにして、入れたのじゃ。ふしぎでならぬ」

「くわしゅう申しあげても、詮《せん》ないことでござります」

「何と申す」

「手筈《てはず》のからくりを、殿に申しあげましては、わたくし、二度と忍んではまいれませぬ」

「そ、それはいかぬ。それは、こ、困る……」

「ほ、ほほ……」

「なるほど。そちは、わしの家来どもを手なずけたな。そうであろう、どうじゃ？」

「まあ……」

「どのようにして、手なずけたのじゃ？」

「いわぬが花、きかぬが花とやら申しまする。それよりも早う……早う、お抱きあそばせ。すぐに空は白《しら》みましょう」

「うむ、うむ……こうか。どうじゃ？」

「殿の、お腕のちからの、強いこと」

「これなら、どうじゃ。うむ？」

「ああ、もう……」

小たまの肌からは、正則の大好きな瓜の実の香りがした。痩せているくせに、がっしりとした骨太《ほねぶと》の於まさの方の躰にくらべて、この、しっとりとしめった、とろけるような小たまの肌身はどうだ……。

福島正則は、我を忘れた。そして、夜が明ける前に、

「大丈夫か。わしが、うまく、はかろうてやってもよいぞ」

と、しきりに心配をする正則へ、

「それだけはなりませぬ。御案じ下されますな。三日……いえ、四日後の夜ふけに、また、忍んでまいりまする」

「明日の夜は、来ぬのか？」

正則は、泣きそうな顔つきになった。

「殿。これよりは、いささか用心をなされませぬと……伏見でのことが奥方さまのお耳へ、入りかねぬことになりましょう」

「う……そ、そうであった」

「四日のちに、かならず……」

「忘れるなよ」

「私とて、苦しいおもいをこらえているのでございますもの」

「おう、そうか、そうか……」

「では……」

すっと、小たまの躰が寝所の外の廊下へ消えた。

「小たま……」

別れがたくて、おもわず正則が板戸を引き開け、

「あ……」

茫然《ぼうぜん》となった。

小たまの姿は、どこにも見えぬ。

廊下は、かなりの長さだし、廊下の向うの奥庭に面した板戸は厳重《げんじゅう》に閉ざされている。

（ど、どこへ消えた……？）

きょろきょろと、あたりを見まわしている福島正則の頭上に、小たまはいた。廊下へ出るや否や、音もなく小たまの躰が舞いあがり、廊下の上の天井へ貼りついていたのである。そのまま、小たまは移動しはじめた。音もなく、軽やかに、小たまは天井の闇に溶けこんだまま、消え去ったのであった。

こうして、また、小たまと福島正則の交情が復活した。夏が終るころに、小たまは、およそ、つぎのような報告を、甲賀頭領・伴《とも》長信へとどけている。

一、福島家には、すぐれたる諜報網《ちょうほうもう》もなく、平時における城中のありさまは、大様《おおよう》にして安閑《あんかん》たり。

一、家中《かちゅう》に争乱なく、家臣のすべては、あるじの福島正則に忠勤《ちゅうきん》をはげみ、戦陣における猛勇ぶりは信ずるに足るべきこと。

一、福島正則の、石田治部少輔《じぶしょうゆう》三成へ対する反感と憎悪は、いまもゆるぎなきものである。

石田方からの連絡、および双方のむすびつきは、まったくないといってよい。

さらに、もう一つ、小たまはつけ加えておいた。

「……福島左衛門大夫は、何事につけても、加藤主計頭清正を信じ、たよっているらしい。双方の伏見屋敷を通じての連絡は密なるものがあって、それも、いちいち左衛門大夫正則のほうから主計頭へ問い合せ、それに対し、加藤家の伏見屋敷をまもる家老の飯田《いいだ》覚兵衛《かくべえ》が返書をとどけているようだ。これからのことは何事も、加藤主計頭しだいで、左衛門大夫はうごくつもりらしい」

およそ、こうしたものであった。

叔父であり、甲賀・伴忍びの頭領である伴長信と小たまとの連絡は、かつて足袋師・才兵衛が暮していた清洲城下の家を通じておこなわれる。

いまは、才兵衛のかわりに、甲賀の伴屋敷から、中畑喜平太がやって来て足袋をつくっている。十九歳の喜平太は、才兵衛の息子というふれこみであって、

「なるほど。そういえば、よう顔が似ている」

「おとなしい、若者だな」

近辺の人びとは、すこしも、うたぐっていない。小たまも、才兵衛のむすめという

ことになっていたのだから、したがって二人は、いま、姉弟になって暮らしているわけだ。もっとも、小たまは、あまり人の前へ顔を出さぬ。

時折、連絡にあらわれるのが井之口万蔵であった。万蔵は、小たまの前へ出ると、いよいよ不きげんになり、役目のこと以外は口をきこうともせぬ。そして、たのしそうに足袋をつくっている中畑喜平太を、白い眼でちらちらちらとにらむ。あきらかに彼は、喜平太を、(嫉妬《しっと》している……)に、ちがいない。

喜平太が、いま、うれしくてたのしくて仕方がないのは事実だ。小たまは喜平太より二歳年上だが、二人とも幼少のころから、松尾才兵衛のように老巧の伴忍びたちから、さまざまの忍びの術を仕込まれ、共に、きびしい修行をして来た。それだけに、小たまと喜平太の間には、筆や口につくせぬような親しさが通い合っている。

それは恋情《れんじょう》というものでもない。強《し》いていうなら文字どおり、姉と弟のような愛情なのだが、それだけでもない。喜平太の小たまへ対する〔あこがれ〕の中には、無意識のうちに、(恋のこころに近い……)ものが、ないとはいえぬ。しかし、小たまは、中畑喜平太にとって〔頭領さまの姪《めい》ご〕なのである。それでなくとも、同じ頭領の下に属している忍び同士の恋が、甲賀の掟によって禁じられていることを、喜平太は、よくよくわきまえていた。

また、小たまは年上の女忍びであるばかりでなく、これまで、あまり甲賀から外へ出たことのない喜平太とちがい、ここ数年ほどの間は、目まぐるしいばかりに諸国をわたり歩き、伴長信のために〔忍びばたらき〕をして来ている。

任務のためばかりではなく、自分のたのしみのためにも、小たまが抱き、抱かれた男の数は、大仰にいうなら、

「ふ、ふふ……数え切れぬ」

のである。

同時に小たまは、生死の間を何度もくぐりぬけてきている。忍びの者としての経験、術技《じゆつぎ》の上からいっても、小たまと喜平太は、「大人と子供のような……」ものであると、いっていいえぬことはなかった。

こうなったいま、中畑喜平太の〔あこがれ〕の中には、尊敬の念もふくまれていよう し、甘えごころも入っていないわけでもない。小たまも、そうした喜平太が、(可愛ゆくてならぬ……)のである。

いずれにせよ、この清洲へ、若い中畑喜平太をさし向けて来たのは、(叔父上も、よほどに手不足なのであろう)と、小たまは考えている。

ほんらいならば、井之口万蔵が、この家のあるじになるべきなのである。それなら

それで、（それも、おもしろい……）小たまは、そう考えていたのだけれども、万蔵は依然、諸方の連絡をつとめている。

もっとも、万蔵の役目もむずかしい。

現在、伴長信が諸方へさしむけている忍びの者は十七、八名におよぶ。その中には、いま、石田三成の居城がある近江・佐和山へ潜入し、決死の〔忍びばたらき〕をしている松尾才兵衛と甲賀の頭領との連絡をも、つとめねばならぬ。万蔵のほかに連絡の役目についている伴忍びもいるが、その指揮をとっているのは井之口万蔵であった。

ゆえに……。いまは、別に緊迫した状態でもない、この清洲城下と甲賀をむすぶ連絡などは、いちいち、万蔵がおこなわなくとも、彼の手下の忍びでもよいはずなのだ。それなのに万蔵は、あらかじめ決められた連絡の日には、万難《ばんなん》を排しても清洲城下へ駆けつけて来るのだ。

松尾才兵衛が清洲にいたころでも、（これほどではなかったに……）小たまは、おもわず苦笑をうかべた。

井之口万蔵は、（気が気ではない……）に、相違ない。いつ、小たまが、若い中畑喜平太へ、（手をつけるか……）であった。

そうなれば、かならず喜平太に変化が見られるはずだ。するどい万蔵の眼をくらますほど、喜平太は長じてはいない。中畑喜平太は、まだ、女を知らぬ男である。連絡にあらわれると、井之口万蔵は、喜平太の一挙一動《いっきょいちどう》をひそかに見まもっているのだ。

五

小たまの、今度の報告に対して、甲賀の伴長信は、何故か、非常によろこんだそうな。長信が井之口万蔵を通じて、小たまへよこした手紙に、

「……今度、お前が知らせてくれた加藤家と福島家のことについては、われらも、それほどまでにとはおもいおよばなかったことである。このことを、佐渡守《さどのかみ》様に申しあげたらば、佐渡様が大変によろこばれた」

と、ある。

佐渡守様とは、徳川家康の寵臣《ちょうしん》・本多《ほんだ》佐渡守正信《まさのぶ》のことだ。本多正信は、はじめ、徳川家康の鷹匠《たかじょう》をつとめていた。この役目は、鷹狩りにつかう鷹を飼養し、訓練し、殿さまの鷹狩りにつき従うという、まことに軽い身分のものだ。

それが、しだいに家康から才能をみとめられ、いまは相模《さがみ》（神奈川県）玉縄《たまなわ》（現鎌

倉市）二万二千石の城主になり、家康は正信を、わが家来というよりも、まるで友人あつかいにしているそうな。

若いころの本多正信は、三河の国に起った一向一揆《いっこういっき》（一向宗徒の反乱）に加わり、家康にそむき、反乱の指揮をとったこともあるが、のちに家康は正信をつれもどし、前にも増して重用するようになったのである。

いまの本多正信は、徳川家の軍事と政務にとって、「欠《か》くべからざる……」人物である。徳川家康は、重大な秘密会談を正信と二人きりでおこなう。そうしたとき、家康は、「佐渡守。横になろうではないか」と、いい、二人して、ひじまくらをしながら寝そべり、天下を左右するほどの重大事を語り合った、と、いわれている。いわば、本多正信は、徳川家康の、「黒幕的存在」であった。これを、みとめぬものとてない。

それだけの、隠然《いんぜん》たる勢力をもっていながら、本多正信は、決して高禄《こうろく》をのぞまなかった。二万二千石の小大名《こだいみょう》など、どこにもいるのだ。豊臣秀吉も、正信が、まだ若いころから目をつけ、

「わしの家来にならぬか。いくらでも立身をさせてつかわそう」

しきりにさそいをかけたものだが、正信は頑《がん》として応ぜず、

「一度、会いたい。会うだけならばよいではないか」

という、秀吉のことばにも応じなかった。その、本多佐渡守正信が、小たまからの報告をきき、

「大いに、よろこんだ……」

という。

それはつまり、徳川家康のためにはたらく忍びの者と、それを束《たば》ねている頭領たちは、本多正信の手の中に入っていると見てよい。さて、伴長信は、

「近ごろ、天下は一応、しずまったかに見ゆるが、その蔭では容易ならぬことが、しだいに、かたちをあらわしつつある。

小たまよ。お前が探ってくれた清洲城の内外、城下の様子、また福島家の内情など、すっかりとわかったので、自分もうれしく存じている。これまで、ようもはたらいてくれた。

まだ、すこし先のことになろうが、近いうちに清洲城下を立ち退《の》いてもらわねばならぬ日が来ようか、と、おもう。中畑喜平太は、そのまま、足袋師として清洲に残ってもらうが、お前は、ふたたび松尾才兵衛と共に忍びばたらきをしてもらうことになりそうなので、どうか、そのつもりでいてもらいたい」

と、手紙にしたためている。

この手紙を読んだ翌日の夜ふけに……。小たまは、清洲城内へ忍びこんだ。城外から外濠《そとぼり》をこえ、石垣を飛びぬけ、三の丸から本丸の奥深くにある福島正則の居館まで、小たまは只ひとりで潜入する。わけもないことであった。忍び縄をつかい、墨《すみ》ながしを身にまとった小たまが、いまは、まるで我家の庭でも行くように、清洲城内を歩み、走る。

この夜、小たまは、福島正則へ、それとなく、別れを告げるつもりで、城内へ忍び入ったのである。伴長信から、いつ、清洲を立ち退けとの指令が来るか、それは計り知れぬ。近いうちに、というならば、それが明日にもやって来ないとはいえぬ。

(最後に、福島の殿の腕に、もう一度、抱かれてあげようわえ)と、小たまがおもいたったのも、それだけ、小たまにとって福島正則が、(可愛ゆい殿……)で、あったからだろう。

もっとも、それは、男が隠し女を可愛ゆいとおもうのと同じことで、小たまの場合はいつでも、男に、(可愛いがってもらう)のではなく、(男を可愛いがってあげる)のである。

寝所へ忍びこんで来た小たまを見て、福島正則は、いつものように狂喜し、いつも

のように二人は愛撫し合ったのだが、さすがに正則も、女ひとりで城内へらくらくと入って来る小たまを不審におもい、

「どのようにして忍び入るのじゃ。はなしてきかせぃ」

しきりに、せがむ。もう、これが限度で、(殿と別れるのは、ちょうど、いまがよい)と、小たまは、あらためてこころをきめた。

「このつぎにまいりましたとき、くわしゅう、おはなしいたしまする」

そういって、小たまは城外の闇へ消えたのであった。

慶長五年

一

この夜以来、小たまの姿は、福島正則の寝所へあらわれなかった。

（いったい、これは、どうしたことじゃ？）

狼狽《ろうばい》したのは福島正則である。

（今夜来るか……明日の夜か……？）

いくら待っても、小たまはあらわれぬ。たまりかねて、侍臣の大辻作兵衛を、ひそかによびつけた。

「作兵衛。実は、な……」

と、これまでは彼にも秘密にしておいた小たまのことを語るや、

「何と、おおせられます……」

作兵衛が、愕然《がくぜん》として、

「ま、まさかに、そのような……」

「いや、まことじゃ」

「解《げ》せませぬ」

「わしもじゃ」

「女ひとりで、城外から忍び入るなどとは……」

どう考えても、不可能なのである。

「わしはな、小たまが、城内の何処かに隠れ住んでいるのではないか、と、おもうたこともある」

「なれど、そのようなことは……」

やはり、むずかしいことだといわねばなるまい。むしろ、それは、外から潜入するよりも、不可能だといったほうがよいであろう。語り合った結果、やはり、小たまが、顔なじみの番士や番兵を、うまくいいくるめ、金品《きんぴん》をあたえたりして、城内へ入れてもらったのだろう、と、いうことになった。

福島正則と大辻作兵衛の神経としては、小たまという女が、「甲賀の忍び」だなどということを、おもいつかぬのである。それは、福島家が忍びの者を雇《やと》い入れたこともなく、うわさにきく〔女忍び〕などというものにも、まるで実感をもてなかったからといってよい。

「小たまはな。城下に住んでおる、と、申していたぞ」

「では、足袋師・才兵衛の家に？」

「才兵衛は故郷へ帰り、いまは、小たまの弟が、同じ足袋師をしておるそうな」

「では、それがし、行って見てまいりまする」

「そうしてくれるか、たのむ」

「心得まいた」

「なれど、だれにも、さとられるなよ」

「おまかせ下されますよう」

すぐに、大辻作兵衛は、城下町へ出て行った。

清洲城の南面にある針屋町の一角に、依然として足袋師の家があった。

「ゆるせ」

入って行くと、若者の足袋師が、一所懸命に革足袋《かわたび》を縫っていた。

「おいでなされませ。足袋は、どのような？」

「いや、そうではない。実は、それがし、福島左衛門大夫様が家来でな」

「はい、はい」

「この家《や》に、小たまと申す女がいたであろう？」

「姉でござります」

「そうか、よし。で、小たまはおるか？」

「姉は半月ほど前に、故郷へ帰りましてございます」

「故郷へ、な……」

「はい。嫁入りをいたしました。いまは大坂の、私や父と同じ足袋師のもとへ嫁《とつ》ぎましたので」

「そうか……」

大辻作兵衛は、ほっとした。（このことをきけば、殿も、あきらめなさるにちがいない）と、おもったからだ。

そのとおりであった。福島正則は、小たまの嫁入り先の足袋師が、大坂の、どのあたりに住んでいるのか……それも問おうとはしなかった。もっとも作兵衛だとて、それをたしかめてはいない。

二人とも、（女が嫁いだからには、もはや、どうしようもない）と、おもったからである。しかし、正則は落胆《らくたん》した。

於まさの方が、

「殿。何やら、おん胸にさわる事でもございますのか？」

と、尋《き》いた。正則の愛撫に、まったく情がこもっていない、というのである。

「あるとも」

「何のことでございます？」

「きまっておるではないか、天下《てんが》の事じゃ」

「あ……」

天下の事、といわれると、於まさの方は弱い。天下の事は、（男子が、取り決めるものじゃ）という確固たる信念を、於まさの方はもっている。

まして現在は、一見《いっけん》、平穏に見えてはいても、容易ならない風雲が不気味にただよっている。それは、女ながら於まさの方の耳へも入って来るし、世の中の気配にも察しられるのだ。このような時代に、一国一城の主《あるじ》が、どのように肝胆《かんたん》をくだき、わが城とわが領国を安泰《あんたい》にみちびこうとしているか……於まさの方は、じゅうぶんにわかっているつもりであった。

「これは、わたくしの、おもい至らぬことでございました」

「察してくれい。な……」

「おゆるし下さいませ」

「相すまぬが、そなたを抱いておってもな、天下の事を考えると、ついつい気が重うなってしまうのじゃ」

「おゆるし下さいませ」

と、こういうときの於まさの方は、まことに素直なのである。

「今夜は、これで引き取ってもよいか。いろいろと、天下の事について、考えねばならぬことがあるので、な……」

「はい。お引きとめをいたしまして、申しわけもございませぬ」

「ゆるせよ」

と、自分の寝所へ帰って来て、福島正則が、おもいなやみ、考えふけるのは、ただもう、小たまのことばかりなのであった。

こうして夏がすぎ、秋も暮れた。

二

この年の秋ごろから、「天下の雲行きが、また、怪《あや》しくなってきた……」というのは、ほかでもなかった。

豊臣内閣に在《あ》り、徳川家康と共に最高の役職に就《つ》いている上杉景勝《かげかつ》が、領国へ帰り、「いま、しきりに、戦争の準備をはじめている」このことであった。

上杉景勝は、戦国の英雄としてだれ知らぬものはない上杉謙信の一族にあたる。その謙信亡きのち、養子となっていた景勝は、これも同じ養子の上杉景虎と争い、ついに兄・景虎を攻めて自殺せしめ、ここに上杉家の当主となって、越後・越中・佐渡・能登の国々を領有した。その後、上杉景勝は、故太閤秀吉の深い信頼をうけ〔五大老〕に任じ、いまは陸奥《むつ》の国・会津若松百二十万石の太守となっている。

景勝は若いころ、織田信長から、大分に圧迫をうけ、「いじめられた……」のだそうな。それが、信長の急死によって救われた。

それからのち、豊臣秀吉にどれほどの恩顧《おんこ》をうけたかは、五十五万石から百二十万石の大身《たいしん》に昇りつめたことを見てもわかる。それだけに、上杉景勝は、

「亡き太閤殿下の高恩《こうおん》にむくいたい」

と、いつも、石田三成などと語り合い、徳川家康の擡頭《たいとう》をよろこばなかった。

その上杉景勝が、

「会津若松の本城を改築し、備《そな》えをかためている」

とか、

「牢人《ろうにん》たちを多数、召し抱えて兵力を増やしている」

とか、

「本城ばかりではなく、領国の間の諸方の支城《しじょう》や砦《とりで》の戦備を急いでいる」

とか、このようなうわさが伏見ばかりではなく、また清洲のようなところへも、ながれこんできはじめた。

うわさだけではないらしい。上杉景勝は、ほんとうに、そうしたことをやっているらしい。いったい、これは何を意味するのだろうか……。豊臣内閣の長老として、伏見城へおさまった徳川家康は、もちろん、ひそかに会津へ向けて間者《かんじゃ》を放《はな》ち、事実の有無《うむ》を、「くわしく、たしかめている……」に、ちがいなかった。

だが、徳川家康は、

「……ちかごろ、これこれのうわさが伏見へもきこえてまいる。これは、まことのこととはおもわれぬが、中納言殿《ちゅうなごん》（景勝）には、いかがおもわれるか、御返事をいただきたし」

と、いってやった。

するとと上杉景勝は、返事をよこさぬのだ。そこで家康が、

「どうも物騒《ぶっそう》なうわさが消えぬので困っています。せっかく、天下が平穏《へいおん》であるの

に、中納言殿が兵を増やし、城に備えをかため、戦さの仕度をしておられるときいて

は、世の人びとのこころもさわがしゅうなり、あらぬうわさがながれて、落ちつかぬ

ようにもなる。御苦労でござるが、一度、伏見へ出て来ていただき、自分と、ゆっく

り、今後のことも語り合おうではござらぬか」

と、使者を会津へさし向けた。

これに対しても、上杉景勝は返事をよこさない。それは、つまり、東北の一角にお

いて……というよりも、東北地方における太守である景勝自身が、そうした戦備をと

とのえていることを、みずから、「みとめたこと……」に、なるではないか。

では、上杉景勝がだれを〔敵〕に想定して、戦備をととのえているのか、である。

こたえは、一つしかない。その戦備は、徳川家康に向けて、ととのえられていると

いってよい。家康が、もし、太閤秀吉の遺子・秀頼を、「さしおいて……」わが手に

天下の大権《たいけん》をつかもうとするなら、

「わしは、断固として、これに刃向うぞ!!」

と、上杉景勝が、いいはなっているも同様のことなのである。

「まことのことなのであろうか?」

福島正則も、明け暮れ、小たまのことばかりをおもいつめているわけではない。

重臣たちをよんで、

「われらも一応は、会津を探って見たほうがよいのではあるまいか……」

と、いった。そこで、家来数名が牢人の姿となって会津へおもむいた。これほどのことは、どこの大名でもやったことだ。

その結果、まさに、うわさが真実だということがわかった。正則は、すぐさま、

「主計頭《かずえのかみ》へ、このむねを知らせて、慮《おもんぱか》りのことをたしかめよ」

と、命じた。

九州にいる加藤主計頭清正の返事が、清洲へとどくまでに、一ヵ月半ほどかかった。清正は、こういって来ていた。

「於市殿よ。これよりは何事も三河守殿(徳川家康)しだいのことと、わしはおもうている」

こうして、慶長四年という年がすぎて行き、年が明けて、慶長五年になると、会津の上杉景勝が戦備を急ぐありさまは、「隠れもなき事」となった。

それに呼応《こおう》するかのごとく、近江・佐和山にいる石田三成も、佐和山城の修理をはじめ、牢人を召し抱えはじめたのである。

徳川家康は、すぐさま、上杉家へ申し送ったように、その理由をただした。すると、石田三成は、

「佐和山は天下の衝路《しょうろ》でござる。ところが、ここ数年、城の手入れをしておらぬので内外とも荒れ果ててまいった。これではあまりに外聞《がいぶん》もわるいことでもあるし、それで、いささか手入れをおこなっているのでござる」

と、いってよこした。

その返事が伏見城へとどいたとき、家康は、

「狐めが……」

吐き捨てるようにいったそうな。

そのころになると、近江の石田と会津の上杉が、密約をかわしていて、双方の戦備がととのいしだいに、家康へ宣戦を布告しようとしていることが、明白となった。

もっとも、それは世上にもれていないことだ。徳川家康の、「ふところ刀《がたな》」といわ

れている謀臣《ぼうしん》・本多佐渡守正信が諸方へ張りめぐらした諜報網は完璧なものとなっていい、家康は伏見城に、「居ながらにして……」上杉・石田の蠢動《しゅんどう》ぶりを看《み》てとることを得た。

たとえば、こんなことがあった。それは、年が明けた正月の中ごろに、甲賀の頭領・伴長信が只一人で、予告もなしに清洲城下へあらわれ、

「小たま。久しぶりじゃな」

突然、夜ふけに足袋師の家をおとずれて来て、小たまに語ってきかせたことなのだ。

「これは、加賀中納言のことじゃが……うわさにきいたか?」

「はい。いささかは……」

加賀中納言というのは、去年亡くなった大老・前田利家の長男・利長《としなが》のことである。いま、前田利長は亡父の所領をもつぎ、合せて八十三万五千石の太守となり、いまは加賀・金沢の本城へ帰っているが、

「実は、去年の秋に……」

徳川家康が伏見城を出て大坂へ下り、大坂城の豊臣秀頼に目通りをしたとき、家康暗殺の計画があった、と、小たまも井之口万蔵の口からきいていた。

この暗殺計画は、中納言・前田利長が、

「家康をこのままにしておいては、とうてい、豊臣の天下は成るまい。わしが亡き父に代って、家康を討とう」

と、決意し、姻戚《いんせき》にあたる浅野長政（甲斐・府中の城主）や、もと豊臣秀吉の侍臣《じしん》だった土方雄久《ひじかたかつひさ》などと謀《はか》り、さらに、大坂城にあって秀頼につかえている大野治長《はるなが》も味方に引き入れたとか……。

前田利長は、わざと加賀へ帰国をしていて、おそらく重陽《ちょうよう》の節句《せっく》に大坂城へあらわれ、淀の方と秀頼母子へ、「きげんうかがい」をするであろう徳川家康を、浅野長政らが暗殺しようというわけだ。

つまり、家康が大坂城へ入り、御殿の大玄関へかかったとき、式台へ出迎えた浅野長政が、

「いざ……」

うやうやしく、ひざまずき、家康の手をとって押しいただくように見せかけ、これをいきなりねじりあげるとき、両わきから土方雄久と大野治長が飛びかかって、家康を刺し殺そうというのだ。

まことに、大胆きわまる暗殺計画であって、「ばかな……」一笑《いっしょう》に付するものもい

たろうが、また一方では、このようにでもしなくては、警衛の厳重な徳川家康の身辺へ近づき討ち果すことなど、とうてい出来ない、という見方もなり立つのである。

そこで……。この暗殺計画を、家康に告げたのはだれか、というと、増田長盛《ましたながもり》・長束正家《なつかまさいえ》の両人であった。増田長盛は、故太閤秀吉の寵臣《ちょうしん》であって、大和・郡山二十万石の城主である。長束正家も、秀吉の奉行の一人で、近江・水口《みなくち》十二万石の城主だ。

こうした経歴から見て、増田も長束も、秀吉在世中は、石田三成と同派の大名たちであったことが、うなずける。

その増田長盛と長束正家が、加賀中納言の暗殺計画を家康に告げた。

「実は、われらも中納言殿に、味方せよと、さそわれましてござる」

と、いったのだ。

家康は、すぐさま多勢の将兵をもって身辺を護衛させ、大坂城へ入った。大坂城の(西の丸)には、故秀吉の未亡人・北政所《きたのまんどころ》の屋敷があり、家康は此処へ入った。それまでは、大坂へ来ると、石田三成の屋敷に滞在するのが常であった。

北政所は、家康を迎えて、

「西の丸は、三河守どのに、おゆずりいたしましょう」

といい、大坂城を出て、京都の控え屋敷へ移り住んでしまった。このごろの北政所は、何事にも家康をたよりきっている。家康もまた、北政所を、「下へも置かぬ……」ほど、たいせつにあつかうのだ。

のちに、北政所は、仏門へ入り、亡き秀吉の、「冥福《めいふく》を祈って、余生《よせい》を送りたい」

という希望があることを知った徳川家康は、京都に（高台院）という立派な寺院を建ててやり、北政所へ贈った。

ゆえに……たとえば加藤清正や福島正則のように、北政所の手塩《てしお》にかけられて成長したのも同様な大名にとって、秀吉未亡人へ親切のかぎりをつくしてくれる徳川家康に対しては、どうしても、（そむけるものではない）という、こころになってしまう。

これは理屈でも何でもない。清正や正則のような男の感情として、そうなってくるのである。

三

この暗殺計画が失敗に終ったとき、徳川家康は、浅野長政には謹慎《きんしん》、土方雄久と大野治長は関東へ配流《はいる》という、おもいのほかに軽い処分ですませた。そのかわり、首謀

者の前田利長は、

「ゆるしておけぬ!!」

と、加賀を攻めるための準備をはじめたのである。

このとき、前田利長と姻戚関係にある丹後・宮津の城主・細川忠興も、うたがいをかけられたので、忠興は大坂へ急行して弁明《べんめい》すると共に、加賀の前田利長へ密使をさし向け、

「大坂では容易ならざる事態になっています。加賀攻めにならぬうち、一時も早く大坂へまいられて、家康公へおわびをなされたがよいと存ずる」

と、いい送った。

それをきいて、前田利長が、

「忠興の腰ぬけめが!!」

怒ったところを見ると、この暗殺計画は、まったく根のないものでもなかったのであろう。

結局、前田家では、老臣の横山長知《ながとも》を大坂へさしむけ、家康に弁明させることにした。このとき徳川家康は、五大老の一人であった前田利家に免《めん》じて、利長を、「ゆるす……」ことにした。

そのかわり、自分に他意がないことをしめす〔誓紙〕を出し、さらに、「中納言殿の御《ご》生母《せいぼ》を、人質として江戸へ送られたい」と、申しつけたのである。同時に、家康は、自分の孫女《むすめ》のひとりをえらび、これと利長の弟の前田利常《としつね》とを婚約させることにした。前田家では、家康の出した条件を、すべてのむことにした。

これで、豊臣家の最後の大きな支柱といってよい加賀の太守・前田家も、徳川家康に屈服《くっぷく》したことになる。

世の人びとは、

「こうなって、かえってよかった」

「加賀中納言が屈すれば、何事も、うまくおさまる」

と、むしろ徳川家康がイニシアチブを取って天下をおさめてゆくことに、期待をかけているようなところがある。

むろん、家康は、「天下人《てんがびと》」ではない。先の「天下人」であった豊臣秀吉には遺子・秀頼がいて、これが成長したのち「天下人」の座へつくというかたちは、くずれていない。

だからこそ、徳川家康は、あくまでも秀頼の〔後見人〕として、これをまもり、したがって、大坂城へきげんうかがいにも出るというわけだ。ゆえに、いわば豊臣内閣の最高指導者という意味において、家康の政治がスムーズにおこなわれることを、歓迎しているわけであった。国民《くにたみ》はもとより、大名も武将も、「もう戦さは、こりごり……」なのだ。

だから、徳川家康に反抗する勢力が消えてしまえば、それだけ戦争になる条件も消えて行くわけで、先に家康へ対して激しい敵意を抱いていた石田三成は佐和山へ引きこもってしまったし、今度は、三成よりも強力な勢力であった前田利長が、家康に頭を下げたことになる。

こうなれば、奥州《おうしゅう》にいて戦備をかためているという上杉景勝も、家康への反抗を、

「あきらめるにちがいない」

と、いう人びとも多かった。

「ま、それほどのところは、井之口万蔵の口より、お前の耳へも入っていようが……」

いいさして伴長信は、

「喜平太は、もう、寝《やす》んでよいぞ」

と、中畑喜平太を別室へ遠ざけてしまった。

伴長信は、脇差を腰にしただけの軽い旅姿で清洲へあらわれた。

「関東からの帰りじゃ」

と、長信は小たまにいった。

それをきいただけで、小たまはなっとくがいったような気がした。いま、本多佐渡守正信は伏見を去って、相模・玉縄の居城へ帰っているそうな。現・鎌倉市に、この城跡が残っている。大船駅の、すぐ近くである。

伴長信は、その玉縄城へ秘密の急用があって行き、本多正信と、これからの〔忍びばたらき〕について、打ち合せをおこなったものとおもわれる。

本多正信が、去年の暮に、伏見城の徳川家康の傍をはなれ、自分の城へ帰ったというのも、小たまには不可解なことであった。いまこのとき、正信は、いつも家康につきそっていなくてはならぬはずではないか……。

「いささかながら、お前にも、打ちあけておきたいことがあるのじゃ」

伴長信は、そういった。それは、増田長盛と長束正家についてである。この二人が、あの暗殺計画を、ひそかに事前に、徳川家康へ密告したのは、

「佐和山の指図じゃ」

と、長信がいったので、小たまはおどろいた。

「すりゃ、まことなので？」

「まことじゃ」

「叔父上。それは……？」

「小たまよ。これから、わしの申すことをようきいて、そのつもりで、これからの忍びばたらきをしてもらいたい。わしも、このことはまだ、井之口万蔵にも洩《も》らしてはいない。才兵衛は、よう知っておるが、な……」

伴長信が、小たまにもらしたところによると……。加賀の太守・前田利長や、浅野長政・大野治長などの、徳川家康へ対する陰謀は、「根も葉もないこと」ではなかったにせよ、あれほど大仰《おおぎょう》な……つまり、大坂城へあらわれた家康を、浅野と大野が刺殺するなどという、子供じみたことなどは、「計略するはずがない」と、いうのである。

とすれば、ありもせぬことを、増田長盛と長束正家が、家康に、「告げ口をした……」ことになる。

それときいた、家康の激怒に対して、前田家では家老・横山長知が大坂へ駆けつけ、家康に弁明をした。そして、家康が、「中納言の生母を人質として江戸へ送れ」という要求を、のまざるを得なかった。

そこにはやはり、前田利長や、浅野・大野らの、徳川家康に対する不快の念が、何らかのかたちで、ひそかにしめされていたからであろう。

「さて、そこでじゃ」

と、伴長信が、

「のう、小たま。佐和山の石田治部少輔三成が、増田と長束の両大名をつかって、わざわざ、加賀中納言らの陰謀を家康公にいいたてたのは、何故か、わかるか?」

「それは……では、叔父上。石田三成は、徳川と前田の両家に争いごとを起させるつもりで?」

「そうらしい」

「まあ……」

「もしも、両家の間が手切れとなり、戦さ騒ぎにでもなれば、治部少輔にとって、これは、おもう壺《つぼ》というものであったろうよ」

「そのときは、奥州の上杉景勝と共に治部少輔は、前田家をたすけ、共に戦おうというう……?」

「されぱさ」

うなずいた長信が、

「もしも、戦さ騒ぎにならぬときは……」

「え……?」

「家康公が、もっと、きびしく、前田・浅野らを罰するにちがいないと、石田三成は考えていたのであろう」

「まあ……」

そのとき、石田三成は、

「加賀中納言に無実の罪を着せた徳川家康の横暴残忍はゆるせぬことである」

と、天下にうったえ、天下の公憤《こうふん》がわき立つのを待ち、

「家康を討って、豊臣の天下を平定せねばならぬ」

諸大名をあつめ、徳川家康を戦争にさそいこみ、これを討滅《とうめつ》しようというのが、最後のねらいであったのだという。

「ところが、家康公は、意外にも、まことに寛大《かんだい》な取りはからいをなされたものだから、天下にうったえるどころか……」

いまはむしろ、家康の評判が非常によくなった。

「これはな、小たま……」

「はい?」

「そうした佐和山の石田三成のうごきは、われらの耳へ、いち早く、つたわってしま

うので、これを本多佐渡守様から家康公の御耳へ入れ申し、向うの手足が出る前に、こなたではしかるべく方策《ほうさく》をたててしまっておるのじゃ」

伴長信がもらしたところによると、増田長盛や長束正家の侍臣たちの中には、

「もう十五年も前から、本多佐渡様の手の者が入りこんでおるのじゃ」

なのだそうな。

このように、徳川家康の諜報組織は、伴長信が徳川家の傘下《さんか》へ加わるようになるよりもはるかに早くからととのえられていたらしい。同じ甲賀の頭領・山中大和守も、いち早く、徳川家のために〔忍びばたらき〕をしていたということだし、まだまだ、いくつもの組織があり、いまや徳川家康は、「居ながらにして……」天下の動静のすべてを、知ることができるようになっているらしい。

暗殺事件の始末《しまつ》がついてからの家康は、その威勢が大きく、ひろくなるばかりで、諸大名はつぎつぎに徳川の傘下へあつまるようになった。

大坂城・西の丸の旧北政所御殿へ入ってからの家康は、政治的な書類の決裁《けっさい》も独断でおこない、自分一人の判形《はんぎょう》で、すべてを決定してしまう。こういうときには大老・奉行たちに事をはかり、その連署《れんしょ》をもって決定するのが、豊臣秀吉亡きのちの、「とりきめ……」に、なっていたはずである。

だが、徳川家康は、いまや、だれにも遠慮をせぬ。

「天下を治めるものは、自分である。自分のちからをもって諸大名を押え切ってしまうことが、天下平定のためには、もっともよいことなのだ」

その自信に、みちみちているかのようであった。

伴長信は、その夜が明けぬうちに、清洲を発し、甲賀へ帰って行ったが、

「いずれは、小たま。清洲を出てもらわねばならぬ」

「では、ほかに移るのでしょうか?」

「うむ。それまでは、かまえて外へ出るな」

「はい」

「いま、わしがいうたこと、よう、のみこんでいてくれればよい。そして、いつにても、此処を飛び立てるようにしておいてもらいたい、よいな」

「心得ました」

「いずれは……いずれは、大戦《おおいく》さが起ろうよ」

「やはり……」

「うむ。起らずにはすまぬ。かならず起る」

長信は断定的に、いいきったものである。

四

伴長信を送り出したのち、小たまは、屋根裏にもうけられた自分の部屋へもどろうとして、

（おや……？）

ふと、足をとめた。店の土間につづく仕事場で、若い中畑喜平太がねむっている。そのいびきがきこえたからであった。

（喜平太は、よう寝てござる）

小たまの頬《ほお》に、いたずらっぽい笑いが浮かんだ。

微風《びふう》のように、小たまは、仕事場へながれこんだ。喜平太は、夜具から半身を乗り出すようにして、ぐっすりとねむっていた。

（まだ、喜平太は、ひとり前の忍びではない）

と、小たまはおもった。

それほどに神経をつかって、この部屋へ入ったわけではないのだが、喜平太は気づかずに、

（ねむりこけている……）

のである。

（でも、可愛《かわ》ゆいこと……）

であった。

若いだけに活気《かっき》が強く、まだ、春には間もあるというのに、喜平太は双肌《もろはだ》ぬぎとなっていて、その厚い胸肌《むなはだ》が、うっすらと汗ばんでさえいた。

（まあ……）

小たまは、若者の凝脂《ぎょうし》に照っている喜平太の胸肌を見やり、ためいきを吐いた。こうしたときの小たまは、「女であって、女ではない」のである。女でありながら、男の肌身を、「わがものにしよう……」という気もちに、なってくるのだ。

小たまは、しずかに中畑喜平太の傍《そば》へ来て、身を屈《かが》めた。

喜平太の躰から、若者らしい濃い体臭がただよってきている。それも、小たまには、こころよかった。福島正則も中年に達してはいるが、まことに壮健《そうけん》である。あるが、しかし、この喜平太のように烈《はげ》しく強《きつ》く、濃厚な体臭をもってはいない。正則も喜平太と同じ年ごろには、

（このようなにおいが、ただようていたにちがいない）

と、小たまは苦笑をもらした。

小たまの顔が、喜平太の胸肌へ近づいてゆく。そして……。小たまのくちびるが、若者の胸肌をなぶりはじめた。小たまは、(こころゆくまで……)若い喜平太の体臭を、胸いっぱいに吸いこんだ。

ここまできては、いかに未熟《みじゅく》な忍びとはいえ、中畑喜平太も甲賀の忍びの一人である。

「あっ……」

ぱっと、はね起きて、

「あ……小たまさま……」

「私が入って来たのに気づかなんだのか」

「す、すみませぬ」

「未熟者め」

いきなり、小たまが喜平太の頬を打った。

「あっ……」

「痛かったかえ?」

「いえ……私が悪いのです」

「わかったか?」

「はい」

「これからは、こころをつけなくてはならぬぞえ」

「はい」

「よし、よし。こちらへおいで」

「はあ……」

甘えるように喜平太が、すり寄って来た、その手をつかんだ小たまが、ぐいと引き寄せ、いきなり喜平太の唇《くち》を吸った。

「うわ……」

喜平太は、何ともいえぬ声を発して、飛び退《の》いた。

「どうしやった?」

「な、な、何を、なされますか……」

「何をというて……おぬしの唇を吸うたのじゃ」

「あ……」

「いけなかったかえ?」

「う……」

「さ、もっと、こちらへおいで」

「い、いけませぬ」

「なぜ？」

「頭領さまに、叱《しか》られます」

「叔父上に、か？」

「はっ」

「では、叔父上に知られぬようにすればよい」

「な、なれど……」

「それとも、この私が、おぬしは、きらいなのかえ？」

「い、いや……そのような……」

「では、好きか？」

「う……」

「じれったい。いったい、どちらなのじゃ？」

「う……」

「好きか、きらいか？」

「す、す……」

「何じゃと？」

「す、好き……」

「ふ、ふふ……」

「ですが、小たまさま……」

「あい」

「お、おゆるしを……」

「何を、ゆるせというのじゃ」

「いえ、あの……」

「さ、こちらへおいで」

「で、で、でも……」

「でもも何もない。さ、こちらへ来ればよいのじゃ。悪《あ》しゅうはせぬ。さ、おいで」

「あ……」

「よいおもいをさせてあげよう。さ、おいで。それとも、私が、きらいなのか。それならば私にも覚悟があるぞえ」

「か、覚悟とは、何でござる？」

「お前では役に立たぬと頭領さまに申しあげ、甲賀へ帰してしまう」

「えっ……」

中畑喜平太は、愕然《がくぜん》となった。せっかくに、「ひとり前の忍び」として、清洲へ派《は》遣《けん》されて来たのに、いま、ここで甲賀へ帰されたのでは、

(おれの面目《めんもく》は、まるつぶれだ)

であった。

しかも、(ようやく、小たまさまといっしょに、忍びばたらきができるようになったのだ。それを、いま帰されては……)なのである。

喜平太は、うったえるように小たまを見て、

「ゆるして下され」

と、いった。

「何を、ゆるせというのじゃ？」

「おれを……いや、私を……」

「では、私のいうことをきくかえ？」

「あ……」

「どうじゃ？」

「なれど、それでは、甲賀忍びの掟《おきて》を破ることに、なります」

「じれったい喜平太じゃ。私に抱かれたいのか、それとも甲賀へ帰りたいのか？」

「いえ、それは……」

いつの間にか、小たまの手が、指が、はだけた喜平太の胸肌を撫で、さすりはじめている。

「喜平太……」

小たまが、喜平太の耳朶《じだ》へ唇をつけて、ささやいた。

「私に、何も彼も、まかせておけばよいのじゃ」

「小たまさま……」

「さ、しずかに寝るがよい」

「で、でも……」

わずかにさからいながらも、喜平太は昂奮《こうふん》の極に達していた。

「喜平太は、女ごの躰を、まだ知ってはいないのかえ？」

「う……」

「さ、そのように、身を固くしてはならぬ。よいか」

「は、はい……」

「お前には、母親がついているので、ついつい、頭領さまも甲賀の屋敷へとどめておくようになったのじゃ」

「はい……」

「いまは、われら伴忍びも人手が足りぬ。お前も早う、ひとり前のはたらきができる忍びに、なってもらわねばならぬ。ちがうかえ？」

「ち、ちがいませぬ」

「女の躰を、よくよくおぼえこむことも、男忍びの修行の一つじゃ。その修行を、いま、私がさせてあげようというているのではないか。ありがたいとおもわねばならぬ」

「う……」

「どうじゃ。しっかりと返事をせぬか」

「ありがとう、ござる」

「それ、これが女の乳房《ちち》じゃ。お前の母ごの乳とは、大分《だいぶん》にちがうのではないかえ」

「あ……あっ……」

たっぷりと量感をたたえた双の乳房を、小たまは、喜平太の顔の上へ、押しつけるようにした。

「こ、小たまさま……」

「夜は長いぞえ」

「か、かまいませぬか。かまいませぬのか」

突然、喜平太が叫ぶようにいったものである。

「おお、かまわぬとも。お前の好きなようにしてよい」

「小たまさま」

叫ぶや、喜平太が騎虎《きこ》の勢いではね起きた。

「どうしたえ？」

喜平太はこたえず、いきなり、小たまを押し倒した。さすがに、武術には鍛《きた》えられているだけあって、喜平太のちからはたくましかった。

「それでこそ、男じゃ」

こういって、小たまは、まるで狂人のように男のちからをふるいはじめた中畑喜平太の躰の下で、うっとりと両眼を閉じたのである。

朝の光りが、ただよいはじめるまで、二人は抱き合っていた。若いエネルギーが充満している中畑喜平太の肉体だけに、小たまの、あくこともなき濃厚な愛撫に、（いくらでも、応じられた……）のであった。

小たまは、喜平太の若さを、すばらしいとおもった。福島左衛門大夫正則でさえも、この喜平太にくらべたら、（くらべ劣《おと》りがする……）と、小たまはおもった。

やがて……。ぐったりと倒れ、小たまと喜平太は、（まるで、死んだように……）深い眠りに落ちこんでいった。

小たまが目ざめたのは巳《み》ノ刻（午前十時）ごろであったろう。喜平太は、いびきを発し、ねむりこけている。その頬へ、小たまがそっと唇をあてて見たが、若者は目ざめなかった。

（喜平太は、忍びの者としては、まだまだ未熟者じゃ。なれど、この寝顔、可愛ゆいこと……）

小たまは立ちあがり、台所へ出て行き、味噌の汁をつくり、食事の仕度にかかった。

いつもなら、食事の仕度は喜平太がする。小たまが湯浴《ゆあ》みをするときの仕度も、喜平太の受けもちであった。ねむりこけていた喜平太も、台所の物音に目ざめた。

「あ、これはいけない……」

あわてて、台所へ出て行くと、小たまが鍋《なべ》の湯気の中から振りむき、

「やっと、目ざめたのかえ」

「す、すみませぬ」

「よい、よい」

「はあ……？」

「今朝は、私が仕度してあげよう。いますこし、ねむっておいで」

でもと、喜平太は、妙に甘えた声を発し、小たまが、

（おや……？）

と、おもう間もなく擦《す》り寄って来て、

「小たまさまあ……」

またしても甘え声を出し、なんと、手を小たまの胸のふくらみへ差し入れてきたではないか。一夜にして、喜平太は、これほどに変った。

「ばかもの!!」

叱りつけた小たまが、喜平太の手をつかんでねじりあげ、

「こやつ、つけあがるな」

突きはなしざま、いきなり、ぴしぴしと喜平太の頰を叩いた。

「う……」

棒をのんだような顔つきになった喜平太が、

「す、すみませぬ、すみませぬ」

板敷きの上へ両手をつき、何度も頭を下げた。

「わかればよいわえ」

喜平太には見えぬように、小たまは、にんまりと笑ったのである。

この日の夜ふけに……。小たまは、いつものように屋根裏の小部屋でねむっていたが、

(おや……?)

微《かす》かな物音で、早くも目をさました。軋《きし》むような物音であった。

この屋根裏部屋は三坪ほどの板敷きで、ほんらいならば部屋にもならぬようなところへ、松尾才兵衛が設《もう》けたのだ。天井は低い。屋根裏と階下をつないでいるのは、はね梯子《ばしご》のようなもので、それも、ごく幅のせまい一尺足らずの、足をかける桟《さん》も、申しわけ程度についているだけであった。とても、常人にはつかいこなせぬが、忍びの者にとっては、これで充分なのだ。

この梯子、つかわぬときは土間の上の天井へ貼りついていて、下から見上げても天井の一部のように見える。土間の、ふとい柱を刳《く》りぬき、中に仕掛けてある細綱《ほそづな》をひくと、天井から梯子が土間へ下りてくる。細綱には蠟《ろう》が塗ってあり、これを隠している柱の穴には蓋《ふた》がしてあって、この蓋も外から見たのでは、まったくわからぬ。

いま、小たまがきいた微かな軋みの音は、隠し梯子が土間へ下りるときにするものだ。

（ふ、ふふ……）

小たまは、声もなく笑った。そして、屋根裏の一部へ視線を移した。

この家は、板屋根である。その屋根裏板に仕掛けがしてあり、小屋梁《こやはり》と軒桁《のきげた》をささえる柱の隠し穴の細綱を引くと、屋根の一部に二尺四方ほどの穴が開くようになっている。小たまは、だから、この屋根裏から外へ出たり、外から自分の寝床へ入ったりすることを、いちいち隠し梯子を使ってしなくてもよい。

夜ふけ、階下にねむっている中畑喜平太が知らぬ間に屋根へぬけ出し、路上へ飛び降り、清洲城内へ潜入して、夜が明けぬうちに、この屋根裏部屋へもどって来ることなど、「朝めし前……」の、ことなのであった。

（ふ、ふ、ふ……喜平太が、ここへあがって来る前に、屋根から逃げてしまおうか……すると喜平太、さぞ、がっかりすることであろう）

おもいついて、小たまが半身を起しかけたとき、片隅の切穴の蓋が音もなく開き、喜平太の頭があらわれた。小たまは、ねむったふりをしている。喜平太が全身をあらわし、切穴の蓋をしめた。蓋をしめることによって、隠し梯子は天井へ引きあげられるようになっていた。その軋みの音が熄《や》んだとき、喜平太は屈《かが》みこんだ姿勢のまま、小たまへ近づいて来た。

小たまは、わざと寝息をたてながら、

（まあ、喜平太は、いよいよ、つけあがって……）

と、おもった。

いったん、女躰を知った喜平太は、もう我慢ができなくなってきたのであろう。

（それにしても、喜平太は若い……）

つくづくと、小たまは、そうおもった。小たまがゆるせば、今夜も明日の夜も、そのつぎの日も、喜平太は屋根裏へ忍び込んで来るにちがいない。（どうしてやろうか……？）あまり、甘えさせてもならぬ。ここが甲賀の山野ならば、（いくらでも相手になってやろうが……）

なんといっても、いまの小たまは、甲賀の頭領であり、叔父でもある伴長信に命じられ、忍びばたらきをしている最中《さなか》なのだ。大仰《おおぎょう》にいうなら、敵中にある、といってもよいのである。小たま自身には、たとえ、男の肌身を抱いたとて、（寸分《すんぶん》の油断はない……）その自負《じふ》がある。

しかし、若い喜平太が、小たまに無我夢中《むがむちゅう》となり、忍びの任務を忘れるようなことになったら、「それこそ、大変……」であった。

「ああ……このごろの甲賀の若者は、どうもいけぬなあ。喜平太も、ひと通りの修行はしたはずなのに、昨夜のことで、もう、我を忘れてしもうた……」

舌打ちをもらしたくなった。

そのとき、若者の熱い息吹きが、小たまのえりあしへかかった。喜平太に、小たまは背を向け、夜具を肩のあたりまで掛けている。その夜具の中へ、恐る恐る喜平太の手が差しこまれてきた。(どうしてくれようか……?)まだ、小たまはこころを決めかねていた。

結局、小たまは、(ま、仕方もない……)と、おもった。(今夜のところは、仕方もないことじゃ)と、おもうことに、きめた。

なんといっても、ひたむきにせまってくる中畑喜平太の若者らしい情熱が、久しぶりで好もしかったし、小たまの熟しきった肉体もまた、喜平太をもとめてやまなかったのだ。

(なれど……これから喜平太は、私をどのようにあつこうつもりなのかしら?)

胸の内で、小たまは、くすくすと笑っている。

「こ、小たまさま……小たまさま……」

ついに喜平太が、妙な、しわがれ声になってささやきかけてきた。小たまは、黙って眼を閉じたままであった。

「もし……もし、喜平太でござる」

いわなくとも、わかっていることではないか……。喜平太は呼吸を乱《みだ》し、はずませ、小たまの背中へ、ぴったりと自分の胸を密着させ、ならんで横たわった。

(まあ、つけあがって……)

喜平太の腕が、うしろから小たまを抱きすくめ、乳房をまさぐりはじめた。

(まあ、昨日までは、子供じゃとおもうていたに……)

喜平太の呼吸が、まるで、鞴《ふいご》のように鳴っている。

(ああ……これではいかぬ)

小たまは、こそばゆい快感を味いつつも、喜平太が、このように我を忘れて女躰をもとめる姿に、

(もっと、もっと、喜平太を鍛《きた》え直さねばならぬ。そうじゃ。夜ふけに江川のほとりへでも連れて行き、みっしりと、私が鍛えてもよいな)

と、小たまは考えたりしている。

喜平太の手と躰は、いよいよ、強いちからをこめて、小たまにせまってきた。

（でも……今夜は、ゆるしてあげよう）

喜平太が、獣《けもの》のうめきのような声を発し、手荒く、小たまを仰向《あおむ》けにし、

「小たまさま……」

よびかけるや、烈しく、うごきはじめた。

（ああ、もう知っている……喜平太は、一夜のうちに、すっかり、おぼえこんでしもうた……）

なのである。

喜平太の手によって寝衣から露呈《ろてい》された小たまの胸肌に、夜気が冷めたい。小たまは、微かにうめいた。

喜平太は、猛然とふるまいはじめた。と、そのときであった。激しくうごいていた喜平太の躰が、ぴたりと静止したのである。いまは、うっとりと閉じていた両眼をひらいた小たまが、

「どうしたのじゃ？」

問いかけようとしたとき、眼前にある喜平太の唇がうごいた。声もなく語る。これは忍びの者の〔読唇《どくしん》の術《じゅつ》〕であった。闇の中に、喜平太の唇が、せわしくうごいているのを、小たまは見た。その唇のうごきは、

「屋根に……だれかがおります」

と、いっている。

小たまは緊張した。

「まことか？」

小たまの唇が、問い返した。喜平太が、うなずいた。

「このまま、凝《じっ》として……」

と、小たまは、右腕で喜平太の背中を抱きしめつつ、左手をのばし、いつも眠るとき、すぐに手が届く場所に置いてある甲賀の手裏剣・飛苦無《とびくない》の革袋を引き寄せた。それを、喜平太も見ている。

「私が合図をしたら、屋根裏板を開けよ」

と、小たまの唇がうごいた。喜平太がうなずいた。たしかに、屋根の上に人の気配があるのを、小たまも感じた。

(忍びの者か……？)

しかし、それにしては、その気配を喜平太のような未熟者にさとられたことがおかしい。呼吸をととのえて忍んでいるのであろうが、ととのえきれずに、おのれの気配をただよわせてしまったのは、

（私と喜平太が、こうしている姿を知ったからだろうか……）

おもうのと同時に、小たまは狂わしげな声を発し、

「喜平太、もっと、強く抱いてたもれや」

わざとよびかけつつ、するどく光る両眼を屋根裏板の切穴の箇処へひたと射つけ、喜平太にうなずいて見せた。

瞬間。中畑喜平太はひらりと身を転じ、柱の隠し穴の細綱をつかみ出して、ぐいと引いた。屋根の切穴が口を開け、星空が見えた。その星空へ向って、小たまが跳躍した。わずか二尺四方の切穴を、小たまはみごとに飛びぬけ、屋根の上へ出た。出たとたんに、小たまの手から数箇の飛苦無が風を切って疾《はし》った。

まさに……。曲者《くせもの》はいた。だが、相手も、「然《さ》る者《もの》」と、いわねばならぬ。

小たまが飛び出すのと同時に、屋根の上に一回転した曲者が仰向けになって屋根から道へ飛び下りた。けれども、一瞬、遅かった。小たまが投げ撃った〔飛苦無〕の一つが、曲者の股《もも》のあたりへ喰いこんだのである。むろん、小たまは追った。道を横切り、裏手の竹藪の中へ逃げこむ黒い影を、小たまは見た。見て、肩のちからをぬいた。

「小たまさま……」

喜平太が脇差をつかみ、屋根へ飛び出して来た。

「曲者は？」

「ふっふふ……」

「どうなされた？」

「追わずともよい」

「何と申されます？」

「よいのじゃ。よい、よい」

五

それから十日ほどして、甲賀の伴長信のもとから、密使がやって来た。いつものように、井之口万蔵ではない。万蔵と同じ連絡役《つなぎ》をつとめている不破甚左《ふわじんざ》という中年の忍びであった。甚左が、清洲の足袋師の家へあらわれたのは、はじめてである。

「小たまさま」

と、甚左も、頭領・伴長信の姪《めい》にあたる小たまへは、敬称《けいしょう》をもって呼びかける。

「小たまどの」

と、よぶのは松尾才兵衛のみだ。

「お久しゅうござった」

「甚左どのが、また、どうして此処へ……？」

「はい。それが、井之口万蔵がな。躰をこわしまいてな」

「躰を、こわした？」

「怪我《けが》をいたしましてな」

「何処で？」

「さて……それは、存じませぬ」

小たまの口もとに、微かな笑いが浮かび、

「重い怪我なのかえ？」

「さて……それがしは、ただ、頭領さまに呼ばれ、この手紙を小たまさまへと命じられましたのみにて」

と、不破甚左が伴長信の密書を、小たまへさし出し、

「こちらへのつなぎは、井之口万蔵と決められておりますゆえ、もしや万蔵の身に何か間ちがいでも起ったのではないかとおもい、頭領さまに尋《たず》ねまいたところ……」

伴長信は、甚左に、

「ちょと、万蔵が怪我をしたので、お前が代りに行ってもらいたい」

と、いった。

「重いのでございますか？」

「いや、さしたることはないらしい。案ずるな、と、小たまにも申しつたえておけ」

伴長信は、そういった。

「これよりは当分の間、それがしが、万蔵の代りを相つとめます」

と、甚左が、頭を下げるのへ、

「たのみましたぞ」

小たまも、きちんとあいさつをした。

不破甚左は、松尾才兵衛老人がもっとも信頼をしている忍びである。小たまは、甚左が才兵衛と共に、いま、近江・佐和山の石田治部少輔三成を、「探っているのではないか……？」と、考えていたのだ。

伴長信は、小たまへ、

「……井之口万蔵、不祥《ふしよう》のことあり。しばらくは清洲のつなぎを不破甚左に代えることにした」

と、書いている。不祥のこと、というのは、どういうことなのか……。小たまは、それを知っている。

あの夜、屋根の上へ忍んで来て、小たまと喜平太が抱き合っている気配に聞耳をたてていたのは、（まさに、井之口万蔵……）と、小たまは見ている。

小たまの飛苦無に太股《ふともも》を突き刺され、あわてふためいて裏の竹藪へ逃げこんだ黒い影を、小たまは見誤まらなかった。むろん、喜平太はそれと知らず、小たまもまた、喜平太には何も打ち明けていない。ただ、喜平太としては、（何故、あの曲者を追わなかったのか……？）それが不審でならなかった。当然であろう。

万蔵は、みずから清洲へ来るのを辞退したものか……おそらく、そうだろう。万蔵も、ひといかどの忍びである。（小たまどのに、見られた……）と、感じているに相違ない。そうでなければ、どこまでも、小たまが追いかけて来るはずであった。万蔵は、怪我をいたてて、どこかに隠れているのであろう。

「……お前が、清洲を去るのも近いうちだと、おもうていてもらいたい。そして、いずれは、ふたたび松尾才兵衛と共に、忍びばたらきをしてもらうことになるであろう」

伴長信の手紙には、そう書いてある。

そして、さらに、長信は、

「いまのうちに、お前の躰を鍛えておくよう……」

と、いっている。これは、一つところにとどまって活動をするというのではなく、近いうちに小たまは、才兵衛老人と共に諸方を駆けめぐっての「忍びばたらき」をすることを意味しているのではないか……。

井之口万蔵の代りに、才兵衛老人の片腕ともいわれている不破甚左をさしむけて来たのも、才兵衛と小たまとの間の連絡を、いまのうちから密接にしておこうという伴長信の配慮と見てよい。

（これは、おもしろうなってきた……）

小たまの血はおどった。このところ、小たまは、自分の〈忍びの血〉をもてあましている。清洲城内の福島正則を、ひそかに訪問することも、「もう、やめるように」と、長信の指令があった。

それ以来、小たまは、

「暇《ひま》をもてあましている」のであった。なればこそ、中畑喜平太に、「手を出してみたり……」するのである。

だからといって小たまは、忍びの者としての鍛練《たんれん》を怠《おこた》ってはいない。夜ふけに、清洲城外の山や野へ出ては、さまざまの術技をおこない、忍びの感覚をみがくことを忘れなかった。

「ときに甚左どの。才兵衛どのは、お元気か？」

不破甚左が帰ろうとするとき、小たまが、そう尋《たず》ねると、甚左はにっこりとして、こういった。

「近いうちに、小たまさまのお顔を見るのを、たのしみにしておられますぞ」

不破甚左が、ふたたび、清洲へあらわれたのは、それから半月もたたぬ或夜のことであった。小たまは、甚左を屋根裏の部屋へ通した。いつものように、中畑喜平太は同席することをゆるされない。

「このように、早う、またも、お目にかかれようとはおもいませなんだ」

と、甚左がいった。その声の中にただよう何ものかを感じて、小たまは、(いよいよ、清洲を去る日が来たような……)と、おもった。

「叔父上からの、お手紙は？」

「ありませぬ」

「ほう。では、甚左どのの口からきこう」

「三日のうちに、清洲を発ち、甲賀へおもどり下されたい」

「叔父上が、さように？」

「はい」

「わかりました」

「では……急ぎますゆえ」

不破甚左は、すぐに腰をあげかけた。

「ま、あわただしいこと。熱い粥《かゆ》など、食べて行ったらいかがじゃ？」

「さようでござるか。実は、いささか空腹にて……」

甚左は苦笑し、すわり直した。小たまは階下へ行き、喜平太に粥の仕度をいいつけた。

「甚左どの。大分に、雲行きが怪しゅうなってきたような……」

「おもてには、あらわれませぬが……」

甚左が語るところによると、奥州の上杉景勝は、今年に入ると戦備の充実を目ざし、昼夜兼行で諸方の城や砦《とりで》の工事をすすめているらしい。

さらに上杉景勝が、会津・若松の西方、佐野川をのぞむ神指原《こうざしはら》に、

「新しい城を築《きず》きはじめたようでござる」

と、不破甚左が眉《まゆ》をひそめ、

「これは、容易ならぬことで……」

「まさに、戦さをはじめようとしているような……」

「そのとおりでござる。この築城には十万もの人夫《にんぷ》が駆り出されたとか申します」

ところで……。今年の正月に、上杉景勝は、大坂城の豊臣秀頼へ、〔年賀の使者〕として、家臣の藤田能登守信吉《のとのかみのぶよし》をさし向けて来た。

このとき、徳川家康は、大坂城・西の丸の屋敷で正月を迎えたのであったが、藤田能登守が秀頼のもとへ伺候《しこう》したことをきくや、

「ま、西の丸へも、お立ち寄りあれ」

丁重《ていちょう》にさそった。

能登守としては、これを断わりきれぬ。なんとなれば、わずかな供廻りを従えたのみで上坂《じょうはん》したのであるから、いざともなれば、家康に抵抗の仕様もない。

藤田能登守は、もと、武田勝頼につかえ、武田家がほろびてのち、上杉景勝の家臣となり、たちまちに頭角《とうかく》をあらわし、いまは、越後の大森城主になっている。なんといっても、武田家興亡《こうぼう》を、「身をもって……」体験してきた藤田能登守だけに、思慮《しりょ》も深く、作戦にも長じ、かねてから徳川家康が、

「上杉へ走らなんだら、わしが手もとに引き取ったものを……」

と、残念がっていたほどの人物であった。

少年のころは、勝頼の父・武田信玄の側近くにつかえていたというから、織田信長も畏怖《いふ》していたほどの英雄・信玄の薫陶《くんとう》をも、うけていたにちがいない。そして、一時は上洛《じょうらく》を目ざし、天下の覇権《はけん》をつかみかけた武田信玄亡きのち、じりじりと信長や家康に押しつめられ、ついには、ひとたまりもなく崩《くず》れ去った武田家の姿を、目のあたりに見てきている藤田能登守であった。

それだけに、肚《はら》も据《す》わっているし、時勢の移り変りを読む眼も深い。もともと、能登守は、主《あるじ》・上杉景勝が徳川家康へ反抗することを、(空《むな》しいこと……)ひそかに、そう考えている。佐和山の石田三成のさそいに乗った主人を、苦にがしくおもっている。戦国の世の辛酸《しんさん》をなめつくしてきた能登守の目から、家康と景勝を見くらべると、(問題にならぬ……)のであった。

藤田能登守は、熟考《じゅっこう》の末に、

「承知つかまつった」

と、家康のさそいを受け、西の丸へおもむいた。このとき能登守は、わずか三名の家来をしたがえたのみであったそうな。

「よう、わせられた」

家康は、大歓迎である。

こころをこめて能登守をもてなし、太刀や時服《じふく》を贈ったりした。そうして、酒をくみかわしながら、

「能登殿には、このごろの天下のありさまを、いかがおもわれる?」

と切り出した。

能登守は、わざと、こたえない。こたえなくとも、家康には、たちまちに能登守の胸中にひそむおもいがわかってしまった。そこで、

「わしも景勝殿も、共に大老として天下の仕置《しおき》をなさねばならぬ身じゃ。いま、このように、あらぬうわさが諸方にながれ、天下の人心が落ちつかぬようでは、まことに困る」

家康が、独言《ひとりごと》のようにつぶやき、藤田能登守を見やると、能登守は、わずかにうなずいた。これ以上のことは、くどくどといわずともよい。

「会津へもどられたならば、家康が、ぜひとも景勝殿に会い、ひざをまじえて天下の仕置につき、いろいろと談合いたしたいと、かように申していたことを、おつたえねがいたい」

徳川家康の、この言葉に対して、能登守は人が変ったかのように、はっきりと、

「かならず、申しつたえまする」

と、こたえたのであった。

そして間もなく、藤田能登守は大坂を発し、上杉景勝のもとへ帰って行ったが、景勝の反応は、まだ、あらわれていない。能登守が若松城へ到着してから、まだ間もないことであろうし、それは当然のことだ。


「先ず、そうしたわけで……」

喜平太が煮た粟粥を、うまそうに食べ終えた不破甚左は、

「さて、行先、どのようになるか、それはわかりませぬが、頭領様は、かならずや戦さがはじまるものと考えておわすようにおもわれます」

「なるほど。それで、ようわかった」

「くわしゅうは存じませぬが、小たまさまが、この清洲にて忍びばたらきをなされたことを、頭領様は大変に、およろこびなされていたそうで……これは松尾才兵衛殿から、それがし、ききましてござる」

「ほう……そうか」

小たまは、うれしかった。

福島左衛門大夫正則の身辺をさぐり、清洲城の機構その他を、細大もらさずに甲賀の叔父のもとへ通報した小たまにとっては、相手が福島正則だけに、(わけもないこと)であった。おそらく、これまでの忍びばたらきの中でも、今度のは、(もっとも、骨が折れなかった……)ばかりでなく、(たのしくもあった……)のである。

正則が、小たまにとっては、まことに愛すべき人物であったし、福島家の家臣や侍女たちも、いまどき、めずらしく、のんびりとしていて、戦国時代も、ずっとむかしのころの大まかなところがあり、「警戒」だとか、「秘密」だとか、そうしたにおいのするものとは、ほとんど無縁といってよい。

ただもう、戦場へ出て武勇を発揮《はっき》し、「勝てばよいのだ」という気風が、正則にも家来たちにもあって、むしろ〔謀略《ぼうりやく》〕などは軽蔑《けいべつ》している。だからもう、小たまは、それこそ自由自在に忍びばたらきができた、といってよいのだ。

小たまから見ると、(なんで、このような大名を探らねばならないのか。わざわざ、忍びの者をさし向けるまでもあるまいに……)と、はじめのうちは、不満であった。

しかし……。徳川家康にして見れば、加藤清正や福島正則は、亡き豊臣秀吉子飼《こが》いの大名であり、戦力の点からいって、これを味方につけるか、敵にまわすかによって、非常なちがいを生じることになる。それが、このごろの小たまにとっては、ようやくに、（のみこめてきた）ところなのである。

小たまが探りとった収穫について、伴長信が大いによろこんでいるということは、とりも直さず、それは徳川家康や本多正信にとっても、「同様のよろこび」が、あったのだとおもってよい。おそらく、家康や正信には、小たまが送ってよこした情報をもとに、（いざというときの……）福島正則へ対する策謀《さくぼう》が練りあげられているにちがいない。

「そうか……叔父上が、それほど、よろこんで下されたか……」

小たまは、うれしかった。この正月、此処へあらわれたときの伴長信は、そうしたことは一言も小たまにいわなかった。

「では、これにて……」

不破甚左は、にっこりとして、

「これよりは、小たまさまと共に、はたらけまするな」

と、いった。

前にも、小たまは甚左と組み、何度も忍びばたらきをしてきている。甚左にとっても、小たまと組むことがこころ強いのなら、それは、小たまにとっても同様であった。井之口万蔵や中畑喜平太のように、忍びの術技はさておき、忍びの者の〔人格〕をくらべて見たとき、それは問題にならぬ。

不破甚左には、松尾才兵衛同様に、古くから甲賀忍びにつたえられてきた伝統的な〔忍びの血〕が心身にしみついている。いや、その忍びの血によって、甚左という人間が成り立っているのであった。

「はい。では、いずれ」

小たまも礼儀正しく、甚左へあいさつをした。不破甚左が帰ると、中畑喜平太が屋根裏へあがって来て、

「小たまさま。何事でございましたか？」

なれなれしげに、すり寄って来るではないか。

「お前の知ったことではない」

ぴしりと、小たまがいった。

「は……」

「これ、喜平太。よう聞くがよい」

「な、何を？」

「ひとり前の忍びとして、頭領さまが清洲へさし向けてよこしたからには、お前も、そのつもりになってくれなくてはならぬ」

人が変ったように、厳然《げんぜん》たる小たまを見て、喜平太は、おどろきのあまり、声も出ぬ。

「これからは、お前ひとりで、この家をまもりぬいて行かねばならぬ。よいか」

「こ、小たまさまは？」

「私は、頭領さまのお指図によって、甲賀へもどることになった」

「まことで？」

「いちいち、聞き返さずともよい」

「はい……」

うなだれた喜平太へ、小たまが、

「下へお行き」

冷然といった。

戦さ忍び

一

それから、三日後に……。

小たまは住みなれた清洲の城下をはなれた。中畑喜平太には、

「いつ、発《た》つか、それはまだ、私にもわからぬ」

と、いっておき、突然、その日の夜ふけに小たまは、足袋師の家から消えたのである。別れを告げて発つとなれば、(喜平太は、ともあれ、私のほうがあぶない)と、おもった。何があぶないのかというと、(最後に、また、私のほうが喜平太を抱きたくなる……)このことなのだ。

小たまは、すでに、二度と喜平太を抱かぬ決意をしていた。

若者の強靱《きょうじん》な肉体を抱くことは、たのしくてたまらぬことなのだが、(この上、喜平太を甘やかしてはならぬ)と、小たまはおもった。ふたたび、そのようなことをしたら、折角《せっかく》に、このところはきびしく仕つけて来たことが、(また元へもどってしまう)と、考えた。

小たまは、屋根づたいに外へ出て、闇の中に消えた。

朝になり、いつまでたっても小たまが下りて来ないので、

「小たまさま。もし……小たまさま……」

喜平太が屋根裏へ、恐る恐るあがって来た。このところ、小たまから、まるで、

「取りつく島もない……」

ほどのあつかいをうけている喜平太である。

「や、いない……」

小たまはいなかったが、部屋のなかには何の変化もない。

小たまは、身一つで去ったのだ。

「おや……?」

柱の上部に、何やら細く折りたたんだものが見えた。手紙である。飛苦無《とびくない》をもって、小たまが柱へ打ちつけておいたのだ。喜平太は、あわてて、手紙をひらいた。

私も、お前も、また甲賀伴忍びのだれも彼も、これよりの忍びばたらきはいのちがけのことじゃ。

昨夜、私が、この家をひそかに出て行くことも知らぬようでは、行先がおもいやらるる。

気をひきしめ、おのれを磨《みが》き、鍛《きた》えぬくことを、ゆめ、忘れてはならぬ。

小たま

喜平太どの

手紙には、そうしたためてあった。中畑喜平太は、うなだれたまま、動こうともしなかった。

そのころ……。小たまは、甲賀へ向って駆けていた。男の忍びとちがい、日中の街道を文字通り駆けるわけにもゆかぬが、それにしても速い。歩いているように見えても、常人が小走《こばし》りをしているのと同じ速度なのだし、それに、小たまは一度も休まなかった。

清洲を出たときには、弁当も手にしていなかったはずだ。それなのに、どこかへ立ち寄り、物を食べた様子もない。ただ、ふところから丸薬《がんやく》のようなものを取り出し、足を運びながら、これを口に入れたことはたしかだ。

それは、甲賀忍びの〔携帯食糧《けいたいしょくりょう》〕であった。よくいにんとか耳無草などという薬草を数種類合せ、これにやまいもを練りまぜ、梅の実ほどの丸薬につくる。これを、日に三粒《つぶ》ほど口にすれば、「飢えることはない」と、されている。

街道を行く人びとは、小たまとすれちがうたびに、かならず、おどろきの目をみはって、遠去《とおざ》かる小たまを見送った。向うからやって来る小たまは、はじめ、普通に歩いているように見える。こちらが、そのつもりで足をすすめていると、いつの間にか、おもいもかけぬ速度で、小たまが眼前に来ている。なんと、速い……あきれて、見送る。見送ったときに、はじめて、この旅の女の足取りの速さを確認し、旅人たちはおどろくのである。

「おお、怖《こ》わ……」

「魔性《ましょう》の女か……」

などと、つぶやき、青ざめている旅人もあった。

夕闇が濃くなった。街道に、人影も見えなくなった。すると、小たまが風を切って走り出した。尾張の清洲から、甲賀の伴屋敷まで、鈴鹿峠の難所をふくめて約三十里の行程である。常人ならば三日がかりの旅であった。小たまは、それを、約二十時間ほどで走りぬいたことになる。

夜ふけの甲賀の里へ到着した小たまは、

（ああ……なつかしいこと。土の匂いまでが甲賀のものじゃ）

と、おもった。

小たまが、生まれ育った伴屋敷へ帰るのは、（三年ぶり……）なのである。

間もなく、小たまは、甲賀・伴中山《ともなかやま》の山蔭にある伴太郎左衛門屋敷の前に立った。

山林に囲まれた屋敷のまわりを、六尺余の築堤《つつみ》が二重にめぐってい、その外まわりの築堤を、小たまは軽がると飛び越えた。向うに、内側の築堤が見え、その手前に、深い空濠《からぼり》が掘られている。いざというときに、甲賀の伴忍びが屋敷へ立てこもり、敵と戦う備《そな》えをしてある。小さな〔城〕といってもよいほどだ。小たまの躰が、空濠の中へ吸い込まれて行った。石が敷きつめられた空濠の底に屈みこんだ小たまは、しばらくの間、身じろぎもしない。これは、他の忍びも同様であって、後をつけて来た者の有無《うむ》をたしかめているのである。やがて、小たまは、濠の壁の一隅へ手をさしこみ、仕掛けの桟《さん》を外した。二尺四方ほどの切穴が、濠の壁に口をあけ、小たまは中へ吸いこまれた。切穴の通路から出た小たまへ、

「久しゅうござりますな」

女の声が、かかった。

「おお……お和佐どのか」

「はい」

見張りをしていたのは、中畑喜平太の母・お和佐だったのである。

「これは、おどろいた。お和佐どのが見張りとは？」

「人手不足でござりますゆえ……」

「なるほど……」

「あの……喜平太は、達者でおりましょうか？」

夫をうしなったお和佐にとって、一人息子の喜平太のことは、やはり、気にかかるにちがいない。

お和佐も、若いころは伴家の女忍びの一人であったが、いまは四十七歳。喜平太が清洲へ去ったのち、その代りに、お和佐が、内側の築堤の出入口の見張りをしているのであった。

内濠には、水が引きこまれている。お和佐が合図の口笛を吹くと、濠の向うの土塀からはね橋が下りて来た。

「お和佐どの。喜平太は、ようはたらいている」

「まあ、さようで……」

「いまは、ひとりきりで清洲に残っているが、すこしも案ずることはない。清洲におれば、危《あや》ういこともないし……」

お和佐が、うれしげにうなずいた。母の眼から見ても、まだ、喜平太が、何となく、(たよりなく……)おもわれるのであろう。

「では、のちに、また……」

「はい。頭領さまが、お待ちかねでござります」

内濠をわたり、奥庭へ入った小たまは、土蔵の壁の下へ屈みこんだ。どこからか、

「小たま。よう、もどった」

伴長信の声が、きこえた。

「叔父上。ただいま到着」

「よし、よし」

土蔵の壁が割れ、切穴の口が開いた。するりと、小たまが切穴の中へすべりこんだ。

それから半刻(一時間)後に、小たまは、伴長信の居間で、長信と向い合ってい

た。半刻の間に、小たまは湯を浴びて汗と埃《ほこ》りを洗いながし、着替えをすまし、あたたかい粟粥《あわがゆ》を食べていた。

「ま、ひとつ飲むがよい」

と、長信が、小たまへ盃をすすめた。

「はい。いただきまする」

「中畑喜平太は、よう仕てのけておるかな？」

「清洲ならば、喜平太一人にても、じゅうぶんだとおもいまする」

「ふむ、ふむ。もはや、清洲には用がないと申してもよいのじゃが……なれど、いましばらくは、清洲にも忍び宿を置いておきたいのじゃ。福島左衛門大夫正則がことは、お前の報告《しらせ》で、ようわかったが……しかし、いざ戦さともなると、われらにも予《よ》見《けん》できぬことが起るものでな」

「はい」

伴長信は、戦さが起るものと決めているようだ。（ほんとうに、そうなのだろうか……？）まだ、小たまには信じきれぬものがあった。

なるほど、奥州の上杉景勝は、領国をあげて戦備に熱中しているという。これは、豊臣内閣の長老として、伏見城に在る徳川家康にとり、見逃すわけにはゆくまい。なればこそ、何度も、上杉家へ対して、詰問《きつもん》もすれば、上洛《じょうらく》をうながしもしている。だが、上杉景勝は、家康の声も言葉も無視しつづけ、戦備に狂奔《きょうほん》しているそうな。

それなら、徳川家康が大軍をひきいて、(奥州へ攻めかけようというのか……?)

そこが、小たまにはわからぬ。家康が、もし、天下の政治の中心になっている伏見や大坂をはなれ、はるばる奥州へ攻めのぼるということになれば、(これは、大変なことになる……)と、小たまは考えている。

そのようなことになれば、佐和山城に引きこもったまま、「満《まん》を持《じ》している……」石田三成が、指をくわえてはいまい。三成は、豊臣恩顧《おんこ》の大名たちによびかけ、時を移さず、大坂と伏見を占拠《せんきょ》してしまうにちがいない。

そのことを、あの明敏な徳川家康が、わきまえていぬはずはない。

けれども、伴長信が「戦さが起る」というからには、その可能性が大きいことになる。

「小たまよ……」

伴長信が盃を置き、

「ま、しばらくは、久しぶりで、この屋敷で骨やすめをいたせ。それから、才兵衛や甚左と共に、戦《いく》さ忍びをしてもらわねばなるまい」

と、いった。

「戦さ忍び」というのは、文字どおり、戦場に出て、忍びばたらきをすることをいう。

（やはり、そうか……）

小たまの期待は、本当のものになった。

二

それから半月ほど、小たまは、伴中山の伴屋敷で暮した。生まれ育った甲賀の山や川は、なんといっても懐《なつ》かしい。まるで、母親のふところに抱かれているようなおもいがした。

まだ少女のころ、松尾才兵衛につれられて、分け入った飯道山《いいみちやま》へも行ってみた。飯道山は、又の名を〔飯道寺山《はんどうじさん》〕ともよぶ。甲賀の伴中山の南にそびえる飯道山は、むかしから、「甲賀の霊場《れいじょう》」として知られていた。この山の飯道神社に祀《まつ》られている飯《いい》道明神《みちみようじん》は、熊野《くまの》権現《ごんげん》の影向《ようごう》だとか……。

甲賀の忍びたちは、先ず、年少のころに、飯道山へこもり、しかるべき指導者がつきりで、忍びの術の初歩から教えこむ。ずっと以前には、甲賀二十一家の頭領たちが協力して、それぞれの家に所属する忍びたちを、この山で修行させたそうな。しかし、小たまが修行をはじめたころは、すでに、諸家はおもいおもいの大名のために活動をするようになり、いったん、甲賀の里をはなれれば、敵と味方に分かれて闘い合うことにもなってしまっていた。

伴長信は、姪《めい》の小たまが、のびのびと、たのしげに日を送っているのを、何もいわずにながめていた。長信が、小たまを見る眼《まな》ざしには、叔父の、というよりは、「父としての慈愛」が、こめられているようだ。

織田信長の側近くに仕《つか》え、信長と共に、本能寺の炎の中で死んだ兄・太郎左衛門の忘れがたみである小たまを、長信は文字どおり、「手塩にかけて……」育てて来たのである。

長信は、はじめ、「小たまには、忍びの術を教えぬ」つもりであったらしい。男ならばともかく、忍びの女のもつ宿命は、これまでの例をとって見ても、「あまり、よいものとは申せぬ」のである。女だけに、男ほどの躰力はない。したがって、その術《じゅつ》技《ぎ》にも、「限度がある……」ことは、否《いな》めない事実だ。

しかし、女には、「男にはない武器がある……」ことも事実であった。それは、女の肉躰そのものが、忍びの術に併用されたとき、男忍びには、おもいもよらぬちからを発揮《はっき》するからだ。けれども、そのためには、女として、男の忍びが堪《た》える事とは別の、もっと深刻な苦しみをなめなくてはならぬ。伴長信は、甲賀の頭領として、よくよく、そのことをわきまえているがゆえに、

「兄の忘れがたみゆえ、小たまは、どこにでもいる普通の女として、普通のしあわせを味わわせてやりたい」

と、考えていた。

ところが……。恐るべきは、小たまの躰内にやどる亡父・太郎左衛門から受けついだ忍びの血であった。

小たまは、五歳のころから、忍びの者としての才能をあらわし、十歳のころになると、みずからすすんで、伴忍びの一員としての道をえらんだ。長信が、いかに制しても、小たまはきかなかった。

当時の小たまは、早くも整息《せいそく》の術を会得《えとく》しかけていた。

「才兵衛が教えたな」

と、伴長信がいうや、松尾才兵衛は、

「はい。小たまさまから、せがまれまして……まだ、そのほかにも……」

と、こたえたものだ。

天性がすぐれている上に、小たまは、まだ骨も肉も固まらぬ幼女のころから、ひそかに松尾才兵衛の仕込みをうけた。このことが、他の女忍びよりも格段上の肉躰と術技を得た大きな原因といえよう。

才兵衛は、のちに、

「なんとしても、惜しかったゆえ……」

と、幼女の小たまがもっていた資性《しせい》を見ぬいたときのことを述懐《じゅつかい》している。

「さすがに、先《さき》の頭領様の血をひいたお子じゃとおもうた。そうおもうたら、なんとしても忍びばたらきをしてもらいたくなってきたのじゃ」

幼女の小たまを遊ばせながら、才兵衛は丹念に、その遊び事の中へ、忍びの術の基礎をまぜ込んでいったのである。

小たまは、いま、女ながら、〔戦さ忍び〕として、はたらくことになった。これは、男に負けぬ躰力と術技を必要とする。

今度の〔戦さ忍び〕をえらぶについて、伴長信が松尾才兵衛にはかったとき、

「ぜひとも、小たまさまを人数の中へ加えていただきとうござります」

才兵衛は、さらに、

「私めが、この一命にかえましても、小たまさまを、死なせるようなことはいたしませぬ」

きっぱりと、長信にいったものである。才兵衛としては、なんとしても、小たまの協力が、「ほしかった……」に、ちがいない。それときいて、小たまはうれしかった。

小たまが甲賀へもどってから半月を経た、その夜ふけに、自分の部屋で眠っていた小たまの頭上で、鈴が鳴った。天井に仕掛けられている三個の鈴が鳴ったのは、伴長信の居間と小たまの部屋が細綱で通じ、長信が居間で綱を引けば、小たまの頭上で鈴が鳴るようになっているからだ。すぐに起きあがって、小たまは長信の居間へ急いだ。

「叔父上……」

「さ、入れ」

「はい」

入ると、ねむり燈台の灯影に、松尾才兵衛の姿が浮いて見えた。

「まあ、才兵衛どのか……」

「久しゅうござった。暖《あたた》こうなりましたな、小たまさま」

翌朝暗いうちに、小たまと松尾才兵衛は甲賀を発した。伴長信は、内濠《うちぼり》のはね橋まで、小たまを見送った。

「叔父上。では……」

「うむ……」

わずかにうなずいて、

「たのむぞよ」

と、長信がいった。

長信のうしろには五名の伴忍びがひかえてい、小たまと才兵衛を見送っている。彼らは、小たまが滞在中に、一度も姿を見せなかった。だが、屋敷内の何処かに居たのである。

用事がないときは、決して、長信や小たまの前にはあらわれぬ。

中畑喜平太の母・お和佐が、

「お名残り惜しゅうございます」

泪《なみだ》ぐんで、小たまにいった。

「お和佐どの。折があれば、私からも喜平太につたえよう。母ごがすこやかにしていると、な……」

「かたじけのうございります」

「さらばじゃ」

才兵衛も小たまも、これといって、旅装に身をかためてはいない。どこの村や道にも見かけることができる村人の姿をして、荷物も持っていないが、笠だけはかぶっていた。

「才兵衛どの。どこまで行くのじゃ？」

屋敷を出て、背後の山道を北へすすみながら、小たまが尋《たず》ねた。その問いにはこたえず、

「急に、春めいてまいりましたな」

才兵衛が眼を細めて、別のことをいった。小たまは、苦笑した。才兵衛とのやりとりは、いつも、こうなのである。

「中畑喜平太は、よう、つとめておりますかな？」

「まあ、どうやら……と、いうところじゃ」

「ふむ、ふむ。いまの清洲には喜平太でも間に合いましょう」

「まだまだ、ひとり前ではない。けれど、時折には、おや？……と、おもうほどに、しっかりしたところを見せることもあった」

「ほう……」

「ときに、井之口万蔵は？」

「頭領様に、尋ねてごらんにならぬので？」

「そのとおり」

「まだ、引きこもっておりますよ」

「甲賀の屋敷にかえ？」

「いや、別の場所に……」

「どこの？」

「気にかかりますかな？」

才兵衛が、にやりと小たまを見て、

「小たまどのが、何やら罪なことをなされたのではござらぬか？」

「なんの……」

「これよりは万蔵を、あまり、弄《いろ》うてはなりませぬ。よろしいか」

「わかった」

小たまも、才兵衛には、

「あたまが上らぬ……」

ところがある。

才兵衛には何も彼も、見とおしなのにちがいない。

「先ず、申しておきたいのは……このたびの戦さ忍びは、山中忍びとちからを合せていたすことになりましてな」

「わかりました、才兵衛どの」

つまり、甲賀の伴家と山中家とが協同で、「事に当る」と、いうわけだ。

いつの間にか、蒲生《がもう》の山地を下り、二人は、日野川をわたり、八日市へ向っている。東の山脈の空が、かなり明るみはじめてきた。小鳥の声が、さわやかにきこえ、濃い土の匂いが鼻腔《びこう》へながれこんでくる。まさしく、春の足音が、すぐ其処にまで近寄って来ているのだ。

「どこまで行くのじゃ？」

「さよう。昼すぎには到着いたす」

「この足取りでかえ？」

「さよう」

「では、二十里までは行かぬ……？」

「そのとおりでござる」

うなずいた松尾才兵衛が、

「関ヶ原の近くの、美濃《みの》と近江《おうみ》の国境《くにざか》いに、長比《たけくらべ》というところがござる」

「おお、知っています。ずっと以前、私の父上が生きておわしたころ、その長比に、伴忍びの忍び小屋が在《あ》ったとか……」

「そのとおり」

「では、そこへ？」

「さよう。長らく、その忍び小屋を使うてはおらなんだが、捨て切れずに目をかけ、手入れを絶やさなんだのが、いまになって役に立ちそうなのでござるよ」

「なるほど……」

「何を考えておられます？」

「いや、別に……」

長比の忍び小屋が、伴忍びの〔基地〕の一つになるということは、その基地が活用されるべき近くの場所で、小たまたちが忍びばたらきをすることになる、と、見てよい。

「長比には、むかし、浅井家の砦《とりで》がござってな」

「ほう……」

「ところが、浅井家が織田信長公によってほろぼされてより、その砦も、打ちこわされてしもうたのでござる」

「あのあたりは、もはや、そのとき以来、戦場になることもなかった……」

「はい、はい」

「それが、いま……」

「いや、戦場が何処になるか、それはまだ、わかり申さぬ」

才兵衛は笑った。日がのぼり、靄《もや》が吹きはらわれて行く。二人は、石田治部少輔三成が居城を構える近江の佐和山へ近づきつつあった。

三

松尾才兵衛は、

「いずれ、佐和山の様子も、小たまどのに見ていただかねばならぬが、今日は先ず、長比の忍び小屋へ……」

と、いい、佐和山の手前から、霊仙山《りょうぜん》の山ふところへ切れこんで行った。山道ともいえぬ細い道……獣《けもの》が通る道のようだが、それにしては、(人の足に踏まれている……)道を、才兵衛は先に立ってすすむ。

「ここの道は、才兵衛どのがつけたのかえ?」

「さよう」

「どれほど前から?」

「さて……五年になりましょうかな」

つまり、甲賀の地から、人に怪《あや》しまれることなく、長比の忍び小屋へ通うための〔隠し道〕なのであった。

樹林の切れ目から、西に琵琶湖の湖面が鈍色《にびいろ》に光って見える。うす曇りの、あたたかい日となっていた。やがて、二人は谷川へ下り、川沿いに山道を飛ぶように、東へすすんだ。

こうして、才兵衛と小たまが、長比の忍び小屋へ到着したのは、未《ひつじ》ノ刻(午後二時)ごろであったろう。長比の砦というのは、近江の名山・伊吹山《いぶきやま》の南麓《なんろく》を東へ寄った場所にあった。そこは、美濃と近江の国境でもある。

三十年前の元亀元年。織田信長は、近江の国を完全にわがものとすべく、北近江の小谷城主・浅井長政と、これを応援する越前の朝倉義景の連合軍一万七千を、姉川の戦場において打ち破った。このときに、浅井長政の〔出城《でじろ》〕の一つであった長比の砦も、織田軍に攻め落されたのである。その砦は、いまや、「ほとんど址《あと》をとどめていない」そうである。

「さ、こちらへ……」

松尾才兵衛は、小たまをみちびき、伊吹山の山つづきの森の中へ入って行った。以前は、小さな道もついていたらしいが、いまは、密生する木々や草におおわれつくし、まるで、洞穴《ほらあな》の中へでも入って行くようなおもいがするほど、森は深く、暗かった。

その森の奥の、切り立っている崖《がけ》の下に、小さな木樵《きこり》小屋がある。戸は、堅く閉ざされ、その上から板が打ちつけられてあり、戸も板も長い年月を放置されたままになっていた。

「ここか、才兵衛どの」

「さよう」

「どこから入ります？」

「こちらへ……」

小屋を行きすぎると、小屋の背後も低い崖になっている。

才兵衛は、身軽く飛び下りた。

あたりは、鬱蒼《うっそう》たる樹林で、空の色も見えなかった。

崖の下の、去年の落葉が厚くつもっている一角へ、才兵衛が屈《かが》み込んだ。落葉を掻きわけ、土を除《のぞ》くと、二尺四方ほどの桜の板があらわれた。板を引き開けると、穴が見えた。これは、外部から忍び小屋へ入るために設《もう》けられたものである。

「なるほど。これならば……」

何度も、小たまはうなずいた。

此処まで来る姿を人に見られぬかぎり、(大丈夫じゃ)と、おもった。絶好《ぜっこう》の忍び小屋である。

「さ、こちらへ……」

横穴を腹這いになってすすむ。この横穴は傾斜《けいしゃ》していた。まがりくねった横穴は、忍び小屋の地下蔵《ちかぐら》に通じていた。地下蔵は三坪ほどだが、すでに、火薬・武器、その他の忍び道具が運び込まれている。湿気《しっけ》に弱いものは、蠟《ろう》をつかい、これをふせぎ、巧妙に梱包《こんぽう》してあった。

「いかがでござる」

壁に掛かっている銅製の釣燈台へ油を入れ、才兵衛が灯《あか》しをつけた。

「ようも、ととのえましたな」

「間もなく、不破甚左が、もどってまいりましょう」

「甚左は、いま、どこへ？」

「佐和山へ行っております」

「では、佐和山にも、忍び小屋がありますのか？」

「いいえ。佐和山には、別の仕掛けがしてござる」

「早う、見たいものじゃ」

「実は、其処に、いま、井之口万蔵がおりましてな」

「ほう……」

「怪我《けが》をして、帰ってまいったので」

「どうして？」

「さて……万蔵めは、何も語りませぬ」

と、いって、才兵衛はうすく笑いをもらした。

「才兵衛どの。何が、可笑《おか》しい？」

「清洲で、何か、ござったな？」

「何か、あったとは……？」

小たまは、どこまでも知らぬ顔でいる。

すると才兵衛は、急に、むずかしい顔つきになり、

「ともあれ、井之口万蔵をからかいものにしてはなりませぬ。これよりは尚更《なおさら》のことでござる」

と、いった。

不破甚左が、この忍び小屋へあらわれたのは、夜に入ってからだ。そのとき、才兵衛と小たまは、地下蔵から小屋の中へあがり、粟粥《あわがゆ》を食べていた。小屋の内部は四坪ほどのひろさがある。甚左も、崖下の穴を通り、小屋へ入って来た。

「小たまさま。いよいよ、われらと共に、おはたらき下さることになりましたな」

と、甚左は、うれしげにいった。

「久しぶりで、私も、気が晴れ晴れとしているのじゃ」

と、小たま。

「佐和山のほうに変りはないか？」

才兵衛の問いに、甚左は、

「いまのところは、別に……」

「井之口万蔵は、どうしておるな?」

「そのことでござる」

「どうした?」

「今日の夕暮れから、急に、姿が見えなくなり申した」

「万蔵が……だれにも告げずに、ひとりで出て行ったのか?」

「さようでござる」

「はて……?」

不審げに眉《まゆ》を寄せた才兵衛が、じろりと、小たまを見やった。その才兵衛の眼の光りに、小たまは、おもわずくびをすくめた。なんといっても、幼女のころから、手取り足取り、忍びの修行の相手をしてくれ、女としての小たまの、裸身のどこに、どのような黒子《ほくろ》があるか……ということまで、才兵衛は知っているはずだ。

「甚左よ……」

才兵衛が不破甚左へ視線を移し、

「おぬしが、佐和山から、この忍び小屋へ来ることを、まさかに、井之口万蔵は気づいていまいな?」

「大丈夫でござる」

甚左のこたえには、いささかの曇りもない。

近江の佐和山は、現・滋賀県彦根市の一部で彦根市街の東面につらなる、丘陵《きゅうりょう》をいう。そこに、石田治部少輔三成の居城が構えられている。琵琶湖の水は、当時、佐和山の西側の下まで入り込んでい、その対岸に彦根山があったわけだ。彦根山に、現在の彦根城址がある。しかし、そのころの彦根山は、琵琶湖畔の一山にすぎぬ。

佐和山というのは、南北約一里にわたる山稜《さんりょう》の総称といってよい。岩壁が曲折《きょくせつ》し、いくつもの谷間をつくっている佐和山は、まさに自然の要塞《ようさい》であった。その山稜の一つ一つが城郭となってい、山頂の〔本丸〕を中心にして、すばらしい城となっている。

「三成に、すぎたるものが二つあり。島の左近と佐和山の城」

と、世にうたわれたほどの城であった。島の左近とは、石田三成の寵臣《ちょうしん》で、家老の筆頭《ひっとう》でもある島左近勝猛《かったけ》のことだ。小たまは、去年、伏見の石田屋敷へ忍んで行ったとき、石田三成と語り合う島左近の姿を、ひそかに見ている。

ところで、その当時の佐和山の城下町は、山の東側にひらけていた。すなわち、鳥《とり》居本《いもと》村をふくめ、佐和山の裾にかけてである。城の表口ともいうべき〔大手門〕も、やはり、こちらにある。

その佐和山の城下町に、桶《おけ》つくりの九十《くじゅう》の家があった。

城下には、九十のほかに三人ほど、桶師がいるけれども、九十がもっとも古いし、また、「腕もたしかだ」と、いうことだ。文禄四年に、豊臣秀吉が、「治部少輔には、筑前《ちくぜん》・筑後《ちくご》をあたえようとおもうたが、佐和山をまもり、これを繁栄させるためには、ぜひとも治部に行ってもらわなくてはならぬ」

と、石田三成を佐和山に封《ほう》じたときから、九十は城下に住みついている。

九十には、おくうという女房がいる。二人とも四十をこえているが、子供は無い。

弥六《やろく》という唖の若者が、九十の徒弟《とてい》になっていて、骨惜しみもせずに、飯の仕度から掃除、洗濯までやってのける。そのかわり、おくうは、女ながら琵琶の湖《うみ》へ小舟を漕ぎ出し、魚を採《と》って来ては、城下へ売り歩いたりしている。武家屋敷でも、「桶屋の女房は、まだ来ぬか……」と、おくうが魚を売りに来るのを待っているほどだそうな。

ところで……。小たまが、松尾才兵衛の案内で、長比の忍び小屋へ入った、その夜

ふけに、佐和山城下の桶師・九十の家の戸を、ひそかに叩く者があった。九十が起きて来て、戸を開けると、

「遅《おそ》に、すまぬな」

こういって、土間へ入って来たのは、ほかならぬ松尾才兵衛なのだ。才兵衛の唇《くち》が、声もなくうごいた。読唇《どくしん》の術によって、九十へ語りかけたのである。

「井之口万蔵は？」

「夜に入ってから、もどってまいりました」

と、九十の唇も、声なくうごく。

「どこへ行っていた？」

「気ばらしに、琵琶の湖のほとりを歩いて来たそうでござる。足の傷も癒《い》えたので、足ならしをしてまいったとか……」

「ふむ。お前にも告げずにか？」

「はい」

「なんとおもうな？」

「さて……」

と、九十の細い眼が、きらりと光った。

「万蔵は、いま……？」

「ぐっすりと、ねむっております」

「よし。では、わしはこれから、甲賀へもどる。わしが来たことを万蔵に告げてはならぬ」

「はい」

九十が、うなずいた。桶師の九十夫婦と、徒弟の弥六は、伴長信につかえる忍びの者なのだ。弥六は、唖を装《よそ》おっているにすぎない。

桶師の家を出た松尾才兵衛は、暗夜の闇をついて、まっしぐらに甲賀へ駆けた。

その前夜

一

この年、慶長五年三月十三日に……。上杉景勝は、故・上杉謙信の二十三回忌の法《ほう》会《え》を取りおこなった。そのとき、景勝は領内の諸将を会津・若松の本城へあつめ、「徳川家康討滅《とうめつ》」のための軍議をひらいた、といわれている。

この正月に、上杉景勝の使者として、はるばる大坂へのぼり、豊臣秀頼に新年の賀《が》詞《し》をのべた藤田能登守信吉も、むろん、この軍議に参加した。ところが、突如、藤田能登守が若松を脱出したのである。すでにのべたことだが、能登守は大坂へ年賀にあらわれたとき、徳川家康の款待《かんたい》をうけ、

「天下がさわがしいときに、景勝殿が戦さの仕度をしたり、また、自分が何度もいい

送ったにもかかわらず、大坂へ来て自分と語り合うことすら拒《こば》みとおしていることは、まことに残念である」

と、家康から、こんこんといいふくめられ、会津へ帰った。

その後、藤田能登守は機会があるたびに、

「ぜひとも、大坂へのぼられ三河公（家康）と御面談をしていただきたい」

と、上杉景勝へ進言をしてきた。これは、非常な勇気を必要とする。藤田能登守の目にも、いまや、すべてが、はっきりと見えてきたのである。上杉景勝の筆頭家老・直江山城守《なおえやましろのかみ》兼続《かねつぐ》の目が、いつも景勝の身辺に光っていて、（うかつには近づけぬ……）のだ。

直江山城守は、越後の与板城主・樋口具豊《ひぐちかねとよ》の子に生まれたのが、のちに直江氏をつぎ、上杉景勝にその才能をみとめられ、その家宰《かさい》をまかせられるほどになった。

石田三成には、島左近という〔名物〕が家老になり、三成をたすけ、縦横に才腕をふるっている。そして、上杉景勝には、直江山城守という〔名物〕がいて、藤田能登守から見ると、（どちらが上杉の主《あるじ》なのか、わからぬ……）ほどに、権勢をふるっているのだ。

上杉の家臣でありながら、直江山城守は、

「景勝には、すぎたるものじゃ」

などと、亡き豊臣秀吉にほめたたえられ、豊臣の姓をゆるされたほどに天下さまの秀吉の寵愛をうけ、その口ぞえもあって、米沢三十万石を景勝よりあたえられたほどの人物だ。三十万石の大名ともなれば、もはや、家臣ともいえぬではないか。……直江山城守の、上杉家における地位と権力は、異常ともいえる。

この直江山城守が石田三成とはかり、主の上杉景勝へ、「豊臣家の安泰《あんたい》をはかるためには、一時も早く、徳川家康を討ちほろぼさねばならぬ」ことを進言し、景勝の同意を得た。戦備をととのえ、遠く近江・佐和山の石田三成と連係をたもちつつ、「さて、開戦はいつにてもよい!!」ところまで、事をはこんで来たのは、まさに直江山城守であると、藤田能登守は看《み》ていた。

能登守は、山城守を、「好かぬ」のである。あまりにも自信過剰だと、かねてから考えていた。なるほど、直江山城守の威風堂々たる風貌《ふうぼう》や、みなぎり、あふれるような才幹《さいかん》については、(なるほど……)と、なっとくできぬものでもない。

しかし……。少年のころには古今無双の英雄とうたわれた武田信玄の側近くつかえ、信玄亡きのちの武田家の滅亡を、おのれの目で、しっかりと見とどけてきた藤田能登守にとっては、上杉景勝や直江山城守のすることなすことが、(あぶなくて、あぶなくて……）見ていられない気もちになってしまう。

（直江は、三河公（家康）が、どのような人物か、それをほとんど知っていない）としか、考えられない。なにしろ、藤田能登守から見ると、豊臣秀吉や徳川家康ほどの人物でも、「亡き御屋形様《おやかた》（信玄）とは、くらべものにならぬ」のである。

武田信玄が、あと十年、余命《よめい》をたもっていたとしたら、織田信長も豊臣秀吉も、「あったものではない」のである。それなればこそ尚更《なおさら》に、藤田能登守は、徳川家康を高く評価しているのだ。

それは、なぜか……。二十八年前の当時、能登守の旧主・武田信玄は「まさに、破《は》竹《ちく》の勢い」をもって、上洛を目ざしていたのである。連戦連勝であった。

それは、むかし、織田信長が今川義元を討ち破ったときのように、運命の偶然によるものではない。武田信玄のちからが、充実しきっていたのである。

これに対し、徳川家康は、「息がつまるほどに……」押しつめられてい、その家康を助けようとする織田信長も、自分自身の戦闘に追われ、「助け切れぬ……」状態だったのだ。その苦しい宿命を、徳川家康は必死に堪《た》えつづけ、辛抱《しんぼう》のかぎりをつくし、しかも尚、行手への希望を捨てず、ねばりにねばった。その家康を、藤田能登守は、「買っている」のであった。

「信玄公にはおよばぬが、石田・上杉・直江などには、とうてい、太刀打ちができるものでない」と、信じている。

二

さて……。会津・若松から、藤田能登守が、それこそ、「身をもって……」脱出した理由は、直江山城守の疑惑《ぎわく》が、(どうも、能登守は家康と通じ合うているにちがいない)と、いうところまで来てしまって、ものの本によると、「……果ては能登守信吉を誅《ちゅう》せむと謀《はか》った」と、あるように、能登守は我身にせまる危険を感じて脱出したものであろう。

若松を脱出した藤田能登守は、江戸を目ざした。江戸城には、父・家康の留守《るす》をあずかる徳川秀忠(のちの徳川二代将軍)がいる。事情をきいて秀忠は、

「よう、まいられた。われらを百人力ともおもわれよ」

たのもしく引きうけた。

秀忠は、このことを、ただちに大坂にいる父・家康のもとへ急報せしめ、ついで藤田能登守に厳重な警護《けいご》をつけ、大坂へ送った。能登守は、

「かくなっては仕方もない。自分は、あくまでも上杉景勝を主とあがめ、上杉家の存続をねがうがゆえ、おもいきって、おのが主人に進言をしつづけてきた。それをしりぞけられ、さらに、この一命を奪《うば》おうとされては、もはや、こちらから上杉家を見捨てるよりほかに道はない」

決意して、徳川家康の下に参ずることになった。

家康は、

「めでたい。ようも脱け出してまいられたな」

よろこんで能登守を大坂城に迎えた。家康は、能登守から会津の事情をきいて、

(よし!!)ついに、起《た》ちあがる決意をかためた。いずれにせよ、自分が〔天下人〕となるためには、反対勢力を、わがちからをもって、押えつけぬことには、「らちがあかぬ」と、かねてから家康は覚悟をしていた。

そこで家康は、毛利輝元《もうりてるもと》・宇喜多秀家《うきたひでいえ》・増田《ました》長盛など、豊臣内閣の大老・奉行たちを大坂城へあつめ、

「上杉の謀叛《むほん》は、もはや、隠れもないことである」

と、明言《めいげん》をした。

理屈の上では、たしかにそうなる。いまの徳川家康は、豊臣内閣の〔長老〕であ

り、まだ年少の豊臣秀頼をたすけ、天下の政治をとりおこなっている立場をくずしていない。そうなれば、豊臣内閣の大老の一人である上杉景勝が、領国において、「軍備に狂奔《きようほん》している」ことは、とりも直さず、豊臣内閣への謀叛ということになるではないか。それを、豊臣内閣の責任者として、代表者として、家康が、「討つ!!」のである。これなら、天下に対して、上杉景勝を討つ名目《みようもく》が立派に立つことになる。

こころある人の目には、徳川家康が、「天下の覇権《はけん》」を、わがものにしようと、ひそかに決意していることが、かなり鮮明《せんめい》に映《うつ》りはじめてきていた。

しかし、この徳川家康が立てた名目に対して、「それは間ちがっている」とは、いえない。かたちの上で、家康が上杉征討の軍を起すのは、「当然のこと」だったからである。家康は、だれが見ても、なっとくできる開戦の名目がほしかった。そのときが、(いよいよ、熟した)のであった。

信長・秀吉の下に屈《くつ》し、これまで、天下人への望みを捨て、捨てながらも捨てきらず、凝《じつ》と、機が至るのを待っていた徳川家康だけに、こうなると、(どのような事があっても……)断固として戦うつもりだ。戦うのが嫌《いや》なら、自分に屈伏《くつぷく》してもらわなくてはならぬ。

(その、二つのうちの、どちらかを、諸大名にえらばせるのだ!!)

このことであった。

しかし、他の大老・奉行たちは、家康の開戦の決意を聞くや、一様に青ざめた。これは、上杉景勝を庇《かば》ってのことではない。とにかく、「もう、戦争は、たくさん」だからなのである。

彼らは、

「とにかく、いま一度、上杉景勝の上坂《じょうはん》をうながしてもらいたい。年少の秀頼公を大坂に残し、三河守殿が、遠く奥羽の地へ出陣されてしまっては、大坂も伏見も京も、物情騒然《ぶつじょうそうぜん》となってしまうゆえ、つくすだけの手は、つくしていただきたい」

と、口ぐちに家康へたのんだのだ。

家康は、大老・奉行たちのたのみを聞き、しばらくは両眼を閉《と》じ、沈思していたそうだが、

「もっとものことに存ずる」

と、いった。

「では、いま一度、中納言《ちゅうなごん》（上杉景勝）へ、問い合せて見よう」

そこで家康は、侍臣・伊奈昭綱《いなあきつな》を会津へさし向けることにした。だが、（いずれにせよ、大戦《おおいくさ》は避《さ》けられぬ）と、家康は断《だん》じていた。上杉景勝が、いま、ここに至っ

て、にわかに心境が変り、（わしがいうままに、はるばる、大坂へやって来るとは、とうてい、おもえぬ）のである。

それくらいなら、これまでに重ねて、家康が上坂をうながしたときに、景勝はこれを承諾《しょうだく》しているはずではないか……。

しかし、あえて家康は堪《た》えた。堪えて、豊臣内閣の責任者としての、その忍耐を天下にしめすことにした。奉行の一人で、大和・郡山の城主でもある増田長盛は、

「なれば、それがしも……」

と、家臣の川村長門《かわむらながと》を、伊奈昭綱に同行せしめ、自分の声を上杉景勝へつたえさせることにしたのであった。

徳川家康は、この会議の席上で、毛利輝元以下の閣僚たちへ、

「自分は、今後、会津へさし向ける使者を最後のものと考えている。それゆえ、念を入れることにいたそう。なれど、こたびも中納言が、わがことばをきかぬときは、もはや、とめてもとまらぬ事と御承知ありたい」

と、釘《くぎ》を刺した。

一同、これに否《いな》やはない。家康は、閣僚たちの顔をながめまわし、（いずれも、ひとかどの大名というに、このようなことをするむだが、わからぬのか……）おもわず

苦笑をさそわれたという。

とにかく、どの大名にしても、「戦いたくない」のである。戦闘そのものより、戦えば、東西のいずれかに味方をせねばならぬ。それが、たまらなく、嫌なのだ。

もしも、家康に味方をして、家康が負けたら、（どうしよう……？）なのである。

上杉景勝に与《くみ》して、景勝が負けたら、（困る……）のである。

当時、徳川家康の威勢は、日に日に上昇する一方であったが、戦力となると、圧倒的に、「勝てる。勝つ!!」という見込みがついていたわけではない。

事実、そのころ、長比の忍び小屋で、松尾才兵衛が小たまに、

「家康公も、こたびは、必死の大戦さをなされる御決心なのでござる」

こういっていたほどだ。

家康は、二人の使者に、僧・西笑《さいしよう》の手紙を持たせてやることにした。これが家康のいう「念を入れる」ことなのであった。

西笑は、京都の相国寺の住持《じゆうじ》であって、亡き太閤秀吉の寵愛《ちようあい》をうけ、秀吉が朝鮮戦争を起した折には、九州の名護屋《なごや》本陣まで附きしたがって行き、日本軍が朝鮮で手に入れた外典や書類の点検をうけもち、その内容を秀吉に講義したこともある。

それほどの知識人であるから、西笑は諸大名との交際もひろい。上杉景勝の〈黒

幕」といわれる直江山城守兼続とは、以前から、ことに交誼《こうぎ》がふかい。それを知っている家康が、西笑和尚から、手紙を直江山城守へ書いてもらい、側面から、上杉方の翻意《ほんい》をせまったのだ。

これほどに念を入れたのも、その効果を期待するというより、当代の名僧・西笑をして、

「わしも、三河公のおたのみによって、あれほどに、戦さをせぬよう、条理《じょうり》をつくした手紙を送ったにもかかわらず、ついに、中納言も直江殿も、いうことをきいてはくれなかった……」

と、なっとくせしめることが、第一の目的であった。

当代の知識人が、このようにいうのなら、他の人びとも、なっとくしようし、それにまた西笑は、現・後陽成《ごようぜい》天皇の信頼もうけている。とすれば、天皇にも朝廷にも、いざとなったとき、家康の開戦の名目が立つというものである。

家康の使者・伊奈昭綱と、川村長門は、四月一日に大坂を発《た》ち、会津へ向った。二人は、この月の十三日に、会津・若松へ到着している。当時としては、非常な急行であるといえよう。

二人は、西笑和尚の手紙を、直江山城守へさし出したのちに、若松城内で上杉景勝

に面会した。使者としての口上は、これまでと同様のものである。

「……異心《いしん》なきときは、すみやかに誓紙を呈し、即日、上洛《じょうらく》あるべし」

と、二人は家康のことばをつたえた。すると、景勝は笑って、

「自分は、大坂城の幼君《ようくん》（秀頼）に叛《そむ》くこころなどは、毛すじほどもない。城の備えをかためるというのも、これは、大名として当然のことをしておるまでじゃ」

ついで語気するどく、

「このようなことを、いちいち咎《とが》められるのも、三河守殿が何者かの讒言《ざんげん》を耳にされたからに相違ない」

といったのは、会津を脱走した藤田能登守のことを、さしたものであろう。

景勝は、能登守を自分のもとへ連れて来たらよかろう。そして自分と対決させて見たらよい。その上で、上洛をするならしてもよろしい、と、いった。いったが、すぐさま、傲然《ごうぜん》と胸を張り、

「なれど、たとえ、わしが大坂へおもむいてもじゃ。わしも、いささかおもうところがあっての」

「それは、何事でござりましょうか？」

と、川村長門が問いかけたのに対し、上杉景勝は、肩をゆすりあげるようにして、

声なく笑い、

「いまさらに、わしも、家康殿の末座《まつざ》に列《つら》なって、天下の仕置きの相談をしとうもないわ」

はっきりと、いいきった。

これでは、どうしようもない。そこで二人は、西笑和尚の手紙を読んだ直江山城守の反応に、期待をかけるより仕方がなかった。西笑も、家康の意向によって、手紙を書いている。だから、家康の代弁者として、親しい直江に書きのべた内容は、これまでに家康が景勝を詰問《きつもん》したときのものと、ほとんど同じであるが、最後に西笑は、

「……貴方と自分とは、長い間の交誼があり、ゆえに貴方の胸の内は、よくよく察しているつもりでおざる。

このたびのことについて、世間は、いろいろに評判をしているが、自分は、そのような評判など、いずれも取るに足らぬものと考えております。

ともあれ、いまは、上杉家の興廃《こうはい》にかかわる大事に立ちいたっていることゆえ、よくよく分別《ふんべつ》をなされたがよろしい」

と、これは、親しい友としての忠言《ちゆうげん》をしている。

これに対し、直江山城守は、

「これが西笑和尚への、わしが返書じゃ」

と、かなり厚い手紙を、家康の使者ふたりへわたした。山城守は、(以前は知らず……)いまの西笑和尚など、問題にしていない。(坊主め、何のことだ!!)むしろ、唾《つば》でも吐きつけてやりたいほどなのである。

わずか一年ほど前に、故前田利家や石田三成が、徳川家康と諸大名(福島正則も入っている)との婚姻《こんいん》について、「亡き太閤殿下の禁令《きんれい》を破った……」ものとして、家康を責めたとき、西笑和尚は、その使者に立ち、家康を詰《なじ》っているのである。

それが、いまは、しきりに家康へ取り入って、家康のいうままに手紙を書き、景勝や山城守を責めたてている。

(いまどきの坊主どもは、権勢《けんせい》にこびへつらい、おのれの欲得を満たし、おのれの寺の安泰《あんたい》をはかるため、汲々《きゅうきゅう》としているだけではないか)

直江山城守は、そうおもっていたし、それはまた、ある意味において、まぎれもない事実だったといってよい。山城守が西笑へあてた手紙は、取りも直さず、徳川家康へあてたものということになる。

西笑は、この手紙をうけ取り、家康へさし出した。直江山城守の、長い手紙を読み終えたとき、

「おのれ、猪口才《ちょこざい》な……」

怒りに青ざめ、手紙を引き裂いたそうな。

山城守は、先ず、こういってよこした。

「わが会津のことについて、大坂あたりでは、いろいろと、さわぎたてているようでござるな。それがために、家康公が、われらに不審を抱きなされているそうな。

これは、どうも仕方がないことではござるまいか。こちらも、うわさに聞けば、わずか三里をへだてた京と伏見の間にさえ、さまざまな浮説流言《ふせつりゅうげん》がおこなわれ、やむことがないというではござらぬか。

まして、大坂と会津は、はるばると遠いのでござる。それに、われらが主君・上杉景勝は、いまだ四十六歳にて血気もさかんでござるゆえ、謀叛の企《くわだ》てなどという評判は、なかなか、もっともらしくおもわれますな。

なれど、われらは、そのような評判が立ったところで、すこしも苦しゅうござらぬ。どうか、安心なされたがよろしい」

まるで、家康を、

「ばかにしきった……」

返事だといえよう。

また、山城守は、

「くどくどと、何かといえば誓紙をよこせといわれるが、そもそも、家康公自身が、亡き太閤殿下に差し出した誓紙を反古《ほご》になされ、諸大名と婚姻をむすんで、平気でおられる。その御当人が、われらに誓紙をよこせと申されるのは、まことにもって笑止《しょうし》なことではござらぬか」

と、いっている。家康のいうことは、ばかばかしくて、「笑いがとまらぬ」と、いうわけだ。さすがの家康が激怒したのも、うなずける。

さらに、

「上杉景勝に、すこしも謀叛のこころがないのに、いちいち、これをうたがい、何かといえば大坂へ出て来いと申されるが、家康公は、どうかしているのではないか。つまらぬ者のいうことを真《まこと》におもわれ、われらに謀叛ありと、家康公が申されるのは、かえって家康公が怪《あや》しくおもわれる。

われらにしてみると、家康公のほうが、いうことと為《な》すことに表と裏がある、としかおもわれませぬ」

ずばりと、徳川家康の本体を衝《つ》いていた。なればこそ、家康は青ざめ、怒ったのであろう。

直江山城守の観察は、実に、するどいものであった。

また、武器の整備、収集について、直江山城守は、

「冗談ではない」

と、一笑に附し、

「なまけ者の上方《かみがた》武士は、いま、しきりに、茶の湯の道具をあつめたりして、悦《えつ》に入っているそうでござるが、われら田舎武士は、いつの世にも武士の本道をわきまえ、刀槍はいうまでもなく、鉄砲、弓箭《ゆみや》の道具をととのえ、不足あらば、これをあつめること、当然のこととおもうています。

これは、その国々の風習が、いちいち異なっているのと同じことで、世間がさわぎ立てるのがふしぎなのでござる。武士が為すべきことをしているのに、それをふしぎにおもうというのは、天下がふしぎになってきたからで、ましてや、上杉景勝ごとき分際で、いささか武器をあつめたところで何程のことがござろうか。

家康公のごとき、天下の仕置をなさろうというお方にも似合わぬふしぎなことと、われらはおもうているのでござる」

そして、道路・河川の整備については、

「この詰問こそ、まさに、ふしぎ千万。笑うにも笑えぬほど、奇妙なおおせではある」

と、家康を嘲笑《ちようしよう》し、

「道路や河川をととのえるのは、領民往来の難儀《なんぎ》を除くため、国の仕置するものがなすべき当然のことでござる」

一言のもとに、しりぞけ、

「もはや千言万語は、不要のことでござる」

と、突き放したのである。

この直江山城守の返書を見て、徳川家康は、

「わしは今年で、五十九歳にもなるが、このように無礼な書状を見たことがない」

怒りがさめたのち、憮然《ぶぜん》として、そういった。

これより、半月ほど前、会津から伊奈昭綱と川村長門が大坂へもどる以前に、福島正則のもとへ、徳川家康の密使があらわれ、

「至急に、大坂へおいでをねがいたい。尚、そのときは供まわりも、なるべく少くし、いったんは伏見屋敷へ入られたい。それを待って、こちらから、あらためて手配をいたす」

という家康の言葉を告げた。

正則は、すぐさま清洲を発ち、伏見屋敷へおもむいた。

「父上。何事でござる？」

と、伏見屋敷にいた養子の伯耆守《ほうきのかみ》正之が、おどろいた。正之は、このことを、まったく知らぬらしい。

「それよりも、小たまの消息は、まだ、わからぬか？」

「それどころではござらぬ。家康公は何故、伏見にいるそれがしを通さなんだのでござろうか？」

「さて、わからぬ。ともあれ、出てまいった。いよいよ、さわがしいことになりそうじゃな」

「いかさま……」

などと語り合っているうちに、家康の密使があらわれ、

「明後日、大坂へお出向き下されたし」

と、いった。正則が今日、伏見へ到着したことを、早くも家康は知っていたのだ。

当日となって大坂城にいる家康のもとへ出向くと、

「わざわざ来ていただき、うれしく存ずる」

と、家康のもてなしは丁重をきわめたもので、

「そこもとへも、会津の様子が耳に達していようとおもう。いかが？」

「はあ、けしからぬこととおもいおります」

こたえたが、しかし、正則としては、上杉景勝に対し、それほどの怒りをおぼえていたわけではない。自分自身が、もはや、頭のあがらぬ徳川家康に対し、景勝が、「威勢もよく……」反抗していることが、何やら小気味よくさえ感じられる。

「近きうちに、わしは会津を攻めようとおもう」

家康は、そういった。

「いよいよ……？」

「ほかに道はない。いくたびも上洛をうながしたが、ついに、承知をせぬ。それでは、天下の仕置ができぬ」

「はあ……」

福島正則は、このたび、家康の使者が会津へ向ったことを、すこしも知らなかった。正則のみではなく、大老・奉行のほかは、諸大名の大半がこれを知らぬ。家康は、あくまでも隠密に使者を発したのである。人びとは、伊奈昭綱らが大坂へ帰って来たとき、はじめて、そのことを知ったのである。

「会津攻めの先陣を、つとめていただきたいが、いかがであろう」

家康は、いきなり、正則へ切り出して来た。

家康の老顔から、熱気が、ほとばしっているようにおもわれた。小肥《こぶと》りの躰が、二倍にも三倍にも大きく見えた。白いものがまじった眉毛の下の、大きな両眼が光りを放って福島正則を直視《ちょくし》し、その、するどい語気《ごき》には、「有無《うむ》をいわせぬもの……」があった。

「承知つかまつった」

家康の気魄《きはく》へ、引きこまれたように、正則は応諾《おうだく》していたのである。

正則が帰ると、しばらくして、細川忠興が、家康にまねかれ、大坂城へ入って来た。丹後・宮津十一万石の大名である。

「いかに、少将」

と、家康は、正則のときとはちがって高圧的に、

「来る会津攻めに、先陣を申しつける」

と、命じた。

「おうけつかまつる」

細川忠興が引き下って行った翌日には、伊予松前《まさき》十万石の城主・加藤嘉明《よしあき》がよばれ、これも先陣を申しつけられた。これで、会津攻めの先鋒《せんぽう》は、福島・細川・加藤の三将に決定したのであった。そして福島正則は、すぐさま清洲へ帰り、出陣の仕度に

とりかかったのである。

三

「はるばると、陸奥《むつ》の国まで、御出陣なさるのでございますか……？」

於まさの方は、夜の寝所へ、久しぶりに正則があらわれたとき、あきれたように問いかけてきた。

「これだから、ゆだんはならぬのだ」

と、正則はおもった。

なるほど、出陣の仕度をはじめはしたものの、それが、何処へ向けてのものかは、まだ正式に発表していない。重臣たちだけがわきまえていることだし、まして、城内の女たちの耳へなど、（とどくはずはない……）のである。

それが、すぐさま、於まさの方の知るところとなるのは、いかに彼女の眼が福島家の中のすみずみにまで行きとどいているかを、いまさらながら、正則はおもい知らされたのであった。

（それにつけても、よく、小たまとわしとのことが知れなんだものじゃ）

あらためて、冷汗がにじむおもいがした。これは、やはり、小たまという女が、

(かなりの才覚《さいかく》をしてくれたに、ちがいない……)

ようにおもえる。

あのころの夜な夜なを、いま、おもい返して見るとき、いかな福島正則といえども、

(まことにもって、ふしぎな女……)

と、おもわざるを得ない。

清洲では、家来も侍女たちも、小たまを知るものは、

「小たまどのは、伏見の御屋敷にいるうち、お暇《いとま》をねがい出て、故郷《くに》へ帰ったそうな」

と、おもいこんでいるし、於まさの方も同じようなことを正則にいった。

「そうらしい」

正則は、つとめて関心をもたぬ顔つきになり、

「わしは、よう知らぬ。その女は、伯耆守のもとにいたのであろう?」

「さようでございます」

「なれば知らぬわ」

と、すべては、それですんだのであった。これは正則にとり、奇蹟に近いといってよい。これまでの、於まさの方との夫婦生活の間で、すこしも痕跡を残さず、妻をだましおおせたのは、今度がはじめての正則なのである。

「殿……」

「なんじゃ？」

「陸奥の国にて、戦さが、はじまるのでございますか？」

「おうよ。三河公が上杉を攻めるのじゃ。戦さがはじまるは決まったこと。上杉も、その戦さにそなえている」

「はあ……」

「どうした？」

「私には、どうも、わかりませぬ」

「何が、よ？」

於まさの方は、あの徳川家康が、みずから大軍をひきい、はるばると陸奥の国まで、戦争をしに行くということが、

「解《げ》しかねまする」

というのだ。

現在の、日本の政局の中心にある大坂や伏見を留守にしてまで、家康が遠国へ出かけて行くのは、

「奇妙なことでございますな」

なのだそうである。

「ええ、めんどうなことを、くどくどと申すな。女のくちばしを、いれることではないわ」

いらいらして、正則が叱りつけると、

「はい。悪うございました」

於まさの方は、素直に、わびる。男たちの世界については、何事にも素直な於まさの方なのだ。

正則も、いま、ひとつだけ、気にかかっていることがある。家康の前へ出て、圧倒され、一も二もなく先陣のことを引きうけてしまったが、その前に、いまは肥後・熊本の居城にいる加藤主計頭《かずえのかみ》清正の、はっきりとした意見をききたかった。

戦場のこと以外には、何につけても安気《あんき》で、人の善《よ》い福島正則なのだが、さすがに、今度の出陣については、(そうなれば、わしは、はっきりと徳川の旗の下に加わることになる。そして……)そして、反徳川方の勢力と戦うことになる。もし、敵方

に、加藤清正が与することになったら、(それは困る……)のだ。

　大坂で家康に会ったとき、

「主計頭は、こたびの上杉攻めに加わるのでござりましょうな?」

　と、問いかけて見ようとおもったが、それではあまりに自主性がないような気がして、口に出なかった。しかし、正則は、伏見へもどるや、加藤家の伏見屋敷をまもっている家老・飯田覚兵衛を自邸にまねき、家康との会見の模様を率直に語り、

「いかが、おもう?」

「なれど、殿は先陣のことを御承知になったのでござろう?」

「うむ……それは、な……どうも、断わり切れなんだので……」

　覚兵衛は、一瞬、苦笑を浮かべたけれども、すぐに大きくうなずき、

「それで、よいのでござる」

　と、いった。

「よいのか。なれど、主計頭は、何と申されるか、それが……」

「大丈夫にござる」

「では、加藤家へも、三河公から出陣のことが……」

「いえ、それは存じ申さぬ。伏見の留守をうけたまわるそれがしの耳へは、まだ何事

も入ってはおりませぬが、なれど、熊本の方へは、家康公より直き直きの使者が立ったか……それも存じませぬが」

「ふうむ」

「なれど、おそらく、わが主人《あるじ》も、清洲の殿が、こたびの先陣を相つとめられますことについて、反対はなさるまいかと存じます」

「それは、おぬしが、そのようにおもうているだけであろう。主計頭の直《じ》かの言葉がききたいのだが……」

飯田覚兵衛の言葉だけでは、不安がぬぐいきれなかった福島正則だが、しかし、いまとなっては、はるばると九州・熊本の本国にいる加藤清正へ、問い合せる余裕もなければ、まして清正からの返事がとどくのを待つ間とてなかった。とにかく正則は、徳川家康の出陣要請《ようせい》を受けてしまったのである。

出陣の仕度は、日に日に、すすめられている。いざ戦場へ、となれば、福島家の侍《さむらい》たちは一分の隙もなく、しかも敏速に事を運ぶ。清洲城の内外には、「殿の御出陣!!」の活気が、みちみちてきた。武器や軍馬の手入れ、荷駄の整備などが朝から夜まで、打ち通しにつづけられた。

そうした雰囲気が、正則の心身に、ひい、ひしひしとつたわってくると、

（久しぶりの出陣じゃ）

しだいに、正則の不安や迷いも消えて行き、

（よし。やるぞ!!）

戦場を駆けまわり、槍を揮《ふる》って闘っているときの自分のたくましい勇姿が、いやでも脳裡《のうり》にうかんでくるのだ。こうなると、福島正則の〔戦将〕としての血が、ふつふつとわきあがってきて、

（戦陣こそ、わしの生甲斐《いきがい》じゃ!!）

つくづくと、おもわざるを得ない。その戦陣が、「なんのために起ろうとしているのか？」とか、「なぜ、自分は、この戦さに参加せねばならぬのか？」とか、そうした反省や思索《しさく》などは、どこかへ消し飛んでしまう。

もっとも、福島正則が生まれ育って来た四十年の生涯には、そうしたものが、いっさい不要だったのである。正則は少年のころ、はじめて、豊臣秀吉の小姓として戦場に出て以来、秀吉のためにはたらき、秀吉のために戦って来た。すこしの不安もなく、ひたすらに秀吉へ身をまかせ、

「おれは、殿下のおんために、戦えばよい」

のであった。

それが、秀吉亡きのち、正則は、自分自身の判断で、物事を決することにせまられてきた。これは、正則にとって、(何よりも苦手《にがて》な……)ことなのである。それは、そうだろう。これまでは何事にも、秀吉の行くところにしたがい、秀吉の判断を信じきって、迷うこともなかった。

正則が、おのれの判断で物事を決するのは、ただ、戦場で闘っているときの、動物的な闘争本能によって行動する場合のみといってよかった。そのかわり、戦場に出たときの正則の活躍は非常なもので、勇猛果敢《ゆうもうかかん》な突進の凄《すさ》まじさは、だれも知らぬものはないといってよい。

正則は、「戦場における敵」を、恐れたことは、かつて一度もなかった。

「そうだ!!」

ついに、正則は、

(こたびの戦さは、三河守殿が、亡き太閤殿下に代って、上杉景勝を討たんがためのものなのだ。わしも、太閤殿下に代って戦うのじゃ。殿下も、あの世で、よろこんで下されよう)

自分で自分を、なっとくさせることを得たのである。

そうなると、もう、(出陣の日が、待ち遠しくてならぬ……)ことになってきた。

いまは、徳川家康からの出陣命令がとどくのを待つのみである。

いつの間にか、夏が来ていた。（去年の、いまごろには、まだ、小《こ》たまが、わしのそばにいてくれた……）出陣に対する気もちが割り切れると、今度は、また、しきりに、小たまのことが想い出されてならぬ。

福島正則の頭脳のはたらきについては、むかし、豊臣秀吉が、

「市松よ……」

と、正則の前名をよび、

「汝《われ》の頭のはたらきは、一つきりじゃ」

そういったことがある。

「はあ……？」

「いやさ、頭の中で、二つ三つの、それぞれにちがう事柄を同時に考えることができぬと、申すのじゃよ」

「ははあ……」

「う、ふ……」

秀吉が笑って、

「そこが、汝のよいところじゃ」

と、いったものだから、正則は、ほめられたものと、いまでもおもいこんでいる。

そのころの正則は、賤《しず》ヶ岳《たけ》の戦役に〔七本槍〕の殊勲《しゅくん》をたて、秀吉麾下《きか》の旗本として五千石の身分に取り立てられ、〔従五位下・左衛門大夫〕の官位をもさずけられていた。

加藤清正も〔従五位下・主計頭〕に叙任《じょにん》していたが、禄高は、まだ三千石で、正則のほうが、「先へ出ていた……」のであった。

だから、当時の正則には、清正を、いささか見下すようなところもあり、

「のう、於虎《おとら》よ」

と、或日、清正に会ったとき、得意げに、先般、秀吉からいわれたことを、そのまましゃべり、

「ほめて下されたぞ」

と、いったものだ。すると、加藤清正が、ほろ苦《にが》く笑って、

「市松。よかったな」

「うむ、うむ……」

「だが、そのことは、他へもらすな」

「なぜだ？」

「おぬしは、ほめられたとおもうていても、他の人びとはそれをきき、何とおもうか、知れたものではないからだ」

「おれを、うらやむ、かな……？」

「ふ、ふふ……」

「おかしいか？」

「ま、どちらでもよい。とにかく、このおれが申すことゆえ、きいてくれい」

「わかった。他へはもらさぬ」

秀吉が「汝のよいところじゃ」といったのは、正則の単純な頭脳組織が、これを使う主人にとって、

「まことに、御《ぎょ》しやすい」

ということなのだ。そのことに、いまも正則は気づいていない。


その夜。福島正則は、久しぶりで於まさの方の寝所へ泊った。

「たまさかには、よろしゅうございましょう」

と、於まさの方が、たっぷりと、酒をすすめてくれたので、ついつい時をすごし、

そのまま泊ってしまったのである。当時、酒は、まだ貴重な飲み物であった。それは現代のわれわれが想像もつかぬほどに、貴重なものだったといえよう。

信長・秀吉と二人によって天下統一がなしとげられ、日本国内の戦火がおさまってから、約十年しかたっていない。しかし、その十年のうちに、豊臣秀吉は、外国〔朝鮮〕征討の大戦をおこなっている。戦国時代といわれ、諸国に大小の戦争が、あくこともなくつづけられていた日本は、その戦争のための生産をするのが精いっぱいのところであった。

そのころからくらべると、いまは大分、土地や人びとのこころに余裕《ゆとり》も生まれ、いちおうは、平和の時代のための生産へ移行しつつあるが、衣食住を、おもいのままに享受《きょうじゅ》することなど、とうてい、おもいもよらぬ。酒にしても、一年の生産量というものは決まっており、したがって、これを人びとが飲むことも、計画的でなくてはならない。

福島正則や加藤清正のような大名にしても、毎夜毎夜、好きなときに、好きなだけ酒をのむなどということは、ゆるされぬ。一年のうちの行事や、それぞれの家の祝い日。それに戦争が起ったときの出陣や凱旋《がいせん》の祝い酒とか、ともかく、何らかの理由がないと、めったに酒は出なかった。

正則は、いまは二十四万石の大名であるから、夕餉の膳に、「酒を出せ」と、命じれば、出ぬこともない。しかし、「こころゆくまでに……」のむというわけにはまいらぬ。

台所を一手に引きうけているのは、むろん、正則夫人である於まさの方であって、男の世界には口をさしはさまぬ於まさの方だが、家内《かない》・内所《ないしょ》のことになれば、それこそ、「男たちに、口はさささせぬ」のである。

いつであったか、正則が夜ふけに目ざめ、無性《むしょう》に、（ああ、酒がのみたい……）たまらなくなり、ついに起きあがり、ひそかに大台所へ〔盗み酒〕にあらわれたことがある。これがのちにわかったとき、於まさの方は激怒して、

「一国一城のあるじともあろう御身《おんみ》が、そのように、はしたなきまねをあそばして、下々のものへしめしがつきましょうか」

きびしく、正則を叱りつけた。

「何を申す。わしの酒を、わしがのんで何故わるい」

と、正則がむしゃくしゃして反撃するや、於まさの方が薙刀《なぎなた》を持ち出し、

「かくなっては、殿の妻としての責任《せめ》が果せませせぬゆえ、殿を討って、わたしも死にまする」

と、叫んだ。正則と口論するうち、於まさの方のヒステリー症候が激発したのである。

「よせ。あぶない」

「いえ、なりませぬ」

於まさの方が、猛然と薙刀で切りつけて来た。このとき正則は、居館から逃げ出し、三の丸の伯耆守正之のところへ隠れたものであった。

こうしたわけで、夜の寝所で於まさの方が、こころゆくまで、

(わしに酒をのませてくれる……)

ことなどは、例外中の例外といわねばならぬ。もっとも、むかしにくらべると、近年は酒の生産もいちじるしく増加してきているから、於まさの方の規制がゆるめられたのも事実であった。こころよく酔ったのちに、正則は、

「今夜は、もう、殿をお帰し申しませぬぞえ」

と、於まさの方に、さそいこまれた。めんどうであったが、仕方もない。出陣の日もせまったことだし、於まさの方も、それまでの間に、名残りを惜しみたいという気もちがある。骨張った、固い筋肉質の於まさの方の肉体は若いときから武芸に鍛《きた》えられているから、女としての魅力に欠けてはいても底知れぬエネルギーをひそませてい

た。

「ああ……殿のお躰の、いつまでも、このようにすこやかなこと……おどろくばかりでございます」

などとささやきつつ、於まさの方は腕や脚を小肥りの正則の躰へ巻きつけ、飽《あ》くこともなく、愛撫をせがむ。昂奮のあまり、正則の厚い胸肌へ、あられもなく嚙みついたりするのは、近ごろの傾向であって、

(以前は、このように、はしたないまねはせなんだものじゃが……)

正則は、辟易《へきえき》しながらも、

(ああ……、これが、小たまであったなら、どれほどうれしいことか……)

すぐに、おもいがそこへ行くのを、どうしようもない。

そのころ……。

清洲城下の足袋師・喜平太の家の屋敷へ、雨の幕の中からにじみ出るようにあらわれた黒い影がある。小たまであった。小たまは、清洲から甲賀へ去ったときと同じような、何気もない姿をしている。頭からかぶっていた〔墨ながし〕の黒布をとり、勝手知った仕掛けを外《はず》し、するりと、小たまは屋根裏へ消えて行った。

四

徳川家康が、譜代《ふだい》の大名を従え、大坂城を発し、伏見城へもどったのは、この年、慶長五年六月十六日であった。この日は、現代の七月二十六日にあたる。夏の盛りであった。

これより先、家康は、領国に帰っている大名や武将たちへ、

「七月の下旬には、いよいよ、上杉景勝を討つために、奥州へ出陣することになった。そちらも油断なく、出陣の仕度をされたい。尚、日限のことは、いずれあらためて、伏見から知らせる」

と、いい送った。また、大坂や伏見に在った人びとへは、

「すぐさま、領国へ帰り、出陣の仕度をいたすように」

と、命じたのである。

五十九歳になった徳川家康の気魄は、すさまじいほどに、燃えあがっていた。伏見で、作戦会議がひらかれたとき、家康は、

「われらが槍一すじなれば、敵も槍一すじ。われらの槍が、会津の槍に、いかで劣《おと》ろ

うか」

と、いいはなっている。これまでに、数え切れぬほどの戦場に出て、軍事には鍛えぬかれ、おそらく、豊臣秀吉が亡くなったいま、家康は軍事の最高権威といってよかろう。

徳川家康は、天正十八年の、秀吉の小田原攻めや、文禄元年から慶長三年の朝鮮戦争にも、秀吉の命に従い、出兵はしていたけれども、みずから戦場へ出ることはなかった。だから、今度の戦陣は、天正十二年の晩春から初夏にかけて、豊臣秀吉と小牧山に戦って以来、十六年ぶりに、戦場で指揮をとることになったわけだ。

家康は、天下をおさめるものとして、その政治の中心である伏見・大坂を、われから出て行き、はるばると奥州へ出陣するのである。その留守中に、伏見・大坂が、どのようなことになるかは、（およそ、わかっている……）家康であった。それだけに、なみなみでない決意をしている。

大坂城を出発するときの家康は、浅黄色《あさぎいろ》の帷子《かたびら》に広袖《ひろそで》の黒羽織を着、戸の口笠をかぶるという、いたって質素な服装で、これに従う家康の親臣親兵合せて三千余も、武装に身をかためることもなく、物しずかに大坂を出て、伏見へ入ったといわれている。現実主義者の徳川家康としては、美々しく派手《はで》やかな出陣の趣向《しゅこう》など、これまでにも、あまりおこなったことはない。しかも今度の場合、家康にも、「絶対の勝利」をつかむという自信があるわけではない。

むろん、戦場において負《ひ》けをとるつもりはないが、今度の戦争は、「ただの戦争ではない……」のである。おそらく、家康が京・大坂を留守にすれば、佐和山の石田治部少輔三成が、「家康打倒!!」の戦旗をかかげ、京や伏見を占領してしまうにちがいない。そして、奥州の上杉景勝とはかり、家康を、「はさみ討つ!!」ことは、家康の諜報網が確実にとらえていた。それを承知で、家康は出て行くのである。みずから、はさみ討ちになろうというのである。もっとも、討たれるつもりはない。みずから、相手の仕掛けた罠《わな》へはまりこみ、そこでもって決死の戦争を仕てのけようというのだ。家康の、このときの闘志は、みずみずしく若々しい。

事実、家康は、大坂を発するにあたり、老臣・本多忠勝《ただかつ》に、

「まるで、三方《みかた》ヶ原《はら》のときのような、こころもちじゃ」

ひそかに、もらしたそうな。

三方ヶ原のとき、というのは、家康が三十一歳のとき、武田信玄の大軍の侵入をうけ、浜松城外の三方ヶ原へ、「負けるを覚悟……」で、出陣したときのことをさしているのだ。そのときの、武将としての情熱が、いま六十に近い家康の老躰にみなぎっ

ている。

伏見城でひらかれた軍事会議によって、家康は、てきぱきと、諸将の部署、分担を決定した。こうしたことは、すでに、家康のあたまの中で、すっかりかたまっていたのであった。

豊臣秀頼は、大坂を去る家康に、宝刀、茶道具などの他に、黄金二万両、糧米二万石を餞別《せんべつ》としてあたえたというから、徳川家康の立場は、あくまでも、豊臣内閣の首席として、上杉景勝を、「懲《こ》らしめる」と、いう立場であり、豊臣家も、これをみとめたことになる。

家康は、こうして、先ず、「開戦の筋道」を、はっきりとたて、これを天下に知らしめておいたのである。天皇も、勅使をつかわし、曝布百反《さらしぬのひゃくたん》を、家康にたまわった。

家康は、大坂城に、前田玄以・増田長盛の両奉行を置いて秀頼を輔佐《ほさ》せしめ、自分の屋敷がある西の丸へは、佐野綱正《さのつなまさ》へ兵五百をあたえ、

「留守を、たのむぞ」

綱正の腕をつかみ、これを打ち振るようにして言った。

もとより、綱正も決死の覚悟である。

そして、のちに開戦となったとき、綱正は手兵と共に大坂城を脱出し、伏見城へ立てこもり、戦死をとげることになる。

佐野綱正は、秀吉の嗣子《しし》で、のちに秀吉から罰せられて自殺をとげた豊臣秀次につかえていた武士で、秀次亡きのち、牢人《ろうにん》となっていたのを、家康が手もとに引きとり、鉄砲隊の部隊長にしたのであった。

徳川家康が、伏見城にとどまっていたのは、わずか二日にすぎない。六月十八日の朝には、早くも伏見を発ち、自分の本城がある江戸へ向った。

福島正則の伏見屋敷では、家康の動員令を清洲へつたえるべく、

「急げ」

伯耆守正之が、騎馬の士《もの》を急行せしめている。

ところで、家康は、(いまは、わが城も同然……)の、伏見城を、だれに留守居させようかと、おもいなやんだ。かなり前から、このことを、家康は気にかけていたらしい。しかし、いまは、こころも決まっていたらしく、すぐに、つぎの四名をえらんだ。

一、鳥居元忠《とりいもとただ》（下総《しもうさ》・矢作《やはぎ》四万石の領主）
一、内藤家長《いえなが》（上総《かずさ》・佐貫《さぬき》二万石）
一、松平家忠《いえただ》（下総・小美川《おみがわ》一万石）
一、松平近正《ちかまさ》（上州・三蔵《さんのくら》五千五百石）

四人とも、徳川譜代の家臣である。この四人へ、約二千ほどの兵をあたえ、家康は伏見城をまもらせることにした。二千の兵力では、（あまりにも、すくなすぎる……）と、おもった家康に、六十二歳の鳥居彦右衛門元忠が、

「いや、いや、伏見へ、いかほどの人数を増やしたとて、むだでござる。二千にて充分。殿の戦陣に大切なる軍勢を分けていただこうとは、おもいもよりませぬ」

きっぱりと、ことわっている。

元忠は、家康が去った後の、伏見城の総大将をつとめることになった。戦争がはじまれば、当然、大坂同様に、石田三成が伏見へ押し寄せて来ることを、家康も元忠も予知していた。彦右衛門元忠は、このとき、城と共に戦死することを決意している。家康も、それを知っている。それでいながら、伏見城の留守居は、

（やはり、彦右衛門元忠じゃ）

と、決定した家康なのであった。

いざ開戦となったときの状況は、いまから予想はつかぬ。だが、数倍の兵力によって、伏見城が包囲されることだけは、たしかだ。このときにあたって、城をまもる徳川方の大将が、

「もう、いかぬ」

と、怖気《おじけ》づいてしまったり、戦うにしても、徳川の武士らしい戦いぶりをしめさなかったら、これは、以後の戦争に重大な影響をおよぼすことになるのだ。簡短にいえば、徳川家康自身が伏見城をまもったときと同様な処置ができる大将でなくてはならない。そこで、鳥居元忠以下の四将がえらばれたのだ。彼らを伏見に残して江戸へ去るとき、徳川家康は、「うしろ髪《がみ》を引かれるような……」おもいがした、と、述懐《じゅっかい》している。

伏見を発つ前の夜に、家康は鳥居元忠と二人きりで酒をくみかわした。元忠は、年少のころから戦功が多く、三方ヶ原の戦闘では脚に重傷を負い、跛になってしまった。

後年、家康は、元忠長年の功績により、官位をさずけ、禄高も増やしてやろうとしたが、

「それがしは、この上の立身をのぞみませぬ」

きっぱりと、元忠は辞退している。それでいて、いざともなれば、おのれの命を家康に捧《ささ》げて悔いない。徳川家康には、このような家来が何人もいたのである。彼らは、主人の家康が、若いときから、それこそ、「いのちがけで……」領国をまもりぬいて来たのを、わが眼に、はっきりとたしかめていた。主人も家来も分けへだてなく、ちからを合せ、血と汗にまみれて戦いつづけ、領国をまもり、むずかしい浮沈《ふちん》の境い目を何度も切りぬけて来た。

連戦連勝、天運のめぐみのままに天下を取った豊臣秀吉とは、そこのところがちがうのである。このことによって、家臣たちの結束は、非常に堅固《けんご》である。この点、自分が死んでのち、わずか二年で、家臣団が結束をうしなった豊臣秀吉とは、「くらべものにならぬ」ところがあるのだ。

夜ふけて、家康の前を下るとき、鳥居元忠は、わずかに両眼へ泪《なみだ》をたたえ、

「これが、最後の拝顔《はいがん》にござる」

と、家康へいったそうである。これに対し、家康はこたえず、うなずきもせず、凝《じっ》と、うなだれたままであったという。

徳川家康が、江戸へ到着したのは、七月の二日である。福島正則は、その三日後に、兵をひきいて江戸へ参着した。

そのころ、清洲城下の足袋師・喜平太の家にとどまっていた小たまも、

「では、行って来るぞえ」

或夜、喜平太に別れを告げ、江戸へ向った。喜平太は、前のように、小たまへ甘えかかったりしなくなり、すこし大人《おとな》びてきて、

「のう、喜平太。これよりのちは、この清洲の忍び小屋をまもる責任《せめ》は重くなる。よほどに、しっかりとしてもらわぬと、な」

そういった小たまへ、

「大丈夫でござる」

喜平太は、たのもしくこたえた。

それにしても、

(せめて、一夜なりと……)

小たまの腕に抱かれたかったにちがいない。でも、それを、中畑喜平太は必死にこらえている様子が、小たまには、よくわかった。小たまも、今度は、喜平太を抱かぬつもりでいた。これからは、伴忍びにとっては、緊張の連続となる。いささかでも、こころをゆるめてはならない。

小たまが清洲を発ったころ、長比《たけくらべ》の忍び小屋にいた松尾才兵衛も、江戸を目ざし、

出発していた。徳川家康が本軍をひきい、江戸を発したのは、七月二十一日であった。

五

ところで、徳川家康が江戸へ向った二日後に、佐和山の石田三成は、上杉景勝の家老・直江山城守へ、つぎのような手紙を送っている。

徳川家康は、いよいよ、一昨十八日に伏見を発し、江戸へ向い申した。かねが、われらが計略をしたとおりになったことは、まさに天の助けでござろう。何よりも、よろこばしいことでござる。われらも油断なく仕度をいたし、来月（七月）のはじめには佐和山を発ち、大坂表へ進軍を開始するつもりでござる。毛利輝元と宇喜多秀家は無二の味方でござれば、この点、なにとぞ御安心をねがいたい。

中納言殿（上杉景勝）へも別書をさしあげましたが、しかるべく、おとりなしのほどをおねがい申す。

毛利輝元は、中国で百二十万五千石を領する太守であり、豊臣家の五大老の一人である。宇喜多秀家は、備前岡山五十七万四千石の大名で、これも大老の一人だ。

石田三成は、こうして、前田利家亡きあとの、豊臣内閣の最高職に任じている四人の大老のうち、上杉・毛利・宇喜多の三大老を味方に引き入れたことになる。残る一人の大老・徳川家康は、豊臣内閣から孤立したかたちになってしまった。

上杉景勝は、家康の東下を知るや、ただちに戦闘準備に入った。京・大坂にいた上杉家の武士たちは、家康が江戸へ向うや、すぐさま会津へ帰国している。これは、家康に従う諸将の家臣も同様で、伏見屋敷にいた福島伯耆守正之も、すぐさま、父が待つ清洲へ帰ったのであった。

おそらく、石田三成の手紙よりも先に、上杉景勝は、家臣からの通報を受けていたろう。景勝は、麾下《きか》の将士をあつめ、こういった。

「このたび、家康を敵にまわし、戦さすることは、私怨《しえん》あってのことではない。去年、石田三成・浅野長政を中央から遠去《とおざ》け、これを押しこめ、いままた、われに難題《なんだい》を申しかけるは、まことに言語道断《ごんごどうだん》である。

このままに打ち捨てておくと、家康の権勢が増長し、したがって幼少の秀頼公が、豊臣の天下をうしなうことになりかねない。これを知らぬ顔して見すごしていては、亡き太閤殿下より大老の職をうけたまわった自分として面目が立たぬ。自分は若年のころから何度も戦場に出たが、このたび、一同と共に家康と勝負を決したい。ついに一度も負けたことはない」

このとき、直江山城守は、

「勝負をはかって見れば、味方の勝利はうたがいのないことである」

と、断言をした。

なぜなら、上杉家百万石の領国を攻め落すためには、こちらの五倍十倍の兵力がなくては不可能である。しかし、家康の動員兵力は、いかに多く見つもっても十万である。味方は五万。わずか二倍の兵力で会津へ攻めかけて来ても、どうにもならぬ。しかも、石田三成の挙兵《きよへい》と二大老の援助により、大坂城の豊臣秀頼をまもって盤石《ばんじやく》の備《そな》えをかためてしまえば、もはや、家康は行きどころも無くなってしまうであろう。

「このたび、何のわきまえもなく、卒爾《そつじ》に出陣をしたことは、家康一生の不覚《ふかく》である」

と、いいはなったものだ。

石田三成も上杉景勝も、直江山城守も自分たちの計略が家康の激怒をさそい、ついに、徳川家康を会津へ引き出すことに、「成功をした」と、よろこんだにちがいない。

しかし、家康は、それを承知で会津出兵を決意したのである。それから先のことは、家康自身にもわからぬ。とにかく、みずから相手の仕掛けた罠へはまりこんで行き、開戦のきっかけをつかむことが先決であった。そして、自分のちからをもって豊臣派勢力の結集を打ち殪《たお》し、「徳川の天下をきずく……」ための、第一歩を踏み出すつもりなのだ。これまで信長・秀吉の下にあって、隠忍自重をしていた思慮深《しりょぶか》い徳川家康は、自分の一命と徳川家の命運を、この一戦にかけようとしていた。

家康の本軍が江戸を出発する二日前に、石田三成の〔西軍〕は、大坂を手中におさめたのち、早くも伏見城を包囲した。

これもまた、家康が考えていたとおりに、うごきはじめている。徳川家康に従って会津攻めに参加した〔東軍〕は合せて七万といわれている。先鋒は、家康の息・徳川秀忠が三万七千余を指揮し、家康は後軍の三万余を統率《とうそつ》した。

家康の後軍が下野《しもつけ》（栃木県）の小山《おやま》へ到着したのは、七月二十四日である。まだ日暮れ前であったが、このとき、江戸城から、徳川の家来十余名が後を追いかけて来た。彼らは、伏見城に残った鳥居彦右衛門元忠が家康へさし向けた急使・浜島無手《はまじまむて》右衛門《えもん》が江戸へ到着したので、これを護《まも》り、ここまで送りとどけて来たのだ。

伏見城が西軍に包囲される直前に、鳥居元忠は、すぐさま、浜島を城外へ脱出せしめたのであろう。浜島の報告によって、徳川家康は、はっきりと、西軍の挙兵を知った。これぞ、家康が、「待ち構えていた……」一事なのである。

七月二日に江戸へ入り、二十一日に江戸を発した家康は、約二十日間も江戸城に腰を落ちつけていた。これは、西軍の旗あげを、ジリジリしながら待っていたのだ。家康としては、これで、

「自分が、豊臣家の御ために上杉を討ちに出かけたのに、石田三成は諸将を引き入れ、突然、大坂と伏見を占領した。まことに、これは怪《け》しからぬことである。このような卑怯《ひきよう》のふるまいを、自分は五大老の一人としてゆるすわけにはまいらぬ!!」

という理由が立つ。理由が立った以上、何も会津まで、はるばると攻めのぼる必要はない。

「かくなれば会津よりも……」天下の政局の中心である京・大坂の騒乱を、自分が取りしずめなくては、「天下の仕置きがならぬ」というのだ。ここに家康は、反転して、京・大坂へ引き返すことになった。

これこそ、家康が待望の一事であった。もとより、勝手も知らぬ東北地方へ、みず

から大軍をひきいて戦いに行くつもりはない。はじめから、家康の目的は、あくまでも京・大坂であり、石田治部少輔三成を中心とする豊臣勢力の打倒だったのである。

家康は、西軍挙兵の知らせをうけた翌二十五日に、小山の本陣へ諸将をあつめ、軍議をひらくことになった。家康は、このさいにも、福島正則の進退を、

「いかがなものか……？」

と、気にしていた。

上杉景勝を討つというので、正則は、家康に味方しているけれども、毛利・宇喜多の二大老までが石田三成の味方になったということは、とりも直さず、豊臣秀頼を推《すい》戴《たい》していることになるのではないか、と、「正則は考えるにちがいない」のである。

すると、「自分は、豊臣家に刃向うことはできぬ」と、正則がいい出しかねない。

すくなくとも、

「西軍の挙兵と秀頼公が、どのように関わり合っているのか、それを知らぬうちは、戦えぬ」

と、いい出しかねない。福島正則としては、あくまでも、「豊臣家への忠誠」なく

して、戦うつもりはないのだ。今度の会津攻めにしても、「上杉を討たぬと、豊臣家の御為にならぬ」という家康の言葉を信じたからこそ、従軍したのである。

家康は、やはり、気がかりであった。福島正則が、もし、西軍に参加し、自分と戦うことになれば、正則がもっている恐るべき戦闘力に対し、こちらは相当の犠牲《ぎせい》をはらわねばならぬ。家康の侍臣の中には、正則の胸の内を試して見てはどうか、と、いい出すものもいた。

つまり、正則一人だけに、

「清洲へ帰れ!!」

と、家康が命じたら、正則は、どのような反応をしめすか、それを試して見たがよい、というのである。しかし、これは結局、やめになった。

そして二十五日。家康の本陣へ諸大名が参集する当日の朝早く、家康は黒田長政をよび、

「左衛門大夫の胸中《きょうちゅう》を、はかって見てくれい」

ひそかに、たのんだ。

黒田長政は、信長や秀吉に親しく仕《つか》えた官兵衛《かんべえ》孝高《よしたか》(如水《じょすい》)の子で、いまは父の跡をつぎ、九州の豊前《ぶぜん》・中津《なかつ》十八万余石の城主だ。父の孝高は九州にいて、これは家康

をあまり、こころよくおもっていないが、長政のほうは、秀吉亡きのち、すっかり家康に可愛がられているし、おそらく家康としては、豊臣恩顧《おんこ》の大名のうちで、もっとも、安心のできる人物だったにちがいない。

黒田長政は、すぐさま、福島正則の陣所へ馬を飛ばして行き、

「左衛門大夫殿。二人のみにて、談合いたしたい」

と、いった。

「よろしい」

正則も、すでに、西軍挙兵の知らせをきいている。満面に血がのぼり、興奮の態《てい》であった。伯耆守正之も遠ざけ、二人きりになると、黒田長政が、

「上方《かみがた》の騒ぎについて、そこもとの胸の内を、うけたまわりたい」

と、いい出した。同じ豊臣恩顧のものとして、長政の、この質問は不自然ではない。

「さよう……」

いいさして、福島正則は口を引きむすび、小鼻をふくらませ、微《かす》かにう、、、なり声を発しながら、しばらくは沈黙していたが、、、ややあって、

「上方の様子を、この眼と耳で、しかと知るまでは、返事の仕様もござらぬ。自分が

石田治部少輔を憎んでいることと、秀頼公に仕えたてまつることとは、別でござる」と、いった。

「秀頼公は御幼少におわす。こたびのことは分別がつくはずもないではござらぬか」

「それは、いかにも、な……」

「こたびのことは秀頼公の御下知《ごげぢ》によるものでないことは、あきらかでござる。これは石田三成の才覚一つによって起ったことでござろう」

「ふうむ……」

「おそらく、家康公は、豊臣家の御為に三成をこらしめるおつもりではないか……」

「では、これより西へ引き返す、と、申される……？」

「それは、これからの軍議で決まることとおもわれるが、それがしは、もし、そうなったとき、われら豊臣恩顧のものとして……」

「では、長政殿は何と？」

「それがしは、家康公に従い、治部少輔と戦うつもりでござる」

「では、どこまでも家康公は、豊家《ほうけ》大老として三成を討つ、と、いわれてか？」

「まぎれもなきことでござる」

きっぱりと、黒田長政がいいきった。

「なるほど……」

「いま、ひとつ、それがしの聞きおよんだることがござる」

と、長政は、家康がひそかに教えてよこした一事を正則の耳へ入れることにした。

「左衛門大夫殿。これは内府《ないふ》（家康）から直き直《じ》きに、うけたまわったことでござるが……」

と、前置きをし、いまは、肥後・熊本の居城へ帰っている加藤清正について、

「このようなことがあったとき、清正殿は、自分の父（黒田孝高）と共に、家康公のために、九州を押え、彼の国々の安泰をはかることになっております」

と、いった。

「ほう……」

福島正則の顔に、生色《せいしょく》がよみがえった。

「そりゃ、まことでござるか」

「いかにも」

なるほど、九州には、石田三成派の大名・小西行長の宇土城もあれば、立花宗茂《たちばなむねしげ》の柳川城もある。おそらく、行長も、宗茂も、自身は西上して大坂へ来ているにちがいないが、その本国と本城を押えておかぬと、家康にとって、「不安でならぬ」こと

は、いうまでもない。

そのほかにも、豊後の大友吉統《よしむね》をはじめ、中央の戦況しだいでは、九州の大小名の動向が、どのようになるか、知れたものではないのだ。その九州を、加藤清正と黒田孝高が、「家康の代りとなって制圧する」というのだ。

正則は、そうしたことを前もって、清正からも、家老の飯田覚兵衛からも耳にしていない。けれども、(なるほど……)と、うなずけないものでもなかった。

去年の秋。世上のうわさをたしかめるため、正則が家来数名を牢人に変装させ、会津へ潜入させ、様子を探らせた結果、上杉景勝が軍備に熱中していることをたしかめたので、すぐさま、この旨《むね》を、加藤清正へ知らせたことがある。

そのとき、清正は熊本から手紙をよこし、

「これよりは、何事にも、三河守(家康)しだいのことと、わしはおもうている」

と、いってよこした。

(何事にも……と、たしかに、清正はいうていた)

のである。そのころから加藤清正は、今日あることを予期していたものか……。

それに、もしも清正が家康に対して反抗するつもりなら、これはかならず、前もって、正則の耳へ入れておかぬはずはないのだ。なぜなら、清正が豊臣恩顧の大名として家康と戦うとき、福島正則は清正にとって、だれよりも心強く、たのもしい味方となるはずである。

小たまは、福島正則の身辺を探った結果、甲賀の頭領・伴長信へ当てての報告の中で、

「……正則は、何事につけても清正を信頼し、たよっている。これからのことは何事にも、清正しだいで正則は動向を決するにちがいない」

と、いい送っておいた。その、小たまの報告は、すでに徳川家康の耳へ、とどけられている。

「ようわかった」

福島正則は、黒田長政へ、

「三河守殿が、大坂城の秀頼公に対し、害意《がいい》なきときは、それがし、徳川の味方をつかまつろう」

と、いい、

「どこまでも、秀頼公に対しては……」

尚も念を入れようとするや、長政が笑って、

「当然のことではござらぬか。おもうてもごらんなされ。いま、ここに、われらが内

府と共に出陣して来たのも、秀頼公の御為《おんため》、豊臣家の御為、天下平穏のためではござらぬか、いかが？」

「それは、いかにも……」

「なればこそ、内府がこれより、石田治部少輔を討たんとするも、同じことでござる」

「む。なるほど……」

こうなると正則は、他愛《たわい》もなくなる。そして、それまでは押えに押えていた石田三成への憎しみが猛然とわきあがってきたのであった。

秀頼の幼少なのをよいことに、勝手に豊臣家への忠義を旗じるしにして、兵を挙《あ》げるなど、(もってのほかじゃ!!)正則は、ここに、はじめて西軍挙兵に対し、激しい怒りをおぼえたのである。

「おわかり下されて、かたじけない。家康公は左衛門大夫殿を、もっとも、たよりにしておられますぞ」

長政に、そういわれると、正則も悪い気もちではない。

「ふむ、いや、その、秀頼公の御為とあらば……」

「そのとおり。もっとものこと」

「いかようにも、それがし、味方をいたすつもりじゃが……」

「これより本陣へおもむき、その御言葉を、しかと内府におつたえいたすでござろう」

「む……秀頼公の御為に……でござるぞ、よろしいな」

「もちろんでござる。もちろんでござる」

黒田長政は、家康本陣へ駆けもどり、正則説得に成功したことをつたえるや、徳川家康は座を起って、長政の前へ来て屈《かが》みこみ、長政の手をつかみ、

「よう仕てのけてくれた。甲斐守《かいのかみ》（長政）の忠節は忘れぬ」

大よろこびであったという。この一事をもってしても、家康が正則の〔武勇〕をおそれ、その動向に神経をつかっていたことが、よくわかろう。

こうして家康は、いよいよ、従軍の諸大名を小山の本陣へあつめ、軍議をひらくことになったのである。家康も、必死であった。

このとき、徳川家康は〔ふところ刀〕の謀臣・本多佐渡守正信など、譜代の親臣をまねき、間もなく参集して来る諸将へ、どのように対応したらよいか、と、意見をもとめている。

本多正信の意見は、こうである。諸大名の妻子の多くが、いま、大坂城にとどめ置

かれている。これは、豊臣家への忠誠のあかしに、つまり〔人質〕として、それぞれの大坂屋敷へ住まわせてあったからだ。福島正則のように、大坂に屋敷が無いものとか、特例の大名は別としてだ。

ゆえに、正信は、

「いま、大坂と伏見が西軍に占領されたとなれば、諸将いずれも、大坂へ残した妻子のことがこころにかかり、存分なるはたらきもできかねましょう。なれば、ここは諸将をそれぞれの領国へ帰し、われら徳川の家臣のみにて箱根を固め、西軍の東下を待ち、これを迎え撃つがよろしかろうと存ずる。そのときになって、われらに味方するものこそ、真《まこと》の味方でござる」

家康は、もっともだとおもった。しかし、どうも、いまは自分の燃えさかる闘志にはぴたりと合わぬ感じがした。

すると、井伊直政が意見をのべはじめた。直政は、父・直親《なおちか》が主人の今川氏真《うじざね》（義元の子）に殺害されたのち、家康のふところへ逃げこみ、家康の恩顧にむくいるため、それこそ身をもって戦陣にはたらきぬいて来た。のちに、井伊直政が病死したとき、その遺体をあらためて見ると満身に数え切れぬほど、戦場でうけた傷痕がきざみこまれていたという。その井伊直政いわく、

「天のあたうるを取らざれば、かえって、その咎《とが》めをうけると申します」

つまり、

「徳川が天下を取るためには、このたびの戦さへ向って突き進むことこそ肝心《かんじん》でござる。これより一挙に、こなたより西上し敵を攻むるがよいと存ずる。敵が攻め来るを迎え撃つのではなく、こなたより敵を攻めつけ、敵を討ちほろぼし、徳川の天下を招《しょう》来《らい》するのでござる」

と、いうのである。直政は積極、本多正信は慎重である。

しかし、この場合、徳川家康としては、正信よりも直政の果敢《かかん》な闘志を、よろこんだ。もとより、家臣の言に左右される家康ではなかったけれども、このときの直政の進言は、こころ強いことだったに相違ない。

やがて、雨の中を、諸将がつぎつぎに家康本陣へ着到《ちゃくとう》した。ここ十日ほどは、冷えとした雨の日が多く、行軍は難渋《なんじゅう》をきわめたといわれている。この日。慶長五年七月二十五日は、現代の九月初旬にあたる。いつの間にか秋が来ていたのだ。

本陣内へ、諸将があつまり終えたとき、家康は、わざと顔を出さず、侍臣をもって、つぎのように、自分の言葉をつたえた。

「石田治部少輔が、上杉景勝と謀《はか》り、このたび、乱《らん》を起したことは、いずれも、すでに聞きおよばれたであろう。毛利・宇喜多の二大老をはじめ、その他の諸国の大名小名も、多く、石田方にくみしたと聞きおよぶ。たとえ、このたびの乱が石田・上杉の邪謀《じゃぼう》であろうとも、彼らが、大坂の秀頼公の御為といいたてて、さそいの手をのばしたからには、それを断わり切れなかったものとおもう。いま、ここにあつまられた方々の中にも、大坂表へ人質の妻子を置かるるものがすくなくない。さぞ、胸の内におもい悩まれていることとおもう。これもまた余儀ないことである。ゆえに、石田方へ味方せんとおもわるる方々は、遠慮なく、帰国なさるがよろしい。われら、決して、これを妨げはいたさぬ」

この家康の言葉に、諸将いずれも、とっさに、声が出なかった。この場で家康が、

「なんとしても、自分に味方をしてくれ」

というのなら、はなしもわかるが、このように、淡々として、好き自由に行動したがよろしい、といわれると、なんとなく、不気味な感じがする。実に嫌《いや》な、重苦しい沈黙がつづいた。陣所の板屋根を叩く雨の音のみがこもっている。

と、そのときだ。

いきなり、福島左衛門大夫正則が口を切った。

「内府のおおせではあるが、それがし、いまさらに、石田治部の下知《げぢ》をうけてはたら

こうとはおもわぬ。内府が秀頼公へ他意なきことは知れてあることじゃ」

言葉にはならぬどよめきが起った。正則は、ついに立ちあがり、

「内府が秀頼公の御味方であるかぎり、それがしは内府の味方でござる」

大声に、いいきったものである。すると、すかさず、黒田長政が立って、

「左衛門大夫殿の申さるるとおりでござる。この長政も内府をたすけまいらせ、共に戦うつもりでござる」

と、いった。

その呼吸が実に、よかった。つりこまれたかのように、上杉義春《よしはる》（元・豊臣秀吉の馬廻役）が、

「大坂表に妻子を置くは秀頼公の御為である。石田治部のためにではござらぬ」

いうかとおもえば、そのあとから、美濃・高松三万石を領している徳永寿昌《とくながひさまさ》が、

「それがしも、西軍へ味方するつもりは毛頭《もうとう》ござらん」

と、叫んだ。

福島正則が、加藤清正とならぶ豊臣家の支柱であることを知らぬものはない。

故・太閤秀吉が、清正と正則に大禄《たいろく》をあたえ、これを優遇したのも、子飼いのこの二人に、秀頼を、「まもってほしい」と、深くたのんでいたからだ。

その正則につづいて、黒田長政、上杉義春、徳永寿昌と、身分の上下こそあれ、いずれも豊臣恩顧の大名・武将たちばかりが、いっせいに、家康の味方についた。これで、他の諸将も、「自分だけ、帰る」とはいいきれぬ雰囲気になってしまった。

「それがしも、御味方つかまつる」

「それがしも……」

「内府をたすけまいらせる」

いずれも、異口同音のかたちとなった。

このとき、信濃・上田の城主・真田昌幸は次男・幸村と共に、上田へ帰ってしまい、本陣へはあらわれていなかったが、長男・信幸は、家康の味方として残っている。

六

夕暮れ近くなって、軍議が終った。雨は、まだ熄《や》まぬ。連日の雨で、道はくずれ、川の水はあふれ、夜になると、まるで、「冬のように寒い」のである。

福島正則が、自分の陣所へもどって来ると、嗣子《しし》・伯耆守正之や重臣たちが、じり

じりしながら待ちうけていた。正則は、軍議の模様を語り、

「三河守殿に味方いたす」

と、いった。

正之も重臣たちも、一人として反対をとなえなかった。

「父上。これより、西上するとして、石田方の軍勢とは、何処で出合いましょうか？」

「わからぬ」

正則は烈《はげ》しくかぶりを振って、こういった。

「西上して戦うとなれば、一日も早くせねばならぬ」

もっともである。石田三成を総帥とする〔西軍〕は大坂や伏見からうごかずにいて、こちらが西上するまで、「待っているはずはない」と、見てよい。

徳川家康の本拠である江戸へ攻めかけることは、不可能であろうが、西軍も、しかるべき場所まで東下して戦うつもりであろう。

両軍の決戦は、

「野戦となるにちがいない」

と、正則は、

「石田治部少めは、わしの、清洲をねろうているにちがいない」

きっぱりと、いった。いざ戦争となると、正則の勘は冴えて来る。

事実、石田三成は、そのころ、

「清洲を攻め落して、西上する家康の東軍に備えたい」

と、味方の諸将にいっている。

しかし、それまでに、西軍も三成も、いろいろと、しておかなくてはならぬことがあり、すぐに全軍をひきいて清洲へ向うわけにはゆかぬ。現に……。家康が残しておいた鳥居元忠が立てこもる伏見城を、西軍は攻撃中であった。

大坂と伏見、それに京都を手中におさめ、西軍が東下するまでに、まだ、十日か半月はかかる。

「それまでは……」

福島正則は、

「清洲へもどらねばならぬ!!」

わめくように、いった。

今日の軍議で、正則は東軍の先鋒《せんぽう》を家康から命じられた。というよりも、正則自身が、「買って出た……」かたちであった。

その正則の奮然《ふんぜん》たる闘志を目《ま》のあたりに見て、諸将が勇み立ち、それをながめていた徳川家康は、さも、満足そうであり、

「左衛門大夫殿。ようこそ申された」

笑みくずれて上きげんに、正則を下へも置かぬあつかいをしめしてくれたものだ。

ために正則は、諸将の前で面目をほどこしたわけだが、このときの正則の心境をいうならば、(わが城を、治部少輔に奪い取られてたまるものか!!)であった。

正則は、約五千の兵をひきつれて、出陣して来た。

清洲には、三千ほどの家来が留守居をしている。しかし、それだけで、西軍をふせぎ切れるわけがない。城は半日で落ちてしまうであろう。清洲城は嶮岨《けんそ》な山の上に築かれた城ではない。平地の城だ。平城《ひらじろ》である。

若いときから福島正則は、豊臣秀吉に従って連戦連勝の戦歴しかもっていない。朝鮮戦争のときの正則は、あまり戦わなかった。主として輸送部隊を指揮していたからである。こういうわけで、甲賀の女忍び・小たまが探りとったように、清洲城には大軍をささえるだけの防備がないのだ。

於まさの方の顔が、しきりに正則の脳裡《のうり》に浮かんだ。それと、二歳になった市松の可愛ゆい顔とが……。

（ああ、おのれ。あの妻や子を、敵の手へ、わたしてなろうか!!）

である。

いや、西軍が攻めかけて来たなら、於まさの方は、女鎧《おんなよろい》に身をかため、城兵を指揮して、みずから薙刀《なぎなた》を揮い、勇ましく戦ったのち、自害するであろう。

（いや、するにちがいない。あれは、そうした女性《によしょう》じゃ）

なのであった。

それをおもうと福島正則は、東軍の先鋒を買って出ずにはいられなかったのだ。

「伯耆守よ……」

たまりかねたように、正則が、

「おぬし。手勢をひきい、明朝早く発足《ほっそく》……」

いいかけるのを、さえぎるようにして伯耆守正之が、

「心得てござる」

と、いった。

明朝は、また、家康の本陣へ出向き、最後の軍議がひらかれる。それが終って正則が出発できるのは、早くとも午後になるだろう。それよりも早く、正之が出発し、一日も早く清洲へ駆けつけ、城兵の指揮をとってくれれば、正則も、いくらかは安心で

きる。百騎ほどを従えただけなら、正之も、かなり早く清洲へもどれよう。

「たのむ、伯耆守」

正則は、正之の腕をつかみ、

「たのむ、たのむぞ！」

泪《なみだ》ぐんで、そういったのである。

福島正則の陣所は十五坪ほどの仮小屋である。兵たちは、板と柱と幔幕《まんまく》をつかい、この野営の場合の陣所を、たちまちに組み立ててしまう。板も柱も、あらかじめ切り組んであり、行軍ともなれば、これを解体《かいたい》し、荷駄と共に積んで移動するのだ。

正則の陣所は、

「五方口《ごほうぐち》の小屋取《こやどり》」と、よばれているもので、出入口が五ヵ所ある。その真中が、正則の寝所になっており四方は板壁であった。そのまわりに、侍臣たちがねむっている。

夜に入ってから、雨が強くなった。一枚の板屋根を打つ雨の音が強くて、正則は、なかなかに寝つけなかった。家来たちは、みな、寝入っている。雨や雪の中で、平気でねむれないようでは、到底、戦さなどできるものではない。

正則も戦陣へ出れば、よく、ねむるほうだが、今夜だけは、気が昂《たか》ぶってくるばかりで、

(ああ、ようも、ふりつづきおる雨じゃ!)

何度も、舌打ちをし、寝返りを打った。

清洲のことが、気にかかってならぬ。

(間に合うとはおもうが……)

もしも、石田三成が兵を割《さ》いて、清洲へ先発せしめていたら、どうなる……?

(ああ、早く、朝にならぬか……)

じりじりしていたが、そのうちに、昼間の疲れが出て、正則は、うとうととした。

そして、夢を見た。雨の音がこもる寝所で、小たまを抱いている夢であった。清洲城内の居館なのか、伏見屋敷の寝所なのか、それはわからぬ。しかも、小たまと抱き合っている正則のとなりの臥床《ふしど》に、於まさの方がねむっているのである。

於まさの方は仰向けになり、寝息も正しく、熟睡している。それをよいことに、小たまが正則を、しきりに挑発するのだ。

「こ、これ、よさぬか。もう、やめ……やめてくれい」

小たまの唇や舌が、正則の躰の其処此処を這《は》いまわるのに、たまりかねて、

「梅の丸が、目をさましたら、なんとする」

叱《しか》りつける正則には、すこしもかまわず、小たまは無言で、豊満な乳房を正則の顔へ押しつけ、のしかかるようにした。

「あ、これ……やめい……」

小たまの、重い躰を押しのけようとして、もがいている正則の耳もとへ、

「もし……もし」

小たまが、ささやいて来た。

「やめい。やめぬか……」

「おしずかになされませ。御家来衆が目をさましまするぞ」

「な、何……」

今度は、小たまが正則の叱った言葉を、そのままに、ささやいている。ちがうのは〔於まさの方〕が〔御家来衆〕に変っていることだ。

「う……」

「殿。おしずかに……小たまでござります」

「あっ……」

目ざめて叫びかけた正則の口へ、小たまの、やわらかいくちびるが押しつけられた。

「低いお声にて、おはなしなされませ」

「こ、小たま。こりゃ。まことか、夢を見ていたのじゃが……」

「忍んでまいったのでござります」

依然、雨は激しく降っている。板壁一枚の向うにねむっている家来たちの前を通って、小たまは、(此処へ入って来た……)とは、信じられぬことであった。

小たまは、このあたりの農婦の姿をしてい、ふしぎなことに、衣類も雨にぬれていないのだ。

「ど、どうして、ここへ?」

「殿に、お目もじいたしとうて……」

ふくみ笑いをしながら、小たまは正則の手を取り、自分の乳房へみちびいた。みごとな量感をたたえた、なつかしい小たまの乳房をつかみ、

「こりゃ、まことのことか……」

福島正則が、感きわまった声をつまらせ、

「もはや、二度と会えぬとおもうていたに……」

「わたくしも……」

「ど、どこへまいっていた。して、いま、何故、此処におる？」

「そのようなことは、どうでもようござります。ただ、わたくしは、いま一度、殿にお目もじいたしとうて、お後をしたい、ようやくに追いつきましたものを……」

「そ、そうか……ふむ……」

正則も、もちろん、忍びの者について知らぬわけではない。しかし、忍びの者を一度も使ったことがない正則に、その実態はつかめようはずがないのだ。まして、女の忍びの生態など想像もつかぬことであったし、それと小たまとをむすびつけるだけの基盤《きばん》が、そもそも正則にはないのである。

「小たま。そちは、ふしぎな女じゃ」

「野育《のそだ》ちでござりますゆえ、どのようなことにも馴れております」

「いままで、何処で、何をしておった……」

「ある者の女房になりました」

「何……わしの、ゆるしもなしにか……」

「お声が高うござりますというに……」

「う、うむ……」

「なりましたなれど、殿のことをおもうにつけ、夜な夜な……」

「なんとしたぞ」

「夫の腕に抱かれるのが、辛《つ》ろうなりました」

「ま、まことか」

「あい……」

「うれしいぞ、小たま……」

たまらなくなって、正則は髭《ひげ》だらけの顔を、しゃにむに小たまの乳房へこすりつけてゆきながら、

「ようもどった。よう、もどってくれた……」

「なれど、殿さま、これより会津へ戦さをなさるため……」

「いや、明日は清洲へ帰る」

「まあ……まことで？」

「朝早う、伯耆守へ百余騎をあたえ、先に発たせ、わしも明日中には此処を発つ」

「それは、また……？」

「一大事が起ったのじゃ」

「どのような」

「お前に、はなしてもはじまらぬことよ。大戦《おおいく》さがはじまるのじゃ」

「いずこで?」

「わからぬ。なれど、そのために、一時も早く清洲へもどり、敵方を喰い止めねばならぬのじゃ」

なんといっても、せまい野陣の小屋である。

「いずれ、ゆるりと……」

眼を笑わせ、出て行こうとする小たまの腕をつかみ、正則が、

「な、ならぬか……?」

「清洲の御寝所ではございませぬぞ」

「しずかにいたせば、よいではないか。な、小たま。はよう、そこへ……」

「殿。御出陣の前に、かならず……」

「いや、待て」

「殿。そのようなお声をお出しなされては、御家来衆《しゅ》の耳へきこえまする」

「む……」

まさに、小たまのいうとおりであった。雨音にまじり、板一枚の向うにねむっている侍臣や小姓たちのいびき声までが、はっきりと、ここへつたわってきているのであ

る。

「きっと……」

いいさして、たまりかねたように福島正則は、またしても、小たまの乳房へ顔を埋めてきた。

「あれ、殿……」

「な、何もせぬ。凝《じっ》としておれ。しばらく、このままに……」

「お髭が……」

「このところ、めんどうなので、剃《そ》らぬゆえ……」

「ちくちくと、痛うございまする」

「ゆるせ」

「あれ、もう……そこを、お噛みなさいましては……」

「なつかしい、匂いがいたす」

「まあ……」

「この、お前の乳房《ちち》の肌ざわりを、わしは、夢にまで見たぞ」

「なれど、奥方さまと、あれから仲むつまじゅう、お暮しなされておわしたのでございましょう？」

「なんの。あのような、凧《たこ》の骨のごとき女……」

「そのようなことをおおせられて、よいのでござりますか？」

「よいとも。見るも嫌じゃ」

「奥方さまを？」

「おう。いかにも……」

「ふ、ふふ……」

「あ、これ……もう、行くのか？」

「では、清洲にて……」

小たまが頭を下げた姿を、正則は、結び燈台の火影で、たしかに見た。見たとおもった、つぎの瞬間に、

「あ……？」

おもわず、福島正則は、おどろきの声を発していた。自分の眼の前で、小たまが、まるで、（掻き消すように……）見えなくなったからである。

野陣のことだし、簡易な結び燈台のみの、うす暗い寝所であったが、小たまが出て行く姿が見えぬはずはない。しかし、（わしは見なかった……）にもかかわらず、小たまは、消えていた。正則は、何度も眼をこすった。

（まさか、夢を見ていたのではあるまいが……）

女の黒髪をまさぐっていた自分の掌《て》を嗅《か》いでみると、たしかに、小たまの髪の香りがした。以前、清洲や伏見で侍女をつとめていたときとはちがい、今夜の小たまの髪には汗とあぶらの匂いが濃かった。雨にぬれ、道を急ぎ、ようやく此処《ここ》へたどり着いたものと見える。（やはり、ここにいたのだ……）茫然《ぼうぜん》となったとき、

「殿……殿……」

幔幕の向うから、侍臣・大辻作兵衛の声がした。

「もし……お目ざめでござりますのか」

「作兵衛か……」

「はっ」

作兵衛があらわれた。

「いま、お声がきこえまいた」

「む……」

「不審におもいましたので……」

「う……ね、寝言《ねごと》よ」

「あ……」

と、大辻作兵衛も単純なもので、

「なるほど」

のみこみ顔となった。

「去《い》ね。早う、ねむれ」

「はっ」

作兵衛が去ってから、正則も身を横たえた。

雨も、小やみになったようだ。眼を閉じ、おもわず、にんまりとなった。(小たまが、もどって来た……)のである。そのことだけで、正則は充分であった。(この雨の中を、泥にまみれ、わしを、たずねて来てくれた……)

小たまは、あれから嫁に行ったが別れたという。今度、もどって来たら、二度と手放しはせぬ、と、正則は決意をした。

(今度は、城外の何処かに、小たまの棲家《すみか》をもうけてつかわそう。今度こそ囲《かこ》い女にしてしまおう)正則は幸福のおもいにみたされ、ぐっすりとねむった。

夜が明けた。小たまのことを忘れたわけではなかったが、朝になって見ると、清洲のことが、於まさの方や市松のあどけない顔が脳裡に浮かんできて、居ても立ってもいられなくなる。

「父上!!」

と、伯耆守正之が早くも身仕度をして、あらわれ、

「これより、清洲へ発ちまする」

「おう。たのむぞ」

「内府（家康）へは、父上より、よしなに……」

「今朝早く、大崎玄蕃《おおさきげんば》を御本陣へつかわし、ゆるしを得てあるわ」

と、こうしたところは、さすがにぬかりのない福島左衛門大夫正則であった。

「では、ごめん」

正之は手勢をひきい、ただちに出発した。空は依然、灰色の雲におおわれているが、雨は熄んでいた。

そのころ……。小たまは、徳川家康の城下である江戸を駆けぬけ、一気に、相州・小田原へ近づきつつあった。小田原には、松尾才兵衛が、小たまの到着を待っていた。

小たまからの報告によって、小山の軍議の様子や、福島正則の動向を知るや、才兵衛が、

「なるほど。もはや、関東に、われらの用はござらぬな」

「そのようにおもわれる」

「小たまさまは、小田原にとどまり、後から来る福島左衛門大夫の軍勢と共に、清洲へもどっていて下されい」

「はい。それで、才兵衛どのは？」

「急ぎ、甲賀へもどらねばなりませぬ」

「何といやる？」

「これより、何処で大戦《おおいく》さがはじまるか、それはわかりませぬが、その前に、仕てのけておかねばならぬことが、いくつかござる」

　そういって才兵衛は、さらに、このことは「いのちがけで、われらが仕てのけること……」だと、いったのである。

七

　福島正則は、この日の午後に小山を発し、清洲へ向った。正則のみではない。黒田長政・浅野幸長《よしなが》・藤堂高虎《とうどうたかとら》・山内一豊《やまのうちかずとよ》など二十将が、この日のうちに兵をひきい、西上の途についた。

徳川家康は、自分の次男にあたる結城秀康に、

「会津へ備えよ」

と、命じた。秀康は、一時、豊臣秀吉の〔養子〕になったこともある。家康の長男・信康《のぶやす》は、天正七年の初秋に、織田信長から、

「信康殿は、武田勝頼に内応《ないおう》しているのではないか……」

と、いいがかりをつけられ、当時の家康としては信長の、この無理無体《むりむたい》な〔いいがかり〕をはねつけることもならず、「泪《なみだ》をのんで……」信康を自決せしめている。

信康亡きのちは、当然、次男の秀康が、父・家康の跡目《あとめ》を相続するわけであったが、なぜか家康は、これを遠去《とおざ》け、下総・結城十万石の結城晴朝《はるとも》の養子にしてしまった。

したがって、家康は、徳川二代将軍位を、三男・秀忠へゆずるつもりでいる。家康は、秀忠をまねき、これに三万八千の軍団をあたえ、第二軍とした。

徳川秀忠の第二軍は、中山道《なかせんどう》を木曾路から美濃へ出て、父・家康の本軍と合流することになった。しかし、この第二軍は、信州・上田の居城へ引き返した真田昌幸《さなだまさゆき》によって喰いとめられることになる。

真田昌幸は、上田へ帰るや、すぐさま、籠城の準備にかかった。やがて、徳川第二

軍が軽井沢まで来て、

「すみやかに、上田を開城せよ」

と、すすめたが、西軍に加担《かたん》した真田昌幸は、きくものではなかった。

結局、四万に近い第二軍は、三千の真田勢をもてあましてしまい、たまりかねた本多正信が、「引きあげさせたまえ」と、秀忠に忠告し、やむなく徳川秀忠は上田を放棄し、中山道をのぼることになる。

徳川家康が江戸城へもどったのは、八月の七日である。このとき、すでに、伏見城は西軍の手に落ちていた。

伏見城が陥落《かんらく》したのは八月一日であった。石田三成の〔西軍〕が伏見城へせまったとき、薩摩《さつま》鹿児島《かごしま》六十万九千五百石の太守・島津義弘《しまづよしひろ》は、手勢をひきいて伏見城へ駆けつけ、

「門をひらきなされ。それがし、城内へ入り、共に城を守りたし」

と、いった。

これは、西軍制圧下にありながら、島津義弘が、敢然《かんぜん》として、徳川の味方をしようといい出たことになる。

だが、伏見城をまもる鳥居元忠は、

「御厚志《ごこうし》は、かたじけなく存ずるが、われらは落城を覚悟いたしておりますゆえ、おことわり申す」

はねつけてしまった。

これは、島津義弘を、信頼していなかったことになる。もし、島津が本当に味方をしてくれるということがわかっていたら、鳥居元忠も、よろこんで、これを城内へ迎え入れたにちがいない。しかし、信頼しきれぬ。

京や大坂は、西軍の手に落ちている。

もしも、島津軍を入城させたのち、これが西軍にくみしていたとしたら、大変なことになってしまう。伏見城は、内部から破られることになるではないか。そして、島津勢が、たちまちに西軍を城内へみちびき入れてしまうであろう。

どちらにしても、わずか千八百の軍勢で伏見城をまもりきれるわけはない。それは、主人・徳川家康が伏見を去ったときから、覚悟をきめていたことだが、鳥居元忠としては、万一にも、島津義弘にだまされたとあっては、武士の面目が立たぬことになる。だから、はねつけてしまった。

はねつけられて、島津義弘も、

「それでは、仕方もなし」

あきらめざるを得なかった。義弘は、まことに徳川の味方をするつもりでいたのだ。

だから、それまでは西軍のさそいを何度もかわしつづけ、事が、ここに至るまで、大坂に手勢をまとめ、傍観《ぼうかん》の姿勢をくずさなかった。そのうちに、西軍の伏見城攻撃がはじまりかけたので、急ぎ、入城をしようとおもった。それなのに、はねつけられた。

ここに至って、島津義弘も、

「たてこもる城もない。仕方もないことじゃ」

と、西軍へ参加することに一転して、伏見城攻撃に加わったのだ。このときの島津義弘の態度は、のちになって、徳川家康が大いに評価するところとなる。

考えて見ると、妙なことなのだが、たとえば近江水口《おうみみなくち》の城主・長束正家《なつか》などは、石田三成のそばにいて、徳川家康攻略の作戦を練りながら、一方では、その日のうちに、家康の臣・永井右近大夫《ながいうこんだゆう》へ、

「いま、佐和山城中では、徳川攻略の軍議がおこなわれております。この模様については、追々《おいおい》、申しあげるつもりでござる」

などと、密使を送ったりしているのだ。

そのくせ、長束正家は、伏見城攻撃にも参加し、城内の松の丸を守っていた甲賀武士(忍びの者)たちの妻子を、わざわざ捕えて来て、

「もしも、こちらに味方をせぬと、お前たちの家族を死刑にし、天下の見せしめにするぞ」

と、おどしている。つまり、東西両軍の、どちらが勝っても負けてもよいように、諸大名たちは、いろいろと手段を講じていたわけである。

いずれにしても、徳川家康が諸将をひきいて関東へ去り、さらに会津へ出陣した後、石田三成が豊臣派の諸将をあつめ、大坂・伏見を制圧するのは、「おもいのまま……」であったといえよう。

家康が三成の、「仕《し》やすいように……」しておいたのだから、これは尚更《なおさら》のことであった。

しかし、家康を相手に、それこそ天下分目の大戦をおこなうことを、

「やめたがよろしい」

と、三成をいさめた大名がいなかったわけでもない。

たとえば、越前敦賀《つるが》の城主・大谷吉継なども、反対であった。大谷吉継は、千三百の軍をひきい、六月二十日に敦賀の居城を発し、徳川家康の会津攻めに参加しようと

した。ところが、その途中で、石田三成にとどめられ、吉継は三成が待つ佐和山城へおもむき、六日の間、烈しく論議し合ったといわれている。

吉継は、何とかして、三成の無謀を押しとどめようとした。しかし、負けた。吉継と三成は、「無二《むに》の親友」である。その友情に負け、吉継は三成と共に戦う決意をしたのであった。

大谷吉継は、豊臣秀吉の小姓から立身をした人物で、それには、仲のよかった石田三成の周旋《しゅうせん》が大きく物をいっている。吉継は三成について、

「豊後《ぶんご》の片田舎《かたいなか》から一人法師《ひとりぼうし》で出て来たわしが、今日あるは、治部少輔殿のおかげである」

と、かねがね、家来たちに洩らしていたそうな。

また一方で、吉継は徳川家康からも信頼されていたし、三成が伏見から追い出されたとき、その前後に吉継は何度も家康を訪れ、親友・三成のために弁護するのを惜しまなかったという。ために、家康も吉継を惜しんだのであろう。なればこそ、三成との関係をわきまえていながら、

「自分の会津攻めに参加してもらいたい」

と、召集をかけたのである。

ところで、大谷吉継と石田三成との間には、つぎのような挿話がつたえられている。

吉継は、癩病を病んでいた。まだ秀吉が在世のころから、顔や手足の皮膚が腐り、くずれかけていたそうな。あるとき、茶席で、秀吉がみずから濃茶《こいちゃ》を点じ、列席の諸将が、これをのみまわしたとき、吉継は病患のため鼻腔の機能が鈍《にぶ》くなっていたものか、おもわず、ずるりと水洟《みずばな》を茶碗の中へたらしてしまった。吉継は狼狽《ろうばい》し、卒倒《そっとう》しかけた。すると、石田三成が近寄りざま、吉継の手から茶碗を取り、こともなげに、中の濃茶を一気にのみほしてしまい、友の危急を救ったというのだ。このはなしの真偽《しんぎ》はさておき、大谷吉継が、かねてから、（わしは、治部殿のためには死を辞さぬ）の、決意をかためていたことは事実だろう。

石田三成に口説《くど》き落された大谷吉継は、佐和山城内で、三成を中心に増田長盛・長束正家・安国寺恵瓊《えけい》などと共に軍議を練った。

とにかく、三成が、五大老の一人である毛利輝元を〔総大将〕の座に迎えることを得たのは、大成功だったといわねばなるまい。毛利輝元は、祖父・元就からゆずりうけた中国地方のうち、およそ百三十万石を豊臣秀吉から安堵《あんど》されている屈指《くっし》の大大名《おおだいみょう》であった。

輝元は、はじめ、家康の留守中、大坂城と豊臣秀頼を守るために、本国の広島から大坂へ出て来たのだ。それをつかまえて、石田三成が、

「いまこそ、家康を倒さねば、豊臣家の社稷《しゃしょく》をまっとうすることができませぬ。ぜひとも、おちからを貸していただきたい」

熱烈に要請《ようせい》し、ついに輝元も、これを受け入れたのである。

毛利輝元が西軍の総大将となったときいて、(これは、どうも、徳川家康が危《あや》うくなるのではないか……?)とおもった人びとも、かなりいたようだ。

家康に従って会津へ出陣して行った諸大名の妻子は、ほとんど大坂の屋敷にいた。石田三成は、たちまち、これを禁足《きんそく》せしめ、大坂城へ入るや、大坂市中の警備をととのえ、徳川家康に対し、「太閤殿下の御遺言《ごゆいごん》に、そむきし罪……」の数々をあげ、十三条からなる弾劾《だんがい》書を発表した。

これを知って、近畿・中国一帯の大名たち三十余が、ぞくぞくと大坂へ集結し、合せて九万五千の〔西軍〕となったのである。

一方、徳川家康の〔東軍〕の先鋒・福島正則と池田輝政の両軍は、猛烈な急行軍を

もって八月十日に尾張の熱田（現名古屋市）へ到着した。

同じ十日。石田三成を総帥とする〔西軍〕は、美濃の大垣城へ入っている。熱田へは、伯耆守正之がさし向けた使者が福島正則を待ちうけていた。正之は、すでに清洲城へ入り、防戦の準備に忙殺《ぼうさつ》されているとのことだ。西軍のうごきを知るために、正之は、すぐさま物見の者を何人も出した。そして、西軍のうごきをつかみ、

（これは、父上がもどられる前に、西軍は清洲まで攻め込んで来るやも知れぬ）

と、感じ、一時は必死の面もちであったらしい。

（伯耆守を先に発たせて、よかった……）

福島正則は、そう、おもわずにいられなかった。

「よし。わしが此処までまいったことを伯耆守へ告げよ」

すぐさま、使者を清洲へ帰してから、正則は、とりあえず、三百余の手勢をつけて、家老の福島丹波を清洲へ急行させることにした。

すでに、夜だ。自分も清洲へ駆け向いたいところだが、使者の報告によれば、西軍は、いまごろ、大垣へ入城するのが精いっぱいのところとおもわれる。それに反し、熱田と清洲は、「目と鼻の先……」であった。（もう、大丈夫じゃ）と、正則はおもった。

翌十一日の早朝、福島・池田の両軍は熱田を発ち、無事に清洲へ入城した。

ところで……。石田三成は、大垣へ入城する前に、大坂から密使を清洲へ飛ばしていたのだ。このときは、まだ、福島正則も伯耆守正之も、清洲へ帰城していない。清洲城の留守をまもっていたのは、正則の重臣・津田備中《つだびっちゅう》であった。

三成は、密使を通じ、こういってよこした。

「徳川家康は天下の御法度《ごはっと》にそむき、豊臣の政権を、まるで自分のもののように考え、勝手《かって》放題《ほうだい》にしている。このことは、すでに、福島左衛門大夫殿にも、よく御承知のはずである。よって、われら西軍は、大老・奉行一致して、家康を征伐《せいばつ》することに決定した。

もとより、左衛門大夫殿は、秀頼公に対したてまつり、おろそかにはおもわれぬはずである。われらも左衛門大夫殿も、共に、亡き太閤殿下の御恩をこうむったもの。このたびも、共に力を合せてもらいたい。

ゆえに、清洲の城をすみやかに明けわたし、豊臣家に忠節をつくされたい」

この、石田三成の言葉を密使からきき、さらに三成からの書状を見た津田備中は、

「しばらく、待たれよ」

と、密使にいい、梅の丸の曲輪《くるわ》へおもむき、正則夫人・於まさの方へ、この旨《むね》をつたえ、

「いちおうは、御方《おかた》様の御考えをきいておきたく存じまする」

落ちついていった。西軍が、いつ、どれほどの軍勢を清洲へさし向けて来るか、それは不明であったが、こちらの返答しだいによっては、すくない兵力で城へたてこもり、西軍の攻撃をふせがなくてはならぬのだ。

於まさの方は、津田備中がさし出した三成からの書状を見ようともせず、

「そのようなことを、私に訊《き》かずともよい。備中殿は、わが殿から、この城の留守居を命じられたのではないか。なれば備中殿のおもうままにされたがよい」

「かたじけのうござる。なれど、こたびは他の事とはちがい、まことにもって一大事でござるゆえ、御考えをおきかせねがいとうござる」

するると、於まさの方が、しずかに笑って、

「私のこころは、備中殿と同じじゃ」

と、いいきった。さすがに、こうなると於まさの方の覚悟には一点のみだれもない。夫・正則との、私的な家庭生活においては、男たちのわがままをゆるさぬ於まさ

の方であったが、政治・軍事の両面については、絶対に口出しをせぬ。このような御方で
津田備中は、すこしも騒がぬ於まさの方を見て、（なるほど。このような御方でああったのか……）感動したそうである。

もとより、備中の決意はかたまっている。が、しかし、いちおうは於まさの方の反応をたしかめておきたかったのだ。いざ、籠城《ろうじよう》戦となった場合、城内の結束に一点のゆるみもあってはならぬからである。

津田備中は、石田三成の密使へ、つぎのように返事をした。

「事の道理は別でござる。それがしは、主人の留守をまもる者。主人のいいつけもなしに、この城をおわたし申すことはなりませぬ」

きっぱりと、はねつけてしまった。使者が帰ったあと、備中が、この事を報告すると、於まさの方は莞爾《かんじ》となって、

「それで、よろしい」

と、うなずいた。

清洲の城から、北へ、さしわたしにして、七里ほどのところに岐阜城があり、北西へ同じ距離をへだてて大垣城がある。

石田三成は、大垣へ入城したとき、すでに岐阜を味方につけていた。岐阜十三万五

千石の城主・中納言《ちゅうなごん》織田《おだ》秀信《ひでのぶ》は、織田信長の孫にあたる。これは三成に口説き落され、西軍に参加することになった。

三成が大垣へ入城したときは、一万ほどの軍をひきいていたにすぎない。

「先ず、美濃の国まで進んでおかぬといけない」

というので、先発して来た。そして、岐阜と大垣を、先ず確保し、他の西軍諸将の集結を待ったのである。

大垣城主は伊藤長門守盛正《いとうながとのかみもりまさ》（三万四千石）であった。これは、はじめ煮え切らなかったけれども、すくない兵力で三成に刃向うわけにはゆかぬ。そこで、大垣城を明けわたしてしまった。

福島正則が清洲へ帰ったとき、清洲周辺の情況は、およそ、このようなものであった。

「まあ、殿。よう、もどって下されまいた、このように早く……うれしゅうございます」

於まさの方は、威風堂々と兵をひきいて帰城した正則を迎え、うれし泪《なみだ》をうかべた。そこは、さすがに女性である。それに於まさの方は戦国の女らしく気性も激しく強かったが、情も深く、こまやかな女性であったように筆者はおもっている。

「おう、おう……」

と、福島正則も、妻と幼い我子を見るや、これも泪ぐみ、

「もう大丈夫じゃ、安心をいたせ」

「うれしゅうござります、うれしゅうござります」

その夜。梅の丸の於まさの方の寝所をおとずれた正則を、於まさの方は狂喜して迎えた。正則も、平常のときではない。天下の大事が起って、そのために、清洲を敵にわたすかわたさぬかということになったのだし、帰城するまでは、まったく、居ても立ってもいられぬほどであった。

それだけに、

「わしもうれしい、わしもうれしい」

久しぶりに、掻き抱く於まさの方の、固く骨張った躰も、何か新鮮な感じがして、おもわず、われを忘れ、愛撫に没頭《ぼっとう》したのである。

（下巻につづく）

■本書は、『完本池波正太郎大成17雲霧仁左衛門　忍びの女』（二〇〇〇年二月小社刊）を底本としました。
■作品のなかには、今日の観点からみると差別的表現ととられかねない箇所があります。しかし作者の意図は、決して差別を助長するものではないこと、作品自体のもつ文学性ならびに芸術性、また著者がすでに故人であるという事情に鑑み、表現の削除、変更はあえて行わず底本どおりの表記としました。読者各位のご賢察をお願いします。

〈編集部〉

|著者|池波正太郎　1923年東京都生まれ。『錯乱』にて第43回直木賞を受賞。『殺しの四人』『春雪仕掛針』『梅安最合傘』で3度小説現代読者賞を受賞。「鬼平犯科帳」「剣客商売」「仕掛人・藤枝梅安」を中心とした作家活動により、第11回吉川英治文学賞を受賞したほか『市松小僧の女』で第3回大谷竹次郎賞を受賞。「大衆文学の真髄である新しいヒーローを創出し、現代の男の生き方を時代小説の中に活写、読者の圧倒的支持を得た」として第36回菊池寛賞を受けた。1990年5月、67歳で逝去。

新装版《しんそうばん》　忍《しの》びの女《おんな》(上)
池波正太郎《いけなみしょうたろう》

2007年1月16日第1刷発行

発行者——野間佐和子
発行所——株式会社　講談社
東京都文京区音羽2-12-21　〒112-8001
電話　出版部 (03) 5395-3510
　　　販売部 (03) 5395-5817
　　　業務部 (03) 5395-3615
Printed in Japan

講談社文庫
定価はカバーに
表示してあります

デザイン—菊地信義
本文データ制作—講談社プリプレス制作部
印刷———株式会社廣済堂
製本———株式会社千曲堂

落丁本・乱丁本は購入書店名を明記のうえ、小社業務部あてにお送りください。送料は小社負担にてお取替えします。なお、この本の内容についてのお問い合わせは文庫出版部あてにお願いいたします。

ISBN978-4-06-275605-1

講談社文庫刊行の辞

二十一世紀の到来を目睫に望みながら、われわれはいま、人類史上かつて例を見ない巨大な転換期をむかえようとしている。

世界も、日本も、激動の予兆に対する期待とおののきを内に蔵して、未知の時代に歩み入ろうとしている。このときにあたり、創業の人野間清治の「ナショナル・エデュケイター」への志を現代に甦らせようと意図して、われわれはここに古今の文芸作品はいうまでもなく、ひろく人文・社会・自然の諸科学から東西の名著を網羅する、新しい綜合文庫の発刊を決意した。

激動の転換期はまた断絶の時代である。われわれは戦後二十五年間の出版文化のありかたへの深い反省をこめて、この断絶の時代にあえて人間的な持続を求めようとする。いたずらに浮薄な商業主義のあだ花を追い求めることなく、長期にわたって良書に生命をあたえようとつとめるところにしか、今後の出版文化の真の繁栄はあり得ないと信じるからである。

同時にわれわれはこの綜合文庫の刊行を通じて、人文・社会・自然の諸科学が、結局人間の学にほかならないことを立証しようと願っている。かつて知識とは、「汝自身を知る」ことにつきていた。現代社会の瑣末な情報の氾濫のなかから、力強い知識の源泉を掘り起し、技術文明のただなかに、生きた人間の姿を復活させること。それこそわれわれの切なる希求である。

われわれは権威に盲従せず、俗流に媚びることなく、渾然一体となって日本の「草の根」をかたちづくる若く新しい世代の人々に、心をこめてこの新しい綜合文庫をおくり届けたい。それは知識の泉であるとともに感受性のふるさとであり、もっとも有機的に組織され、社会に開かれた万人のための大学をめざしている。大方の支援と協力を衷心より切望してやまない。

一九七一年七月

野間省一

講談社文芸文庫

中薗英助
北京飯店旧館にて
解説＝藤井省三　年譜＝立石伯

青春の地・北京を四十一年後に再訪した作家が目にする歴史の暗渠と底に光る人間の真実。日中の狭間で生き、書いた越境者・中薗文学の核心。読売文学賞受賞の秀作。

なS1　198466-0

加能作次郎
世の中へ・乳の匂い
加能作次郎作品集
編・解説＝荒川洋治　年譜＝中尾務

大正を代表する自然主義作家の、深い人生観照にもとづいた人情味溢れる世界。出世作となった自伝的作品「世の中へ」、死の前年の絶唱「乳の匂い」等八篇を精選。

かT1　198465-3

芥川比呂志
ハムレット役者
芥川比呂志エッセイ選　丸谷才一編
解説的対談＝丸谷才一・渡辺保　年譜＝芥川瑠璃子

ハムレットの剣をペンに持ちかえてくりひろげる軽妙洒脱、諧謔に満ちた紙上の名舞台。芝居はもちろん、父母、友人について、名優、名演出家の真髄に迫る名文集。

あP1　198464-6

安野モヨコ　美人画報
安野モヨコ　美人画報ハイパー
安野モヨコ　美人画報ワンダー
梓澤　要　遊部(上)(下)
雨宮処凛　暴力恋愛
有村英明　届かなかった贈り物〈心臓移植を待ちつづけた87日間〉
有吉玉青　キャベツの新生活
甘糟りり子　みちたりた痛み
赤井三尋　翳《かげ》りゆく夏
あさのあつこ　NO.6〔ナンバーシックス〕#1
五木寛之　恋歌
五木寛之　ソフィアの秋
五木寛之　狼のブルース
五木寛之　海峡物語
五木寛之　風花のひと
五木寛之　鳥の歌(上)(下)
五木寛之　燃える秋
五木寛之　真夜中の望遠鏡〈流されゆく日々'78〉
五木寛之　ナホトカ青春航路〈流されゆく日々'79〉

五木寛之　海の見える街にて〈流されゆく日々'80〉
五木寛之　改訂新版 青春の門 全六冊
五木寛之　新装決定版 青春の門 筑豊篇(上)(下)
五木寛之　旅の幻燈
五木寛之　他力
五木寛之　こころの天気図
井上ひさし　モッキンポット師の後始末
井上ひさし　ナイン
井上ひさし　四千万歩の男 全五冊
井上ひさし　四千万歩の男 忠敬の生き方
井上ひさし 司馬遼太郎　国家・宗教・日本人
池波正太郎　忍びの女(上)(下)
池波正太郎　まぼろしの城
池波正太郎　私の歳月
池波正太郎　殺しの掟《おきて》
池波正太郎　よい匂いのする一夜
池波正太郎　梅安料理ごよみ
池波正太郎　田園の微風
池波正太郎　新私の歳月

池波正太郎　抜討ち半九郎
池波正太郎　剣法一羽流
池波正太郎　若き獅子
池波正太郎　新装版 緑のオリンピア
池波正太郎　新装版 殺しの四人〈仕掛人・藤枝梅安(一)〉
池波正太郎　新装版 梅安蟻地獄〈仕掛人・藤枝梅安(二)〉
池波正太郎　新装版 梅安最合傘〈仕掛人・藤枝梅安(三)〉
池波正太郎　新装版 梅安針供養〈仕掛人・藤枝梅安(四)〉
池波正太郎　新装版 梅安乱れ雲〈仕掛人・藤枝梅安(五)〉
池波正太郎　新装版 梅安影法師〈仕掛人・藤枝梅安(六)〉
池波正太郎　新装版 梅安冬時雨〈仕掛人・藤枝梅安(七)〉
池波正太郎　新装版 近藤勇白書(上)(下)
井上　靖　楊貴妃伝
石川英輔　大江戸神仙伝
石川英輔　大江戸仙境録
石川英輔　大江戸えねるぎー事情
石川英輔　大江戸遊仙記
石川英輔　大江戸仙界紀
石川英輔　大江戸生活事情

井上祐美子　公主帰還
井上祐美子・塚本青史・森福都　妃《ひ》・殺《さつ》・蝗《こう》〈中国三色奇譚〉
飯島　勲　代議士秘書〈永田町、笑っちゃうけどホントの話〉
池井戸　潤　果つる底なき
池井戸　潤　架空通貨
池井戸　潤　銀行狐
池井戸　潤　銀行総務特命
池井戸　潤　仇敵
池井戸　潤　BT'63 (上)(下)
岩瀬達哉　新聞が面白くない理由
乾くるみ　塔の断章
乾くるみ　匣《はこ》の中
伊波真理雄・石村博子　不完全でいいじゃないか！
岩間建二郎　ゴルフここだけ直せばうまくなる
岩城宏之　森のうた〈山本直純との芸大青春記〉
石月正広　渡世人
石月正広　笑う花魁《おいらん》〈結わえ師・紋重郎始末記〉
石月正広　握られ同心〈結わえ師・紋重郎始末記〉
井上一馬　モンキーアイランド・ホテル

石倉ヒロユキ　ヤッホー！　緑の時間割
石井政之　顔面バカ一代〈アザをもつジャーナリスト〉
伊東順子　ピビンバの国の女性たち
糸井重里　ほぼ日刊イトイ新聞の本
岩井志麻子　東京のオカヤマ人
乾　荘次郎　妻《め》敵《がたき》討《う》ち〈鴉《からす》道場日月抄〉
乾　荘次郎　夜襲〈鴉《からす》道場日月抄〉
石田衣良　LAST［ラスト］
井上荒野　ひどい感じ—父・井上光晴
飯田譲治　NIGHT HEAD 1〜5
飯田譲治　NIGHT HEAD DEEP FOREST
飯田譲治・梓河人　アナン、(上)(下)
稲葉　稔　武者とゆく
稲葉　稔　闇夜の義賊〈武者とゆく(二)〉
井村仁美　アナリストの淫らな生活〈ベンチマーク〉
池内ひろ美　リストラ離婚〈妻が・夫を・捨てたわけ〉
いしいしんじ　プラネタリウムのふたご
伊藤たかみ　アンダー・マイ・サム
池永　陽　指を切る女

井川香四郎　冬の蝶〈梟与力吟味帳〉
内橋克人　新版匠の時代〈全六巻〉
内田康夫　死者の木霊《こだま》
内田康夫　シーラカンス殺人事件
内田康夫　パソコン探偵の名推理
内田康夫　「横山大観」殺人事件
内田康夫　漂泊の楽人
内田康夫　江田島殺人事件
内田康夫　琵琶湖周航殺人歌
内田康夫　夏泊殺人岬
内田康夫　平城山《ならやま》を越えた女
内田康夫　「信濃の国」殺人事件
内田康夫　鐘
内田康夫　風葬の城
内田康夫　透明な遺書
内田康夫　鞆《とも》の浦《うら》殺人事件
内田康夫　箱庭
内田康夫　終幕《フィナーレ》のない殺人
内田康夫　御堂筋殺人事件

内田康夫　記憶の中の殺人
内田康夫　北国街道殺人事件
内田康夫　蜃気楼
内田康夫　「紅藍《くれない》の女《ひと》」殺人事件
内田康夫　「紫《むらさき》の女《ひと》」殺人事件
内田康夫　藍色回廊殺人事件
内田康夫　明日香の皇子
内田康夫　伊香保殺人事件
内田康夫　不知火《しらぬい》海《かい》
内田康夫　華の下にて
内田康夫　博多殺人事件
内田康夫　中央構造帯(上)(下)
内田康夫　黄金の石橋
歌野晶午　長い家の殺人
歌野晶午　ROMMY〈越境者の夢〉
歌野晶午　正月十一日、鏡殺し
歌野晶午　死体を買う男
歌野晶午　放浪探偵と七つの殺人
歌野晶午　安達ヶ原の鬼密室

内館牧子　リトルボーイ・リトルガール
内館牧子　切ないOLに捧ぐ
内館牧子　あなたが好きだった
内館牧子　ハートが砕けた！
内館牧子　B・U・S・U〈すべてのプリティ・ウーマンへ〉
内館牧子　別れてよかった
内館牧子　愛しすぎなくてよかった
内館牧子　あなたはオバサンと呼ばれてる
宇神幸男　美神の黄昏
宇都宮直子　人間らしい死を迎えるために
薄井ゆうじ　竜宮の乙姫の元結いの切りはずし
宇江佐真理　泣きの銀次
宇江佐真理　室の梅〈おろく医者覚え帖〉
宇江佐真理　涙堂〈琴女癸酉日記《ことじょきゆうにっき》〉
宇江佐真理　あやめ横丁の人々
上野哲也　ニライカナイの空で
上野哲也　海の空　空の舟
魚住　昭　渡邉恒雄　メディアと権力
魚住　昭　野中広務　差別と権力

氏家幹人　江戸老人旗本夜話
氏家幹人　江戸の性談〈男たちの秘密〉
宇佐美　游　脚美人
内田春菊　愛だからいいのよ
魚住直子　非・バランス
魚住直子　超・ハーモニー
遠藤周作　海と毒薬
遠藤周作　わたしが・棄てた・女
遠藤周作　ぐうたら人間学
遠藤周作　聖書のなかの女性たち
遠藤周作　さらば、夏の光よ
遠藤周作　最後の殉教者
遠藤周作　反逆(上)(下)
遠藤周作　ひとりを愛し続ける本
遠藤周作　深い河《ディープ・リバー》
遠藤周作　周作塾〈読んでもタメにならないエッセイ〉
遠藤周作　『深い河』創作日記
永　六輔　無名人名語録
永　六輔　一般人名語録

講談社文庫　目録

大前研一　やりたいことは全部やれ！
大沢在昌　野獣駆けろ
大沢在昌　死ぬより簡単
大沢在昌　相続人TOMOKO
大沢在昌　ウォームハート　コールドボディ
大沢在昌　アルバイト探偵《アイ》
大沢在昌　調毒師を捜せ　アルバイト探偵《アイ》
大沢在昌　女王陛下のアルバイト探偵《アイ》
大沢在昌　不思議の国のアルバイト探偵《アイ》
大沢在昌　拷問遊園地　アルバイト探偵《アイ》
大沢在昌　帰ってきたアルバイト探偵《アイ》
大沢在昌　走らなあかん、夜明けまで
大沢在昌　雪蛍
大沢在昌　涙はふくな、凍るまで
大沢在昌　ザ・ジョーカー
大沢在昌　新装版　氷の森
C・ドイル原作　大沢在昌　バスカビル家の犬
逢坂　剛　コルドバの女豹
逢坂　剛　スペイン灼熱の午後

逢坂　剛　カディスの赤い星(上)(下)
逢坂　剛　十字路に立つ女
逢坂　剛　ハポン追跡
逢坂　剛　まりえの客
逢坂　剛　あでやかな落日
逢坂　剛　カプグラの悪夢
逢坂　剛　イベリアの雷鳴
逢坂　剛　クリヴィツキー症候群
逢坂　剛　重《じゅう》蔵《ぞう》始《し》末《まつ》
逢坂　剛　遠ざかる祖国(上)(下)
逢坂　剛　じぶくり伝兵衛〈重蔵始末(二)〉
逢坂　剛　牙をむく都会(上)(下)
逢坂　剛　燃える蜃気楼(上)(下)
M・ルブラン原作　逢坂　剛　奇巌城
オノ・ヨーコ　飯村隆彦編　ただの私《あたし》
オノ・ヨーコ　南風　椎訳　グレープフルーツ・ジュース
折原　一　倒錯のロンド
折原　一　水の殺人者
折原　一　黒衣の女

折原　一　倒錯の死角〈201号室の女〉
折原　一　101号室の女
折原　一　異人たちの館
折原　一　耳すます部屋
折原　一　倒錯の帰結
折原　一　蜃気楼の殺人
大橋巨泉　巨泉〈人生の選択〉
大橋巨泉　巨泉日記
大橋巨泉　巨泉流　成功！海外ステイ術
太田忠司　紅《べに》天蛾《すずめ》〈新宿少年探偵団〉
太田忠司　鴇色の仮面〈新宿少年探偵団〉
太田忠司　まぼろし曲馬団〈新宿少年探偵団〉
奥田哲也　冥王《ハーデース》の花嫁
小川洋子　密やかな結晶
小野不由美　月の影　影の海(上)(下)〈十二国記〉
小野不由美　風の海　迷宮の岸〈十二国記〉
小野不由美　東の海神《わだつみ》　西の滄海〈十二国記〉
小野不由美　風の万里　黎明の空(上)(下)〈十二国記〉
小野不由美　図南の翼〈十二国記〉

2006年12月15日現在